Le Philatéliste

DU MÊME AUTEUR

Série de l'inspecteur Mike Donner

1. *Emorata – Pour quelques grammes de chair*, TheBookEdition, 2014
2. *Eunoto – Les noces de sang*, TheBookEdition, 2017
3. *Ilmoran – L'avènement du guerrier*, TheBookEdition, 2010
4. *Ilayok – Le berceau de la folie*, TheBookEdition, 2011
5. *Ilpayiani – Le crépuscule massaï*, TheBookEdition, 2012

Série du procureur Jemsen

1. *Le Miroir des âmes*, Slatkine & Cie, 2018 ; Le Livre de poche, 2019
2. *L'Ombre du renard*, Slatkine & Cie, 2019 ; Le Livre de poche, 2020
3. *L'Engrenage du mal*, Slatkine & Cie, 2020 ; Le Livre de poche, 2021
4. *Brume rouge*, Slatkine & Cie, 2022 ; Le Livre de poche, 2023
5. *Les Larmes du lagon*, Slatkine & Cie, 2022 ; Le Livre de poche, *à paraître*

Diptyque du confinement

1. *Restez chez vous*, Slatkine & Cie, 2020
2. *Le Calendrier de l'après*, Slatkine & Cie, 2020

Titres indépendants

La Septième Vigne, TheBookEdition, 2013
Les Bouches, TheBookEdition, 2015
Horrora Borealis, TheBookEdition, 2016 ; Le Livre de poche, 2018
Heresix, Slatkine & Cie, 2021 ; Le Livre de poche, 2022

NICOLAS FEUZ

Le Philatéliste

– ROMAN –

ROSIE & WOLFE

Case Postale, 1211 Genève 3
www.rosiewolfe.com

ISBN 978-2-88973-044-5

« Un amour idéal, c'est celui qui est mené par la poste. »

George Bernard Shaw

Prologue
(Première partie)

LE DOS de l'homme présentait une alternance de cases blanches et de cases rouges : un échiquier de sang.

Ses cris s'étaient tus, il respirait lourdement. Son souffle court résonnait entre les murs en pierre de la vieille cave. Au plafond, un tube néon en fin de vie crépitait, illuminant faiblement et par intermittence le sol de gravier froid et humide. Tout autour, plongées dans la pénombre, d'anciennes machines d'imprimerie tombées en désuétude rouillaient là depuis des années. Leur propriétaire n'avait pas dû trouver la force de les envoyer à la ferraille.

Un courant d'air glacé traversa la pièce, l'homme frissonna de la tête aux pieds. Il était nu comme un ver, saucissonné comme un adepte de shibari autour d'un mouton de saut de gymnastique. Ventre plaqué contre le cuir, jambes et bras attachés aux quatre pieds métalliques, l'homme, offert aux pires sévices, tremblait de tout son être. Mais le froid était une délivrance pour lui, il anesthésiait sa douleur. Le tortionnaire ne lui avait rien épargné.

— Pourquoi tu fais ça ? murmura l'homme avec peine, bavant du sang entre deux respirations saccadées.

— Je le fais pour elle.

Depuis que l'homme avait repris conscience au fond de cette cave dans cette fâcheuse posture, son bourreau n'avait jamais été très loquace.

— Où est-elle ? dit-il encore.

— Juste à côté. Peut-être qu'elle est réveillée, et qu'elle nous écoute.

Les derniers souvenirs de l'homme s'arrêtaient à Delémont : une rue sombre et déserte du chef-lieu jurassien, la nuit, la neige, le froid, le silence. Puis le trou noir. Combien de temps était-il resté inconscient ?

— Où on est ? C'est quoi, cet endroit ?

À cette question, le tortionnaire ne répondrait pas. L'homme entendit le gravier crisser sous ses pas lents et réguliers. Crépitement du néon, nouveau courant d'air glacé. Les chaussures glissées dans des chaussons blancs en polypropylène s'arrêtèrent devant ses yeux.

Le bourreau s'accroupit face à sa victime et lui releva brusquement la tête en tirant ses cheveux vers le haut. Il portait une tenue blanche intégrale avec gants et cagoule, similaire à celles utilisées par la police scientifique sur les scènes de crime, pour la sauvegarde des traces. Les yeux mi-clos de l'homme plongèrent dans ceux du tortionnaire, à travers l'épais verre jaune de ses lunettes de protection. Le regard du bourreau n'exprimait ni haine ni compassion. Il était vide de tout sentiment humain.

— Bois ! ordonna-t-il en lui collant le goulot d'une gourde contre ses lèvres.

L'homme avala une gorgée d'eau, s'étouffa à moitié, toussa et recracha une partie du liquide.

— Va te faire foutre ! gémit-il entre deux hoquets.

Il n'avait pas soif, il avait déjà tellement bu depuis qu'il s'était réveillé dans cette cave. Deux litres, peut-être trois. Son organisme était saturé. Dans son estomac et ses intestins, il sentait les gargouillis de toute cette flotte qu'il avait ingurgitée et qu'il n'arrivait pas à évacuer. Sa vessie était pleine à craquer, son urètre gonflé jusqu'à l'extrémité de son pénis. Mais là, quelque chose bloquait.

Les douleurs qui ravageaient son abdomen compressé contre le cuir et son gland obstrué par une force invisible étaient aussi vives que celles de son dos pelé en damier.

— Bois ! insista le tortionnaire en enfonçant le goulot de la gourde dans sa bouche. C'est important.

Important ? C'était ridicule. Plus rien n'avait d'importance dans l'esprit embrumé de l'homme. Il sentit une gorgée d'eau glacée descendre vers son estomac, puis, dans un réflexe vomitif, le goût du sang remonter dans son œsophage.

Surtout, ne pas vomir !

Il avait déjà régurgité une fois la chair que son bourreau l'avait contraint à gober. Ensuite, il avait dû la ravaler sans la mâcher. L'amas sanguinolent avait glissé une seconde fois dans son gosier comme une très grosse huître chaude.

— Bien…, le gratifia son tortionnaire. On y retourne ?

— Non… pas ça ! supplia l'homme à bout de forces.

Mais il savait que c'était inutile. La question n'en était pas une.

Le bourreau se releva et fit quelques pas sur le côté. L'homme entendit le bruit de l'appareil, identique à celui d'un rasoir électrique.

Le grésillement résonna dans la cave, concurrençant celui de l'éclairage vacillant. Cette fois, il n'y aurait aucun préliminaire, pas de palper-rouler ni de drainage pour décoller la peau et relancer la circulation sanguine. Le tortionnaire reprendrait simplement là où il s'était arrêté.

La lame du dermatome, une sorte d'éplucheur à légumes électrique servant à prélever des lamelles de peau pour les greffes, entra en contact avec une partie intacte du dos de l'homme. Il hurla de douleur en même temps qu'un lambeau de peau, petit carré légèrement rosé de quelques centimètres, se détachait de son derme à vif.

— Vingt-quatre, annonça le bourreau. Encore huit.

Et huit fois, il répéta la manœuvre. Huit hurlements,

huit lamelles de peau de taille identique. Trente-deux cases blanches pour autant de cases sanguinolentes.

Satisfait du résultat, le tortionnaire posa le dermatome sur le rebord rouillé d'une vieille presse d'imprimerie puis s'accroupit une fois de plus face à sa victime. L'homme était encore conscient, mais à la limite de l'évanouissement. Le bourreau le saisit de nouveau par les cheveux et lui releva la tête.

— Pas d'eau, supplia l'homme faiblement.

— Tu n'en as plus besoin.

— T'es un grand malade ! Et ce nom… pourquoi ?

Le tortionnaire sourit.

— Peu importe mon nom.

Un jour, la police connaîtrait son véritable nom. Mais en attendant, on l'affublerait sûrement d'un de ces surnoms ridicules, comme on le faisait habituellement avec les *serial killers* dont on ignorait l'identité. Il imaginait déjà les gros titres des journaux.

Le Facteur.

Le Postier.

Ou une autre ineptie de ce genre.

Le bourreau soupira et reprit :

— La seule chose qui importe aujourd'hui, c'est que tu as perdu. Échec et mat.

Il éjecta la lame d'un couteau à cran d'arrêt puis, d'un geste vif et précis, la fit pénétrer dans la chair de sa victime et glisser profondément d'un bout à l'autre de sa gorge.

Ainsi finissaient les porcs.

Dans la pièce voisine, la femme avait entendu le dernier cri de l'homme. Oreille collée contre la porte, elle avait ensuite perçu ses gémissements, son souffle épais et un vague dialogue, sans parvenir à comprendre les mots échangés. Puis le silence était revenu.

Son ventre la faisait terriblement souffrir, elle aussi. Mais c'était pour une autre raison.

Prologue
(Deuxième partie)

DEPUIS DEUX JOURS, la neige tombait sans discontinuer sur la Suisse romande et une partie de la France voisine. Une épaisse couche d'or blanc recouvrait les vastes champs du Gros-de-Vaud. La voirie travaillait sans relâche pour dégager les routes de campagne et l'autoroute Yverdon-Lausanne.

Natif et résident du Sentier, au cœur de la vallée de Joux, Maxime Dutoit était un habitué des conditions hivernales extrêmes. Il connaissait le trajet comme sa poche. Tous les jours, il longeait par le sud-est le petit lac d'altitude engoncé entre deux plis du Jura, ne prenait même plus le temps d'admirer ses eaux noires en passe de geler et gagnait la plaine par le col du Mollendruz.

Le gros SUV filait dans la nuit précoce, les essuie-glaces balayaient le pare-brise à pleine vitesse, les phares peinaient à percer le rideau blanc de flocons, l'asphalte avait disparu sous un tapis glissant. Rouge FM annonçait des perturbations de trafic sur tout le territoire vaudois et invitait les automobilistes à la prudence, voire à rester chez eux dans la mesure du possible.

Dutoit traversa Mont-la-Ville, s'arrêta à l'Isle pour acheter des gressins et de la charcuterie pour la pause de minuit, puis il reprit la route en direction de Cossonay. À partir de là, la circulation devint plus dense, surtout en sens inverse : les gens rentraient chez eux à la fin d'une dure journée de labeur. Dutoit, lui, travaillait de nuit.

Dans la descente vers Penthalaz, le SUV se retrouva bloqué dans un bouchon provoqué par un chasse-neige. Dutoit jura, mais il n'avait pas d'autre choix que de prendre son mal en patience. Il alluma une cigarette et entrouvrit la vitre côté conducteur, l'air glacial s'engouffra dans l'habitacle.

Rouge FM diffusait une vieille chanson des années 1980 : *Careless Whisper* de George Michael. Dutoit éteignit la radio, il détestait ce titre. Ses parents s'étaient rencontrés sur cette chanson, s'étaient aimés, s'étaient détestés, et sa mère avait fini par le payer de sa vie.

Après le pont enjambant la Venoge, le SUV prit la route de Lausanne. À la sortie de la localité, Dutoit se déporta sur la gauche et doubla la file de voitures qui restait sagement dans la trajectoire du chasse-neige. Puis il bifurqua vers le nord en direction de Daillens.

Dutoit travaillait au centre de tri postal des colis de Daillens depuis cinq ans. Il appréciait tout particulièrement l'horaire de nuit, 18 heures-3 heures, qui le laissait libre de vaquer à d'autres occupations pendant la journée. Son jeune âge ne requérait finalement que peu d'heures de sommeil. Et puis, l'ambiance du travail nocturne avait une saveur spéciale.

Dutoit gara son SUV sur le parking réservé aux employés de la Poste, puis il marcha rapidement vers le tourniquet métallique de sécurité qu'il franchit en y appliquant son badge.

Sur sa droite, derrière le rideau de flocons, une alignée de *desks* éclairés et numérotés, où les camions et les fourgonnettes jaunes déchargeaient leur cargaison.

Porche en béton, double porte vitrée coulissante,

Dutoit passa du froid au chaud. Dans le hall d'entrée, la réceptionniste le salua à travers la vitre. Il aligna ensuite des gestes mécaniques : vestiaire, tenue grise et gilet jaune estampillé du logo de son employeur, chaussures adaptées. Puis pointage, direction la grande halle, badge sur la serrure électronique.

Dans cette immense salle grande comme quatre terrains de football, la chaîne de tri, qui mesurait plus de deux kilomètres, tournoyait et zigzaguait dans un bruit sourd et continu, drainant quelque deux cent mille colis par jour, et même plus en cette période des fêtes de fin d'année. Les glissières, les chaînes à plateaux, les tapis roulants munis de scanners, de cellules de lecture automatique d'adresses et d'aiguillages formaient un imbroglio de voies et de croisements qui n'aurait rien à envier au centre de tri des bagages d'un aéroport international. De quoi donner le tournis à un profane.

Alors qu'il se dirigeait vers son poste de travail, Dutoit croisa un collègue au volant d'un chariot élévateur qu'il salua d'un simple geste de la main. Puis il passa devant la « clinique », une petite pièce réservée à la réparation des paquets abîmés et à l'ouverture des colis dont on n'avait pu identifier les destinataires. Son supérieur, Antoine Cottier, n'était pas là.

Entre les *desks* de déchargement et le départ des tapis roulants, Dutoit vit plusieurs RX débordant de paquets qui l'attendaient. Dans le jargon postal, RX était l'abréviation de *Rollbox*, ces chariots métalliques grillagés destinés aux colis. Le travail de Dutoit consistait à ne déposer sur le tapis roulant que les colis qui ne risquaient pas de le bloquer. Les paquets trop lourds ou trop grands partiraient, eux, au tri manuel.

Ce soir-là, Dutoit déposa sur le tapis roulant un colis à l'apparence ordinaire, avec un timbre ordinaire et une adresse ordinaire, rien de suspect. Le petit paquet franchit sans problème l'étape du premier scanner, qui enregistra ses dimensions et son poids. Les cellules de lecture de la chaîne de tri le dirigèrent ensuite à travers le labyrinthe robotisé jusqu'à la glissière destinée au *desk* d'expédition ferroviaire « Genève Rail ».

À l'intérieur du colis, quelque chose s'était mis à fondre.

1984

« SAM ? »

L'appel de sa grand-mère résonna dans la ferme. L'enfant savait ce que ça signifiait : l'heure de partir à l'école. Mais à l'école, il n'avait nulle envie d'aller. Là-bas, on l'appelait *Sam le Bouseux* et on le brimait sans cesse. Parce qu'il était le seul à vivre dans une exploitation agricole et qu'il peinait à se débarrasser de l'odeur âcre et tenace des lieux. Son surpoids et ses vêtements usés pleins de taches n'arrangeaient rien.

— Sam, tu es prêt ?

L'enfant soupira et grommela sans une once de bonne volonté :

— J'arrive...

Dans le lavabo de la salle de bains flottait une kyrielle de bouts de papier, découpés sur des enveloppes ou des cartes postales que sa grand-mère avait gardées au grenier, entassées dans de vieilles boîtes à chaussures. Depuis quelques mois, Sam avait développé une véritable passion pour les timbres-poste.

Il avait appris différentes techniques pour les décoller, avait lu quelque part que l'eau chaude et la vapeur étaient à éviter. Quelques centimètres d'eau froide au fond du lavabo suffisaient, les timbres flottaient à la surface, face vers le haut, puis il fallait attendre que la bordure s'imbibe.

— Sam ! Tu vas être en retard !

Ouais…

Ce ne serait pas la première fois. Au moins, il éviterait de croiser Sylvain et ses sbires dans la cour de l'école.

À l'aide d'une pince à épiler, Sam décolla délicatement les timbres les uns après les autres, puis il les aligna, face vers le bas, sur du papier essuie-tout. Il déposa une autre feuille de papier par-dessus et comprima le tout sous une pile de gros livres, pour garder les timbres bien à plat pendant qu'ils sécheraient.

Cet après-midi, en rentrant de l'école, il les classerait dans ses albums de collection, en suivant la systématique du catalogue Zumstein, la bible des philatélistes.

Sam cheminait à travers champs, sous un soleil de plomb, en direction de la forêt onésienne.

Son cas était un peu spécial, mais connu de la direction de l'école des Tattes. Sam avait perdu sa mère deux ans auparavant et son père habitait un immeuble de la rue des Evaux à Onex. Sam y était légalement domicilié, mais son père n'avait pas le temps de s'occuper de lui. Inspecteur à la police cantonale genevoise, il travaillait à l'hôtel de police boulevard Carl-Vogt, de l'autre côté de l'Arve, suivant des horaires irréguliers incompatibles avec l'éducation d'un enfant de dix ans.

Au grand dam de ses parents, le père de Sam n'avait jamais voulu reprendre l'exploitation de la ferme située au bord du Rhône, sur la commune voisine de Lancy. Enfant unique comme son père, Sam vivait donc depuis deux ans chez ses grands-parents, tout en continuant de suivre l'école primaire à Onex.

Depuis une quinzaine d'années, Onex et Lancy connaissaient un développement urbain sans précédent. Le jour où les grands-parents de Sam décéderaient, leur terrain, s'il venait à être vendu faute de repreneur, serait menacé de reclassement en zone d'habitation à haute densité.

Sam entendait parfois ses grands-parents se disputer avec leur fils autour de cette épineuse question, mais la plupart du temps, la discussion tournait court. L'enfant n'y comprenait pas grand-chose et, à vrai dire, le sujet ne l'intéressait pas vraiment.

Dans la vie, Sam avait trois passions. Les timbres-poste, évidemment. Il avait réussi à réunir la collection quasi complète des *Pro Juventute* depuis 1912 et aspirait, comme tout bon philatéliste, à tomber un jour sur un précieux *Rayon* ou une *Colombe de Bâle*.

Sam avait aussi découvert l'informatique et les jeux vidéo grâce à son seul copain de classe : Toni. Ce dernier habitait près du parc des Evaux, dans un quartier un peu plus huppé d'Onex, ville majoritairement composée de familles issues du milieu ouvrier, souvent défavorisées sur le plan social. Toni collectionnait les consoles, il venait de faire découvrir à Sam la toute récente version de *Mario Bros. Special*. Et surtout, Toni avait reçu pour son anniversaire un ordinateur Commodore 64 avec toute une batterie de jeux dernier cri. Avec son ami, Sam développait ses connaissances dans les nouvelles technologies, un monde dont son père et ses grands-parents rétrogrades ne voulaient pas entendre parler.

Depuis le début de la semaine, Toni était malade. Sam n'avait pas de nouvelles, ses grands-parents refusaient qu'il se rende chez lui ou qu'il lui téléphone. Les appels coûtaient trop cher. L'absence de Toni amplifiait l'aversion de Sam pour l'école. Sans son ami à ses côtés, Sam savait qu'il se retrouverait à la merci de Sylvain Ansermet et de ses suiveurs. En deux ans, Sam avait développé plusieurs techniques pour leur échapper. Certaines avaient bien fonctionné, d'autres moins ; mais aujourd'hui, Sam était coincé. Les terreurs du collège ne le louperaient pas à la sortie, il devrait impérativement trouver un moyen de les éviter. La veille, il avait fait un doigt d'honneur dans le dos de Sylvain. Malheureusement pour lui, un gars de la bande l'avait vu et dénoncé à son chef, qui lui avait couru après jusqu'aux abords de la ferme lancéenne.

— Demain, je t'aurai, gros porc! avait crié Sylvain au moment où Sam franchissait la porte de chez lui.

La dernière chose qui poussait encore Sam à se rendre à l'école, c'était Princesse: sa troisième passion.

Princesse, une fille de sa classe, était la coqueluche de l'école des Tattes. Tout le collège la surnommait ainsi et elle ne cachait pas que ça lui plaisait. Tous les garçons la courtisaient, mais elle n'était encore sortie avec aucun d'eux. Attiré par sa beauté sauvage et son côté inaccessible, Sam était tombé fou amoureux d'elle. C'était son secret, qu'il n'avait avoué à personne, pas même à Toni. Car il savait qu'il n'avait aucune chance.

À la lisière de la forêt, Sam longea une rangée de jardins potagers puis contourna le stade des Tattes jusqu'au parking proche de l'école. Il regarda sa montre, constata qu'il avait deux minutes d'avance. Il avait marché trop vite.

La boule au ventre, il attendit la sonnerie à bonne distance de l'établissement, caché derrière une fourgonnette de livraison. Il entrerait en dernier dans le collège.

De loin, il observait les élèves déjà arrivés dans la cour. Les plus petits couraient, criaient et se chamaillaient. Les plus grands échangeaient des cartes Panini de l'Euro 84, dont la phase finale se déroulait en France. Sous un arbre, Sam repéra Sylvain et sa bande. Ils ricanaient, se moquaient des collectionneurs et menaçaient de temps à autre un plus petit qui osait s'aventurer dans « leur » périmètre.

Puis Sam aperçut Princesse. Son corps svelte et sportif de ballerine, ses cheveux longs nattés de la couleur du blé. De sa cachette, il devinait à peine les yeux de sa belle, clairs comme des diamants.

Le cœur de Sam fit un bond dans sa poitrine. Souriant à pleines dents, Princesse traversait la cour en direction de l'« arbre à connards », comme l'avait surnommé Sam. Pourquoi allait-elle vers eux ?

Il la vit arriver près du groupe en sautillant gaiement, puis se jeter dans les bras du meneur et déposer un doux baiser sur sa bouche. La sonnerie retentit. Main dans la main, Princesse et Sylvain se dirigèrent vers l'entrée du bâtiment.

Le cœur de Sam se brisa en mille morceaux.

Premier jour

1

SANS SURPRISE, le pont du Mont-Blanc était encombré. Genève connaissait les mêmes embouteillages que Paris aux heures de pointe, sauf qu'on était en Suisse, pays du respect et de la discrétion où les célébrités aimaient notoirement se ressourcer – on ne les abordait pas dans la rue, on leur fichait la paix. Sur la route, même régime : ni dépassements intempestifs, ni coups de klaxon. Les bouchons genevois étaient aussi célèbres que les bouchons lyonnais, mais ils n'avaient pas la même saveur. On attendait, sans trop d'impatience. Ça faisait partie du quotidien.

Pour les gens venus d'ailleurs, circuler dans Genève était un enfer. Les pendulaires préféraient le train, bondé lui aussi, et les Genevois optaient souvent, quand ils le pouvaient, pour le vélo, le scooter ou la moto.

D'ordinaire, Ana Bartomeu privilégiait elle aussi le deux-roues, mais depuis quelques jours, la situation météorologique ne s'y prêtait guère. Pensive, Ana regardait la rade qui s'étendait sur sa droite et les bains des Pâquis perdus dans les volutes de neige. Le lac Léman affichait des couleurs hivernales, entre bleu fumée et vert givré. Le jet d'eau, emblème de la ville, ne fonctionnait pas.

Partout sur les berges et les garde-corps du pont, des

glaçons s'étaient formés à l'horizontale, forgés par une forte bise.

Pour Ana, Genève était la plus française des villes suisses : paralysée à la première neige. En cinq minutes, son véhicule n'avait progressé que d'une vingtaine de mètres sur la chaussée verglacée et beaucoup d'automobilistes n'étaient pas équipés en pneus d'hiver. Derrière les volants, on devinait la panique sur les visages.

Au milieu du pont, le téléphone d'Ana se mit à sonner via la connexion Bluetooth de sa voiture. C'était la centrale de la police. Elle décrocha et s'annonça :

— Bartomeu.

— Bonsoir inspectrice, je vous passe le commissaire Gygli. Je vous demande de patienter quelques secondes, restez en ligne.

La conversation fut mise en attente. Ana jura intérieurement et posa instinctivement sa main droite sur sa veste rembourrée, à hauteur de son sein gauche.

Putain, Yannick ! Tu sais que j'ai pris mon après-midi…

Et ce n'était pas pour faire du shopping entre les fêtes mais pour quelque chose de grave, elle l'avait pourtant dit à son chef. Elle avait quitté les locaux du boulevard Carl-Vogt à midi, direction les Eaux-Vives. Dans le cabinet médical, elle avait patienté, puis s'était livrée à une batterie d'examens. Le verdict était tombé en fin d'après-midi. Sous le choc, elle avait récupéré sa voiture au parking du Mont-Blanc. Elle rentrait chez elle, à Versoix, et en cet instant précis, elle n'avait qu'une seule envie : s'avachir devant la télé en bouffant une grosse boîte de chocolats, pendant que Lucifer ronronnerait à ses pieds. Tant qu'à mourir, autant le faire en bonne compagnie et le ventre plein de douceurs.

La voix de Gygli résonna dans l'habitacle.

— Salut Annie.

C'était son petit nom à la brigade, une blague interne qui lui collait à la peau depuis un apéro pendant lequel un collègue aviné l'avait comparée à Annie Wilkes, dans *Misery*. Il était vrai que depuis qu'elle avait pris du poids, beaucoup de poids, Ana ressemblait un peu à l'actrice Kathy Bates.

— Qu'est-ce que tu veux, la Fouine ?

Gygli, qui la connaissait bien, sentit tout de suite qu'elle n'était pas d'humeur à faire la conversation.

— Que t'a dit ton cardiologue ?

— Depuis quand tu t'en soucies ?

— Annie, s'il te plaît...

— Je vais crever si on ne m'opère pas rapidement. Ça te suffit ?

— Quand ?

— J'ai rendez-vous après-demain à l'hosto pour le charcutage. Mais ce n'est pas pour ça que tu m'appelles, non ?

Gygli se racla la gorge.

— Je suis désolé, mais...

— Mais ?

— Tu sais qu'on est en sous-effectif entre Noël et le Nouvel An. Tu ne pourrais pas...

— Vas-y ! Crache le morceau !

— On nous a appelés pour un colis suspect. Je n'ai personne de dispo sous la main.

— Depuis quand la Crim' se charge des colis suspects ? Appelle les démineurs.

— Non, non, ce n'est pas une alerte à la bombe.

— Alors quoi ?

— C'est un peu plus... spécial. Je ne sais pas si c'est sérieux ou pas. Je préfère que tu voies sur place. C'est un employé de la Poste qui a appelé.

— Quelle succursale ?

— Balexert, dans le centre commercial.

Ana entendit un klaxon. Derrière elle, le conducteur s'impatientait. Elle regarda devant, la file de voitures avait avancé. Elle appuya sur l'accélérateur.

— Qu'est-ce qui se passe ? demanda Gygli.
— Rien. Un connard au volant.
— T'es où, là ?
— Sur le pont du Mont-Blanc. Je rentre chez moi.
Le commissaire laissa planer un silence, puis il reprit :
— Tu sais que je ne te le demanderais pas si j'avais quelqu'un d'autre sous la main. Je suis vraiment dans la merde. Rends-moi ce service, juste un petit détour…
— Un petit détour ? Avec cette neige et cette circul' ? Tu te fous de ma gueule ?
— Je n'oserais pas.
Ce fut au tour d'Ana de réfléchir.
— Tu ne peux pas envoyer Morin ?
— Il est en vacances.
— Mitch, alors. La Poste, ça lui rappellera quelques souvenirs.
— Tu sais très bien qu'il est sur la touche. L'IGS n'acceptera jamais que je le rappelle sur le terrain. Pas maintenant.
— Et toi ? Pourquoi tu n'y vas pas ?
— Te fous pas de moi, Annie. Je dois tout gérer, ici.
Elle soupira.
— Tu fais chier, la Fouine !
Et elle raccrocha.

Une nouvelle rafale de neige balaya la rade. La voiture franchit péniblement trois nouveaux mètres. Ana déplia le pare-soleil et regarda la photo de Lucille. Prise cinq ans auparavant, quand Lucille et Ana travaillaient aux Stups, elle datait de la belle époque, d'un bonheur révolu.

C'était le temps de la liberté, de l'impro, du flirt avec la ligne rouge et des victoires. Ce soir-là, la brigade avait saisi cent kilos de coke dans l'entrepôt d'un grossiste en café à l'autre bout de la ville et plus d'un million de francs en cash dans le coffre-fort d'un avocat d'affaires. Des têtes étaient tombées jusque dans les plus hautes sphères de la finance et de la politique. Après des mois d'écoutes, de surveillances et d'infiltrations, Lucille, Ana et leurs collègues avaient fêté la réussite de l'opération.

L'alcool avait coulé à flots. Dans les locaux de la brigade, un collègue aviné avait sorti son flingue et tiré plusieurs coups de feu dans la poubelle, le parquet vermoulu et un vieux mur. Pour rigoler. Une balle avait malencontreusement traversé le système d'écoutes et grillé l'ordinateur. Une autre avait ricoché et fini dans le pied de Morin. Par chance, une blessure sans gravité, mais le tireur éméché avait pris le volant pour le conduire à l'hôpital. Et quand les gendarmes lui avaient demandé de souffler dans le ballon, il leur avait cassé la gueule. Tout simplement. C'était le temps de l'insouciance et du grand n'importe quoi.

La police genevoise était aussi la plus française des polices suisses. Une pâle copie des films d'Olivier Marchal. On se croyait tout permis, les maîtres du monde, les seigneurs de la crasse et de la fange. D'aucuns auraient souhaité ce temps révolu, mais il courait encore.

Pour Ana, c'était l'époque de l'amour aveugle. Sur cette photo, elle avait trente kilos de moins. Une reine de beauté, belle, fine et radieuse. Insouciante, surtout. Pour Lucille, Ana avait tout plaqué du jour au lendemain : enfants et mari, la vie de famille stable et traditionnelle qu'elle avait toujours connue. Pour elle, un embrasement. Pour eux, un cataclysme.

Puis l'IGS avait mis son nez dans les pratiques de la brigade. Des têtes étaient à nouveau tombées, mais dans l'autre camp cette fois. Et du jour au lendemain, Lucille avait disparu sans laisser de trace, ni la moindre explication.

Chaque fois qu'Ana regardait cette photo, ça produisait en elle un électrochoc, le rail de coke qu'elle se serait envoyé dans le pif, la bouffée de chaleur avant la descente aux enfers.

Tu me manques, ma Lucille…

Où es-tu, bordel ?

Un nouveau coup de klaxon la tira de son bref voyage dans le passé. Elle fit un doigt d'honneur au conducteur qui la suivait, puis elle ouvrit sa vitre latérale, glissa une main à l'extérieur, sentit le froid engourdir aussitôt ses doigts et plaqua le gyrophare sur le toit du véhicule banalisé.

— Tu fais vraiment chier, la Fouine !

Feu bleu et sirène deux tons allumés, la voiture d'Ana quitta la double file et remonta le pont du Mont-Blanc, direction gare Cornavin et centre Balexert, le long d'un couloir central imaginaire et verglacé.

2

LAUSANNE, *quelques jours plus tôt.*

On vivait dans un monde où les pervers narcissiques seraient bientôt aussi nombreux que les ruptures de couple. Le phénomène de mode était comparable à la surpopulation d'enfants HPI dans les classes. La normalité, si tant est que la notion existe, était devenue l'exception.

Le phénomène HPI avait d'abord provoqué des joutes entre les mamans qui attendaient leur progéniture à la sortie de l'école. C'était à celle dont l'enfant était le plus intelligent. Puis, quand on avait expliqué à ces mamans que le diagnostic impliquait plutôt un handicap pour leur enfant, il était devenu un prétexte pour justifier l'échec scolaire: *mon enfant est surdoué, il s'ennuie en classe.* Trente ans plus tôt, on appelait ces enfants-là des cancres.

Pour les pervers narcissiques, c'était pareil. On employait le terme à tort et à travers, on le servait à toutes les sauces, on se rassurait en se disant que le conjoint qui nous avait quitté – ou qu'on avait quitté – entrait dans cette catégorie. Mais on oubliait qu'en psychiatrie moderne, la définition de pervers narcissique n'existait pas.

Pour les psychiatres, il existait seulement des personnes narcissiques d'un côté et des relations perverties de l'autre.

Une relation amoureuse impliquait généralement deux personnes, et une rupture sentimentale était rarement de la responsabilité d'une seule.

Veronika Dabrowska en était pourtant convaincue : Sam était un pervers narcissique. Depuis une heure, elle tournait en rond comme une hélice dans son petit appartement niché sous les toits d'un immeuble vétuste et mal chauffé de la vieille ville, au cœur de Lausanne. Téléphone à la main, elle attendait impatiemment qu'Yves Morin la rappelle.

De temps à autre, elle écartait nerveusement le pan d'un rideau et observait la rue, convaincue que Sam était là, quelque part, tapi dans le recoin d'une ruelle sombre, en train de l'observer et de jouir de la peur qu'il parvenait à instiller chez elle. Mais Vero ne distinguait rien dans la nuit glaciale. Un air de Sibérie régnait sur le chef-lieu vaudois. En bas à droite, la place de la Palud recouverte de neige et déserte. En face, rue Mercerie, ne subsistaient dans le halo des réverbères que les traces de pas des gens qui avaient préféré fuir le froid et rentrer chez eux. Sur la gauche, les escaliers du Marché, déserts eux aussi, et plus haut, se détachant dans le ciel moucheté de flocons, le beffroi illuminé de la cathédrale. Ce soir, peu de gens entendraient le guet crier les heures.

Vero ne voyait personne, et pourtant. Elle savait que Sam était là. Il l'épiait. Elle relâcha le rideau et regarda l'écran de son téléphone, désespérément éteint.

Yves, rappelle-moi ! Je t'en supplie, mon amour !

Comment avait-elle pu se tromper à ce point sur Sam ?

Elle ne comprenait pas et repassait sans cesse dans sa tête le fil des évènements des six derniers mois. Au début de leur relation, il était pourtant si charmant…

Dès leurs premiers échanges, Sam ne s'en était pas caché : du temps où il fréquentait l'école obligatoire, il faisait partie des cancres. Point d'enfant génie, ni de surdouance cachée. Il ne s'en était sorti dans la vie qu'à force de volonté et de persévérance. Cet accent de sincérité avait rapidement convaincu Vero d'entamer avec lui une relation virtuelle.

Au début, elle s'était un peu méfiée. Les escroqueries à la romance fleurissaient sur Internet, des amies à elle s'étaient déjà fait piéger, et elle était restée sur ses gardes. Mais au fil des mois, jamais Sam ne lui avait parlé de problèmes d'argent, ni demandé le moindre centime. Il se disait plutôt aisé et lui avait même proposé de l'aider financièrement, quand elle lui avait avoué qu'elle peinait à boucler les fins de mois. Par fierté, elle avait refusé.

Sam l'avait mise en confiance, Vero s'était peu à peu dévoilée sur tous les aspects de sa vie privée. Lui, beaucoup moins. Elle habitait à Lausanne, lui à Genève. Elle travaillait comme bibliothécaire, lui comme imprimeur. Ils partageaient l'amour des beaux livres, avaient plus ou moins le même âge, sortaient tous les deux d'un douloureux divorce et fréquentaient les sites de rencontres. Elle n'avait pas d'enfant, lui non plus. C'est à peu près tout ce qu'elle savait de lui.

Sam en savait beaucoup plus sur elle : son adresse, son lieu de travail, la marque de sa voiture, ses horaires de boulot, ses habitudes, ses hobbys, ses goûts vestimentaires, alimentaires et amoureux. Il connaissait sa taille, son poids, la couleur de ses yeux et de ses cheveux. Elle avait une vraie photo de profil, lui non.

Pour illustrer son profil, Sam avait choisi d'afficher la photo d'un vieux timbre postal, décoré d'une colombe blanche sur fond rouge, avec les armoiries du canton de Bâle-Ville et les mots *Stadt-Post-Basel*. Il avait toujours refusé de lui envoyer une photo de lui, arguant qu'un amour sincère ne se fondait pas sur le physique.

Un jour, Vero avait insisté et il lui avait répondu qu'il pourrait venir chez elle, mais que s'il le faisait, ils seraient alors liés par un pacte scellé pour la vie. Ces mots mystérieux l'avaient perturbée, elle avait hésité puis lui avait répondu qu'elle n'était pas prête à recevoir un homme à la maison. Pour ne pas le vexer, elle lui avait proposé un compromis : une rencontre sans engagement dans un café de Lausanne. Sam avait refusé et Vero avait préféré mettre un terme à leur relation virtuelle.

C'est là que les ennuis avaient commencé. Sam n'avait pas accepté la rupture. Il était revenu à la charge à maintes reprises, l'affublant d'un petit nom qu'elle aurait trouvé charmant en d'autres circonstances. Il avait écrit qu'il lui avait consacré six mois de son existence, pas un jour sans un échange de messages, qu'elle était entrée dans sa vie et qu'elle n'en sortirait pas comme ça. Qu'elle était à lui.

Vero avait fini par le bloquer. Mais il était réapparu le lendemain avec un nouveau profil et l'avait accusée de le quitter pour un autre. Elle avait nié, l'avait bloqué à nouveau. Le profil suivant avait amené son lot d'injures : *salope, traînée, sale pute*. Le suivant encore, son lot de menaces à peine voilées : *si je peux pas t'avoir, un autre ne t'aura pas non plus*.

Vero avait fini par se rendre au siège de la police municipale, où elle avait déposé une plainte pénale contre Sam. Aux enquêteurs qui lui demandaient des détails, elle avait été incapable de fournir un nom de famille, ni aucune autre information sur l'identité de son harceleur. Et quand elle avait voulu leur montrer les messages, ceux-ci avaient disparu. Les nombreux profils de Sam aussi. Elle n'avait pas pensé à faire des captures d'écran.

Un mois plus tard, Vero avait reçu une ordonnance de non-entrée en matière sur sa plainte, émanant du ministère public de l'arrondissement de Lausanne.

Le téléphone vibra dans la main de Vero. Elle sursauta, regarda l'écran, peu rassurée. Avec Sam, il fallait s'attendre à tout.

Yves ! Enfin !
Elle décrocha et ne le laissa pas parler.
— Quand est-ce que tu arrives ?
— Je suis en route. Qu'est-ce qui se passe ?
— Sam…
Morin laissa planer un silence. Vero pouvait entendre le bruit de sa voiture en arrière-plan.
— Cet enfoiré a recommencé ? demanda-t-il.
— Je suis sûre qu'il est là, pas loin.
— OK. Surtout ne sors pas de chez toi. J'arrive dans vingt minutes.
— T'es où, là ?
— J'approche de la bretelle Lausanne-Vennes. Les routes ne sont pas bonnes, mais il n'y a plus trop de circulation.
— Fais vite, mon amour.
— J'arrive, ma Princesse.
— Ne m'appelle pas comme ça, c'est pas drôle, je te l'ai déjà dit ! s'exclama Vero, horrifiée.
— Bon… Mais c'est vrai que ça te va bien.
Vero soupira. Elle en voulait à Morin de jouer avec ses nerfs. Princesse, c'est le petit nom que Sam lui donnait.

3

Ana Bartomeu appréhendait cette nouvelle opération, la seconde en trois ans, après un premier infarctus. Elle souffrait d'insuffisance cardiaque depuis que sa vie était partie en lambeaux cinq ans auparavant, lorsque les foudres de l'IGS s'étaient abattues sur la brigade des Stups. Ana s'en était sortie sans trop de casse, mais elle avait été mutée à la Crim'. Et Lucille avait disparu. Dans cette histoire, Ana avait tout perdu, ou presque.

Son mari avait demandé le divorce et ne lui parlait plus. Elle avait quitté la villa familiale, avec piscine et vue sur le lac dans un quartier huppé de Collonge-Bellerive, pour un trois-pièces miteux à Versoix. Elle aurait pu demander une pension alimentaire, même si elle gagnait un salaire honorable : celui de son mari était dix fois supérieur au sien, il travaillait dans la finance. Mais face au juge civil qui lui avait rappelé ce droit, elle avait renoncé. Par amour-propre sans doute. Et peut-être aussi parce qu'elle prenait sur elle toute la responsabilité de cette rupture abrupte. Ses enfants, qui avaient grandi dans un cocon privilégié et aimant, avaient très mal supporté ce brusque cataclysme familial : leur mère qui soudain les délaissait, se jetant dans une histoire d'amour comme une gamine égocentrique, puis entraînée dans un marasme professionnel dégradant ; leur père, d'abord désemparé, qui s'était ensuite lancé dans un divorce ravageur, avide de vengeance. Les enfants avaient choisi leur camp, celui de leur père outragé et de la bienséance. Pour eux, depuis tout ça, elle n'existait plus. Pouvait-elle vraiment le leur reprocher ?

Une crise de la quarantaine à cinquante ans, un coup de foudre pour sa collègue Lucille, six mois d'insouciance, de retombée en adolescence, de bonheur aveugle. Puis le néant.

Ana s'était retranchée dans ce petit appartement sans cachet, avec Lucifer et des tonnes de malbouffe. Dans la vie, il ne lui restait que son chat, un frigo à faire pâlir tout bon diététicien, des amis qui se comptaient sur les doigts d'une main, et son travail. Ana souffrait d'insomnies, et les rares heures où elle avait l'impression de dormir profondément n'étaient pas réparatrices. Son surpoids avait d'abord provoqué d'abominables ronflements, qui avaient fait fuir le seul homme qu'elle avait ramené chez elle en cinq ans. Un mauvais coup d'un soir. Puis les apnées du sommeil étaient apparues, assassines, la rendant de plus en plus fatiguée, de plus en plus obèse et de plus en plus acariâtre.

La nouvelle Annie Wilkes, à n'en pas douter. Et s'il y avait une chose dont elle se sentait capable en cet instant précis, c'était de péter les chevilles de son chef à coups de marteau.

Putain, la Fouine, tu fais vraiment chier !

Elle allait manquer *L'amour est dans le pré*, la seule émission de téléréalité pendant laquelle elle pouvait fantasmer, avec un certain espoir, sur des hommes qui, peut-être, daigneraient encore poser sur elle un regard empli de désir.

Pont du Mont-Blanc, rue de Chantepoulet… Les voitures patinaient entre les ornières et s'écartaient péniblement en entendant la sirène de la police. Ana serra de près un tram des TPG, les Transports publics genevois, qui entraînait des volutes de neige dans son sillage. À travers le rideau de flocons, le gyrophare lançait dans la nuit des éclairs bleus qui se reflétaient dans les congères recouvrant les trottoirs. L'effet stroboscopique illumina furtivement la façade de la basilique Notre-Dame et, au-delà sur la droite, la place Cornavin.

Énervée, Ana renforçait le signalement de son passage à grands coups d'appels de phares quand les automobilistes tardaient à s'écarter. Pourtant, personne d'autre qu'elle n'avait décrété que son déplacement était urgent. Mais après tout, il arrivait aussi à ses collègues de brancher le feu bleu deux tons pour aller boire un café à l'autre bout de la ville.

La gestion du stress n'était pas le fort d'Ana, son médecin puis le cardiologue le lui avaient dit : si elle ne reprenait pas rapidement sa vie en main, si elle ne perdait pas du poids, si elle ne faisait pas un peu de sport, ne serait-ce qu'une courte marche quotidienne, si elle ne se reposait pas, ils ne lui donnaient que peu de chances de vivre jusqu'à la retraite.

De toute façon, Ana ne parvenait pas à se projeter jusque-là. Pourquoi ? Pour finir sa vie toute seule ? Et qu'on découvre un jour son cadavre décomposé dans son appartement, plusieurs semaines après son décès, parce que personne ne se serait soucié de son absence et que seule l'odeur putride aurait alerté ses voisins ? Cette vie n'avait aucun sens.

« Oui docteur, bien docteur », répondait-elle chaque fois. Bien sûr qu'elle se rendrait à l'hôpital après-demain ! On lui déboucherait une artère, on lui placerait un nouveau stent en ambulatoire. Elle ressortirait le soir même et se jetterait aussitôt sur un paquet de chips devant la télé, en caressant Lucifer. La vie reprendrait son cours jusqu'à la prochaine alerte cardiaque. Et comme souvent, elle espérait que cette fois serait la bonne.

La voiture banalisée franchit le tunnel sous les voies de chemin de fer, longea la rue de la Servette puis la route de Meyrin jusqu'à Balexert.

Aller jusqu'au parking couvert du centre commercial ne serait qu'une perte de temps. Ana remonta l'avenue Louis-Casaï, fit demi-tour à une intersection et se gara juste devant l'entrée principale, sur le trottoir, à côté d'une voiture de la gendarmerie.

Des gens entraient et d'autres sortaient avec des sacs de commissions. Les lieux n'avaient pas été évacués, la Fouine avait dit vrai, ce n'était pas une alerte à la bombe. Personne ne prêtait attention à l'intervention de la police, qui était ici monnaie courante. Chaque jour, et plus encore pendant les fêtes de fin d'année, les commerces du centre étaient la cible des voleurs à l'étalage.

Ana coupa le moteur et sortit dans le froid. Elle inspira profondément, l'air glacé envahit ses poumons. Des flocons recouvraient déjà ses cheveux et fondaient au contact de son front. Elle expira de la vapeur, lentement, comme on l'aurait fait d'une bonne bouffée de cigarette, puis se dirigea vers les portes vitrées. L'air chaud du sas contrasta avec la température extérieure et Ana ressentit des picotements sur sa peau.

Les bureaux de la poste se trouvaient immédiatement à droite de l'entrée, ouverts sur le grand hall. Des clients faisaient la queue, ticket à la main, attendant calmement que leur numéro s'affiche sur un écran et les dirige vers un guichet. Ils ignoraient apparemment les raisons de l'intervention de la police. Du côté des employés, c'était différent. Ils n'étaient pas aussi souriants que d'habitude. Mais peut-être était-ce dû au fait qu'il y avait du monde ; c'était la fin du mois, le salaire était arrivé, les factures aussi. La journée avait été longue et ils n'attendaient qu'une chose : rentrer chez eux.

Derrière les guichets, Ana repéra un collègue gendarme

dans l'entrebâillement d'une porte qui donnait sur la partie non publique des locaux. Elle contourna le hall, puis l'extrémité du comptoir des guichets, et le rejoignit.

— Salut, c'est où que ça se passe ?

— Vers les casiers poste restante.

— Montre-moi.

Ana le suivit jusqu'à une petite pièce sombre, éclairée par une rangée de tubes néons. Dans la pièce, un autre gendarme discutait avec une femme qui portait une veste aux couleurs de la Poste. Devant eux, la paroi était recouverte de casiers métalliques ouverts sur lesquels reposaient des colis. De l'un d'eux suintait un liquide rouge, foncé et visqueux.

4

LAUSANNE.

Yves Morin gara sa voiture place de la Riponne. Comme tout parking public le soir, l'endroit était glauque à souhait. Éclairage réduit au minimum, décor gris, piliers en béton marqués de bandes jaune et noir, le bruit lointain d'un moteur, pas un chat.

Morin – ses collègues l'appelaient toujours par son nom de famille, à tel point qu'il en avait presque oublié son prénom –, célibataire endurci, multipliait les conquêtes féminines. Une dans chaque port, les autres à Genève. Celles qui habitaient la cité de Calvin, il les voyait régulièrement, tour à tour, en soirée ou la journée. Il se débrouillait toujours pour trouver un prétexte pour s'absenter du bureau.

Morin profitait des vacances pour voir les autres, qui vivaient en province, comme il aimait le dire en bon Genevois parlant des autres cantons romands. À celles-là, il faisait miroiter des escapades de deux jours, ce qui lui permettait de faire la tournée des grands-ducs en deux semaines. Une fille par canton.

Ce soir, suite à l'appel désespéré de Vero, Morin avait décommandé Élise, la Sédunoise. Une urgence professionnelle, avait-il menti une fois de plus. Il la rappellerait. Élise n'avait pas caché sa déception, mais elle s'était montrée compréhensive. Elle attendrait.

Morin sortit son arme de la boîte à gants, vérifia qu'une balle était engagée, puis glissa le pistolet dans son holster ceinture. Il ferma sa veste d'hiver jusqu'au cou, discrétion assurée, et se dirigea vers la sortie.

Ses pas résonnaient dans la pénombre. Un néon crépitait au-dessus d'une rangée de voitures, de légers courants d'air froid s'engouffraient dans le parking désert.

Morin fit un léger détour par la place de parking que Vero louait au mois. La petite Volkswagen noire était là, garée cul contre le mur. Devant le pare-chocs avant, un graffiti avait été tagué à la bombe rouge sur le sol: *Love*, suivi d'un cœur. Un tag de plus, un tag synonyme de harcèlement, un tag de Sam.

Morin sentit une vague d'adrénaline monter en lui, la colère prenait le dessus. Il devait absolument se raisonner, réfléchir à tête reposée, mais il n'y arrivait pas. Il craignait de croiser Sam inopinément. Les choses pourraient vite dégénérer et la balle engagée atteindre sa cible sans sommation. La légitime défense serait difficile à plaider.

Morin quitta le parking de la Riponne par l'accès sud, côté Espace Arlaud et station de métro de la ligne M2 Maurice-Béjart. Le long de l'escalator qui montait vers la place, un autre tag à la peinture rouge et aux caractéristiques similaires: *Jtm*. Sam avait balisé le chemin entre la place de parking de Vero et son appartement de petites attentions malsaines. Elle ne pouvait plus faire un pas dans la rue sans remarquer la présence sournoise de son harceleur.

Arrivé sur la place, Morin glissa la capuche de sa veste sur sa tête et affronta la tempête de neige. Alors qu'il se dirigeait vers la rue Madeleine, il eut la désagréable impression d'être suivi. Il fit encore quelques pas, puis se retourna d'un bloc.

L'homme qui le suivait sursauta et s'arrêta. Morin le dévisagea. C'était un jeune type trapu, vêtu d'un jogging et de baskets tout droit sortis de l'étal d'un magasin.

— Qu'est-ce que tu veux? aboya le flic, qui n'était pas dans sa juridiction.

L'homme se mit à trembler, porta son index et son majeur droits à ses lèvres, et bégaya dans un français approximatif:

— Ci… cigarette?

— J'fume pas, répondit sèchement Morin. Allez, casse-toi!

L'homme ne demanda pas son reste, fit demi-tour et disparut dans une ruelle.

La scène aurait pu choquer. Mais à un ancien des Stups, on ne la faisait pas. La réalité était tout autre. Le type s'était jeté sur le premier passant en espérant écouler son stock de boulettes de cocaïne. Avec cette météo, le client ne courait pas les rues. Mais le visage et la réaction de Morin lui avaient vite fait comprendre qu'il n'avait rien d'un consommateur.

Une fois le petit dealer parti, le policier faillit éclater de rire, de nervosité plus que de bon cœur.

Morin descendit la rue Madeleine jusqu'à la place de la Palud, recouverte de neige. Les rares pavés apparents glissaient comme des savonnettes. Sur les murs d'un bijoutier et sur ceux d'une librairie chrétienne un peu plus bas, deux autres tags à la peinture rouge, toujours les mêmes: un *Love* et un *Jtm*.

Morin contourna la place et passa devant la fontaine de la Justice. Les couleurs d'ordinaire chatoyantes de sa colonne et de sa statue avaient disparu sous une couche de givre, le bassin était recouvert de glace.

Morin poursuivit en direction des escaliers du Marché, pénétra dans une vieille maison sur sa gauche, essuya ses semelles détrempées sur un grand paillasson usé et grimpa les étages jusqu'au quatrième.

À peine avait-il frappé à la porte qu'il entendit glisser le cache de l'œil-de-bœuf, puis une triple serrure qu'on déverrouille. La porte s'entrebâilla, le visage de Vero apparut, les paupières tuméfiées par les pleurs, des larmes sur les joues. Elle tenta d'ôter le loquet, dut s'y prendre à deux fois parce qu'elle tremblait de nervosité, puis ouvrit grand la porte et se jeta dans les bras de Morin.

5

LE LIQUIDE visqueux rouge foncé coulait du colis et dégoulinait sur les casiers du dessous.

— C'est du sang ? demanda Ana, incrédule.

— Ça en a tout l'air, répondit un gendarme.

— Vous avez ouvert le colis ?

— Non.

— Nous préférions attendre votre arrivée, intervint la femme qui portait la veste aux couleurs de la Poste. Je me présente, Iza Mestre, responsable de la succursale.

— Vous avez bien fait, approuva Ana en s'approchant du casier qui était à la hauteur de son visage.

— On appelle la BPTS ? demanda l'autre gendarme.

Ana se tourna vers lui. Elle savait qu'elle devait vérifier la solidité de l'affaire avant de déranger la Brigade de police technique et scientifique.

— Pas encore, répondit-elle. J'aimerais d'abord m'assurer qu'il ne s'agit pas d'une mauvaise blague. Ou d'un bocal de faux sang qui s'est renversé. À qui est destiné ce colis ?

— Une entreprise horlogère qui est fermée pendant les vacances de fin d'année.

Horlogère… Aucune raison apparente pour que ce soit du faux sang.

Ana se remémora ses vagues connaissances en la matière, pensa à l'anodisation ou l'éloxage des composants d'un mouvement, un traitement de surface de l'aluminium ou du titane servant à créer une couche de protection pour les matières brutes ou colorées. Cette technique impliquait des bains, mais Ana ignorait la composition des liquides dans lesquels on trempait les composants.

Elle plongea ses mains dans les poches de sa veste et en sortit des gants en latex, qu'elle enfila. Elle ne se déplaçait jamais sans une paire neuve, que ce soit pour la sauvegarde des traces, les fouilles de personnes sur rue ou les perquisitions. Par le passé, elle avait été trop souvent confrontée à l'insalubrité des logements des toxicomanes.

Avant de saisir le colis, Ana se tourna vers un des gendarmes.

— Prends deux ou trois photos du casier.

Pas de formule de politesse ni de chichis, un simple ordre. Le gendarme s'exécuta au moyen de son téléphone, puis, à deux mains, Ana saisit délicatement le petit colis, posé sur une pile de courrier. Le bas du carton était imbibé de la même substance qui avait coulé sur les lettres et les casiers du dessous.

— Photos, ordonna Ana.

Le gendarme prit quelques clichés. Puis elle déposa le colis sur le sol de la pièce et se tourna vers la responsable.

— Vous avez un cutter?

La femme quitta la pièce et revint quelques secondes plus tard avec l'objet demandé, qu'elle tendit à l'inspectrice. D'un mouvement du pouce, Ana sortit la lame et la fit glisser avec précaution sur les morceaux de Scotch fermant le paquet. Une fois l'opération terminée, elle écarta délicatement les rabats pour dévoiler le contenu.

Horrifiée, la responsable de la succursale porta les mains à sa bouche et étouffa un cri. Un des gendarmes pâlit, l'autre murmura:

— C'est quoi, ce truc ?

— Une raison d'appeler la BPTS, répondit Ana. Tu t'en charges ?

— Tout de suite.

— Et dis-leur de venir avec le légiste. Qu'ils ne tardent pas trop.

— OK.

Le gendarme sortit de la pièce, téléphone en main.

— Toi, dit-elle à son collègue, prends des photos. Et évite de gerber.

Puis elle se tourna vers la responsable.

— Quand fermez-vous ?

La femme regarda sa montre et balbutia :

— Dans une heure.

— C'est trop long. Renvoyez les clients chez eux sans leur donner d'explication, puis fermez la boutique.

— Et les employés ?

Ana réfléchit.

— Qu'ils restent dans les parages, mais pas dans les locaux. Dites-leur d'aller boire un verre ou fumer une clope, je ne sais pas. Mais qu'ils restent atteignables, j'aurai probablement des questions à leur poser.

La femme acquiesça et sortit à son tour. Puis Ana s'adressa au gendarme qui photographiait le contenu du colis. Il transpirait, le teint aussi blanc que la lueur des néons.

— T'as fini ?

— Ouais. Mais c'est quoi, ce truc ?

— Le légiste saura nous le dire.

— OK. Qu'est-ce qu'on fait, maintenant ?

— On attend.

Le second gendarme avait lui aussi quitté la pièce. Ana l'avait autorisé à aller aux toilettes, peut-être pour vomir. Si c'était le cas, elle ne voulait plus de lui sur la scène de crime. Elle lui avait aussi confié une tâche : établir la liste de tous les employés de la succursale, avec leurs horaires de travail du jour et de la veille.

Ana se retrouva seule avec le colis. Plus question d'y toucher. Elle-même aurait probablement dû sortir de la pièce, mais avec le nombre de va-et-vient qu'il y avait eu dans la journée, elle parvint à la conclusion que c'était inutile. Le sol avait déjà été pollué par les traces de nombreuses personnes innocentes.

Le petit détour que lui avait demandé la Fouine menaçait de prendre des proportions inattendues. Ana maudit une nouvelle fois son chef. Une enquête comme celle-là, jamais elle ne pourrait l'assumer en solo, pas avec le spectre de son opération du surlendemain. Il lui fallait un binôme. Et le plus tôt serait le mieux.

Téléphoner à la Fouine était inutile, elle connaissait déjà sa réponse. Les effectifs, les congés, les vacances, le merdier des fêtes de fin d'année. Mais elle savait qui accepterait d'écourter ses vacances pour elle et pour ce genre d'affaire : Morin, un collègue en qui elle avait une confiance aveugle. Elle composa son numéro et attendit plusieurs sonneries. Mais Morin ne répondit pas.

6

LAUSANNE.
Yves Morin déposa un baiser sur le front de Vero, puis entra dans l'appartement. Encore tremblante d'inquiétude, elle le retint par la manche de sa veste.

— Tu étais où ? Je t'attendais ! dit-elle, des larmes à moitié séchées sur les joues.

— J'avais une course à faire.

— Une course ?

— Oui.

Vero regardait Morin de façon suspicieuse, il le remarqua et appuya :

— Un cadeau pour Noël. J'étais pas chez une autre.

— Tu me le jures ?

Il lui sourit.

— Je te le promets.

— Non, jure-le-moi !

— C'est pareil.

— Non, ce n'est pas la même chose. Promettre, c'est devant les hommes. Jurer, c'est devant Dieu.

Morin soupira.

— Je ne crois pas en Dieu.

— En les hommes non plus, ironisa Veronika Dabrowska. Toi, tu ne crois qu'en les femmes.

— Ce qui devrait plaire à une féministe comme toi, non ?

— Pas quand tu les traites comme ça. Je ne suis pas stupide, tu sais. Si tu m'aimais vraiment…

— Mais je t'aime.

— Arrête ! La seule chose qui te plaît chez moi, c'est mon cul. Un parmi tant d'autres.

Morin passa ses bras autour de Vero, plaqua ses mains sur ses fesses et l'attira contre lui pour l'embrasser. Elle répondit à son baiser. Puis il la regarda droit dans les yeux.

— Je n'aime pas quand tu es jalouse.

— Tu adores ça.

Il s'écarta, retira sa veste et ses chaussures, et les rangea dans le vestibule. Puis il traversa le petit appartement, se dirigea vers une fenêtre du salon et écarta les rideaux. Place de la Palud, rue Mercerie, escaliers du Marché, pas un chat. Un décor fantomatique à la Tim Burton. La nuit, l'éclairage public. Et la neige qui continuait de tomber dans le halo des réverbères.

— Où as-tu vu Sam ? demanda Morin d'un air grave.

— Je ne l'ai pas vu. Mais je suis sûre qu'il est là, quelque part, en train de nous épier. Ferme ces rideaux, s'il te plaît.

— Bien au contraire. S'il nous observe, autant lui montrer que nous n'avons pas peur de lui. Sa jalousie grandira et les gens jaloux perdent le sens des réalités. Il commettra une erreur et se montrera.

Morin tapota l'arme qu'il portait à la ceinture.

— Mais tu n'es pas dans ta juridiction, dit Vero, craintive.

— La légitime défense ne connaît pas de frontières. Et si j'ai bien compris ce que tu m'as dit tout à l'heure au téléphone, les flics lausannois n'ont pas fait grand-chose pour te protéger.

Elle baissa les yeux et répondit d'une petite voix :

— Non. Ils me croient folle. Et ils ne sont pas les seuls.

— Qui d'autre ?

— Les procureurs, les juges, les avocats.

Vero traversa le salon, une pièce garnie de bibliothèques et de livres en tout genre : littérature générale, polars, livres jeunesse, en français, en anglais et en russe. Sur une étagère dédiée aux auteurs suisses, elle prit une enveloppe et la tendit à Morin. Elle était estampillée du ministère public de l'arrondissement de Lausanne. Le policier genevois sortit l'ordonnance de non-entrée en matière qu'elle contenait.

— C'est la troisième en six mois, commenta Vero. La première fois, je n'avais aucune preuve. La deuxième fois, j'ai suivi les conseils des flics et j'ai fait des captures d'écran des messages de Sam avant qu'il ne les efface. Mais une fois au poste pour déposer plainte, les captures d'écran avaient disparu de mon téléphone. Je n'ai rien compris, je leur ai dit que Sam avait sûrement dû s'introduire à distance dans mon appareil pour les effacer, mais ils ne m'ont pas crue. Ils n'ont même pas daigné faire examiner mon téléphone par leur service informatique. J'ai compris que, pour eux, j'étais complètement parano.

— Et la troisième ?

— C'est celle-là. Trois ordonnances, trois procureurs différents. Les flics ont photographié tous les tags entre ma place de parking et mon appartement…

— Et les images de vidéosurveillance du parking de la Riponne ?

— J'ai suivi ton conseil, je leur en ai parlé. Ils les ont sauvegardées, mais…

— Mais ?

— Ça s'est retourné contre moi. Tout ce qu'on voit, c'est une silhouette, on ne peut pas dire si c'est un homme ou une femme.

— C'est tout de même la preuve que quelqu'un te *stalke*, non ?

Vero se mit à trembler et bégayer.

— Yves… je ne sais plus quoi faire… cette personne portait mes habits !

— Comment ça, tes habits ?

— Sam portait mes putains de vêtements, mon jean denim à grosses fleurs et ma veste avec le logo des dix ans de la biblio ! Il s'est introduit ici au moins deux fois, pour les voler et pour les remettre à leur place. Les flics de la ville ont fait une perquisition chez moi et ils les ont retrouvés dans mon armoire. Dans cette ordonnance, le procureur dit que c'est moi qui ai fait ces tags. Mais ce n'est pas vrai, je te le jure ! Maintenant, je dois payer les frais de justice liés à ma plainte et le ministère public m'informe qu'une procédure pénale est ouverte contre moi pour induction de la justice en erreur. Je vais être condamnée !

Elle s'effondra en pleurs sur le canapé. Morin parcourut rapidement l'ordonnance, qui confirmait les dires de Vero.

— Tu as parlé à ton avocat ?

— Lui aussi me croit folle, il a mis un terme à son mandat. Aujourd'hui, je suis allée en voir un autre. Il a été très gentil avec moi, il s'est montré rassurant, mais au fond, je ne sais pas s'il me croit ou si je ne représente pour lui qu'une source d'honoraires.

— Que t'a-t-il dit ?

— Qu'il partait en vacances au ski, mais qu'à son retour, il s'occuperait de mon dossier en priorité. Il m'a parlé du tribunal civil, d'une mesure d'éloignement…

Surpris, Morin haussa les sourcils.

— Une mesure d'éloignement ? Contre un gars dont on ignore l'identité ? Je ne suis pas un spécialiste de la procédure civile, mais c'est du grand n'importe quoi.

Vero fondit une nouvelle fois en larmes, Morin s'assit à côté d'elle et la prit dans ses bras.

— Aide-moi…, le supplia-t-elle.

— Nous allons trouver une solution.

7

DANS LE CENTRE COMMERCIAL de Balexert, les clients s'arrêtaient derrière les portes vitrées de la poste et regardaient, intrigués, le ballet des policiers à l'intérieur. Puis ils repartaient vers la sortie, visiblement peu emballés à l'idée d'affronter la tempête de neige.

À la hauteur des guichets, des rubalises *Attention traces* séparaient le hall de la succursale et sa partie privée. Derrière les rubans rouge et blanc posés par la BPTS, on devinait de temps à autre le bref passage d'un enquêteur scientifique en combinaison blanche intégrale.

L'inspectrice Bartomeu, les gendarmes et la responsable de la succursale s'étaient retirés dans le hall fermé au public. Ana avait déjà interrogé trois employés préposés au guichet, leur audition n'avait rien donné, elle s'était dispensée de verbaliser leurs déclarations. Elle se contenterait de les résumer dans son rapport.

La question de la vidéosurveillance du centre commercial avait été très vite éludée, elle aussi. Le colis n'avait pas été déposé à Balexert. Grâce au système Post Tracking, le code-barres révélait qu'il avait été expédié deux jours plus tôt depuis un bureau de poste lausannois, qu'il avait transité par le centre de tri de Daillens et qu'il était arrivé à Genève par le train.

La police cantonale vaudoise avait été mandatée pour tenter de sauvegarder les éventuelles images vidéo de la succursale concernée, mais il était peut-être déjà trop tard. Bon nombre de données numériques de ce genre n'étaient pas conservées au-delà des quarante-huit heures.

La responsable de Balexert téléphonait au guichetier suivant pour le convoquer à la succursale. En attendant, Ana relisait le texto qu'elle avait reçu de Morin un peu plus tôt dans la soirée.

Coucou ma belle, les vacances c'est sacré. Si c'est vraiment urgent, mets-moi un message et je te rappelle dès que possible. Bizzz!

Morin faisait chier avec ses vacances. Sacrées, tu parles! Ana savait bien à quoi – ou plutôt à qui – son collègue les consacrait: le tour de Romandie des petits culs. Peu de chances qu'elle en fasse partie et Dieu l'en préserve. Il y a cinq ans, Morin l'avait draguée à l'occasion d'une soirée arrosée. À l'époque, Ana avait encore une taille de guêpe. Elle n'avait pas eu à se défendre, Lucille s'en était chargée à sa place. Coup de poing dans la gueule, lèvre fendue, éthylomètre qui retombe aussitôt à zéro. Morin avait compris et s'était excusé auprès des deux femmes.

Depuis, les choses étaient claires entre eux. La confiance s'était rétablie. Et de toute façon, aujourd'hui, Ana ne correspondait plus du tout aux critères physiques de Morin.

Elle relut pour la troisième fois le texto et remonta brièvement l'historique de leurs échanges. Elle soupira. Non seulement Morin faisait chier avec ses vacances, mais en plus, il ne se foulait pas pour lui répondre. Deux fois le même texto à quelques jours d'intervalle: du copier-coller. La première fois, elle l'avait appelé pour un simple renseignement, rien d'urgent qui ne puisse attendre son retour au bureau. Mais ce soir, c'était différent. Elle avait vraiment besoin d'un binôme.

Ana s'apprêtait à répondre à Morin quand on frappa contre les portes vitrées du bureau de poste. Elle tourna la tête et reconnut le commissaire Yannick Gygli, accompagné du médecin légiste du CURML. *Le docteur comment, déjà ?* Elle ne se souvenait plus de son nom, un petit nouveau dont l'encre du diplôme universitaire de Lausanne devait à peine avoir séché. Un gendarme leur ouvrit.

— Putain, la Fouine, grommela Ana. Qu'est-ce que tu fous là ?

— Je reste ton chef, Annie. J'avais un créneau de libre. Qu'est-ce qu'on a ?

Elle lui résuma la situation.

— On peut voir le colis ?

— Faut attendre le feu vert de la BPTS.

— Tu peux leur demander ? s'impatienta Gygli.

Elle afficha sa tête des mauvais jours, préféra ne pas répondre, s'avança vers les rubalises et interpella un homme en blanc.

— Vous avez fini ?

— Presque.

— La Fouine demande si on peut venir avec le toubib.

L'enquêteur scientifique se tourna vers un collègue, qui répondit à sa place :

— C'est bon. La scène a été complètement polluée avant notre arrivée. Et de toute façon, vu les circonstances, les empreintes de semelles et les traces sur les casiers ne servent à rien.

— Et le colis ?

— Venez, on va vous expliquer.

Ana se tourna vers Gygli et le légiste, puis leur fit signe d'approcher. Ils passèrent tous les trois sous les rubalises, contournèrent le comptoir des guichets et pénétrèrent dans un bureau. Le colis souillé était déposé, ouvert, sur une petite table.

— En préambule, je vous confirme que c'est bien du sang, commenta l'inspecteur de la BPTS. Les prélèvements ont été faits sur et à l'intérieur de l'emballage. Une fois au labo, nous en ferons d'autres sous le timbre, mais je doute du résultat. Depuis qu'on est passé aux timbres autocollants et qu'on ne les lèche plus pour les coller, la probabilité de trouver de l'ADN est beaucoup plus faible. Ceci dit, dans de rares cas, il arrive encore qu'on en trouve un peu, avec une empreinte digitale très partielle, si l'auteur a touché la partie collante.

— Il n'est plus tellement courant d'utiliser des timbres pour des paquets déposés au guichet, fit remarquer Ana.

— Effectivement. D'autant plus qu'il n'y en a qu'un sur ce colis, et que sa valeur ne couvrait pas le coût de l'envoi. L'expéditeur a dû payer une surtaxe. Le timbre semble faire partie d'une série limitée.

Le petit rectangle de papier montrait un cœur rouge brillant sur fond blanc.

— Je me demande si ce timbre n'est pas un message, poursuivit l'enquêteur scientifique.

— Un message ? s'étonna Gygli.

— Lié à celui qu'on a trouvé dans le colis.

Les mains gantées de blanc déposèrent sur la table une feuille de papier imprégnée de sang. En dépit des taches rouge foncé, on arrivait encore à lire : *Le cœur est le siège des émotions, des passions et de l'intelligence.*

— Platon, lâcha la Fouine avec fierté.

— Aristote, corrigea le légiste, presque gêné.

— Et dans le colis, demanda Ana, c'est un cœur ?

Tous se penchèrent et regardèrent à l'intérieur. Au fond du petit paquet reposait un organe frais, encore gorgé de sang.

— Pas un cœur, répondit le légiste. *A priori*, je dirais plutôt un estomac.

— Animal ?

— Non, humain.

8

LAUSANNE.

La solution trouvée par Morin passait par la chambre à coucher. Après tout, chaque fois qu'ils se voyaient, c'est-à-dire rarement, ils finissaient toujours au lit. Vero aimait le sexe et Morin était bon amant, elle devait bien l'admettre. Même si, parfois, elle aurait aimé obtenir plus de lui : une relation stable et des projets communs.

Vero avait déjà tâté le terrain. Le même appartement ? Elle travaillait à Lausanne et lui à Genève. Elle aurait aimé revenir un jour dans la ville de son enfance, mais elle avait senti Morin réticent à l'idée qu'elle déménage à l'autre bout du lac Léman. Et Morin rechignait à l'idée de s'établir à Lausanne, il lui avait toujours dit qu'il avait une obligation de domiciliation. Un jour, elle avait trouvé sur Internet une directive de police – la OS PRS.19.06 – qui prônait comme principe de base la liberté de résidence. Morin avait esquivé, lui répondant qu'il faisait partie des exceptions. Elle l'avait cru sans le croire.

Des enfants ? Vero en avait toujours voulu et son horloge biologique tournait. Pour Morin, c'était un sujet tabou.

— Tu m'aimes ? lui demanda-t-elle.

Il venait de jouir et de rouler de l'autre côté du lit, en sueur et soufflant comme un bœuf.

— Bien sûr que je t'aime.

Elle n'avait pris aucun plaisir à cette étreinte, bloquée à l'idée que Sam pouvait les écouter, les épier, voire enregistrer leurs ébats. Il en était tout à fait capable, elle en était convaincue. Sam était un malade.

Et pourtant, c'était précisément l'idée de Morin : rendre Sam encore plus fou pour qu'il commette une erreur et se montre.

Le flingue posé sur la table de nuit avait aussi contribué à bloquer Vero. En d'autres circonstances, elle aurait certainement trouvé ça excitant. Mais là, le fait de savoir que c'était du concret, que Morin était prêt à se servir de son arme à la moindre intrusion de Sam dans l'appartement, c'était trop pour elle.

— Tu crois qu'il nous a entendus ? murmura-t-elle comme si Sam les écoutait.

— J'espère bien qu'il nous a entendus, répondit Morin en haussant volontairement la voix.

Puis il éclata de rire.

— Pourquoi tu ris ? chuchota-t-elle, anxieuse. Ce n'est pas drôle.

— Moi, je trouve ça drôle.

Vero crut percevoir chez lui une touche d'ironie.

— Toi non plus, tu ne me crois pas, hein ? C'est ça ? Tu me crois folle et tu as juste profité de la situation pour me baiser ?

Morin soupira.

— Mais non, je te crois.

— Dans ce cas, pourquoi tu ris ?

— Parce que… franchement… on est au quatrième étage, la porte de l'immeuble se verrouille automatiquement à 22 heures et, c'est vrai, je doute qu'il nous ait vus ou entendus. Mais je te crois, ma Princesse…

— Ne m'appelle pas comme ça !

— Pardon... Je te crois : Sam existe. Et nous allons le trouver.

Il se leva et se dirigea, nu, vers la salle de bains.

— Tu ne prends pas ton arme avec toi ? s'étonna Vero. On ne sait jamais...

Il soupira, s'efforça de sourire, revint sur ses pas et repartit, Glock 19 à la main.

Morin regardait son reflet dans le miroir. Il n'avait plus les abdominaux de son adolescence, quelques kilos en trop, moins de cheveux, une barbe naissante aux poils grisonnants. Il atteignait la cinquantaine, se sentait un peu plus fatigué, surtout au travail. Mais côté sexuel, il ne pouvait pas se plaindre. Tout fonctionnait à merveille, un vrai taureau encore capable de plusieurs saillies la même nuit.

Disparu, le petit garçon boutonneux de sa jeunesse, celui que les filles évitaient. Aujourd'hui, c'était tout le contraire.

Morin aimait bien Vero. Une parmi d'autres, certes, mais plutôt dans le haut du classement. Pas farouche au lit, à la fois cultivée et un peu nunuche sur les bords, mais elle jouait un rôle. Les femmes russes que Morin fréquentait en Suisse avaient souvent ce côté extravagant, des manières de gamines aimant l'argent et la bonne chère. Mais aussi une fragilité, que la guerre en Ukraine avait renforcée. Elles disaient détester Poutine en raison de ce conflit, mais c'était souvent pour l'apparence et pour rejoindre le camp des victimes.

Vero ressemblait beaucoup à ces femmes, même si elle n'avait pas cet accent slave chantant, si doux aux oreilles de Morin. Née en Suisse, dans une famille de la classe moyenne établie à Genève depuis deux générations, elle n'avait jamais eu à faire d'efforts pour s'intégrer. Elle avait fait des études, parlait plusieurs langues et s'était vu confier la gestion d'une bibliothèque publique.

Morin caressait sa verge au repos devant le miroir en se disant qu'il repartirait volontiers pour un deuxième tour de montagnes russes, quand un cri strident retentit dans l'appartement. Il sursauta, bondit sur son arme et courut vers la chambre à coucher.

Prostrée au pied du lit, la jeune femme tremblait, des larmes coulaient sur ses joues.

— Qu'est-ce qui se passe ?

— Il est là !

— Où ça ?

Elle tendit un index hésitant vers la tête de lit.

— Derrière ce mur. J'ai entendu…

— Quoi ?

— Une voix. Il m'a dit…

Elle éclata en sanglots, Morin s'agenouilla et la prit dans ses bras, son poing droit toujours serré autour de la crosse de l'arme.

— Qu'est-ce que tu as entendu ?

— Il m'a dit… *Je te vois.*

Morin se releva et se dirigea vers le fond de la pièce. Il examina rapidement le mur, ne remarqua rien d'anormal, colla une oreille contre la tapisserie, mais n'entendit rien.

— Qu'est-ce qu'il y a derrière ce mur ?

— Un autre appartement, répondit Vero, des trémolos dans la voix.

— Qui habite là ?

— Personne. Le dernier locataire est parti il y a un mois. C'est en travaux.

Sous les yeux effrayés de Vero, Morin s'habilla précipitamment et courut, chaussettes aux pieds et pistolet à la main, vers la porte d'entrée.

9

Au fond du colis, l'estomac humain ressemblait un peu à un gros haricot rouge, une immense larve ou un fœtus démesuré à dix semaines de grossesse.

Ana recula, porta ses mains à sa poitrine et chercha une chaise pour s'asseoir. Elle avait de la peine à respirer. Gygli le remarqua.

— Tout va bien, Annie ? Besoin de gerber ? Je t'ai connue plus résistante aux scènes dégueu.

— Va chier, la Fouine, souffla-t-elle lourdement. Mon estomac est mieux accroché que celui-là. C'est mon cœur…

Le commissaire redevint sérieux.

— Tu veux que je te conduise chez le médecin ?

— J'en sors.

— Je parlais des urgences.

— Ça ira.

— T'es sûre ?

— Ça ira, je te dis ! C'est pas la première fois que ça m'arrive, je gère. Il me faut juste un peu de repos.

— Alors, rentre chez toi.

— Plus tard.

— Non, maintenant ! s'énerva Gygli.

— Mais y a encore du taf, ici.

— On s'en occupe.

Ana fusilla la Fouine du regard.

— Tu me sucres un congé pour cette affaire et, maintenant, tu me la retires ?

— Je ne te la retire pas. Les actes urgents ont été faits, les Vaudois s'occupent de la poste de Lausanne et ici, la suite est entre les mains de la BPTS et du toubib. N'est-ce pas, docteur ?

Le médecin légiste approuva et demanda :

— Problème cardiaque ?

— Artère bouchée, je passe sur le billard après-demain.

— Vous ne devriez pas plaisanter avec ça, inspectrice. Moi, si j'étais vous, je foncerais aux urgences.

— Mais vous n'êtes pas moi. Ça ira.

— Comme vous voulez. Je respecte le choix éclairé de mes patients.

— Vos patients sont tous morts, toubib.

— Pas tous, conclut-il avec le sourire. Un médecin légiste examine aussi des prévenus et des victimes vivantes.

Sur ces bonnes paroles, Gygli ordonna à Ana de rentrer chez elle. Elle comprit qu'elle n'avait pas le choix : c'était ça ou l'ambulance. Son chef lui donna rendez-vous le lendemain matin à Carl-Vogt pour un point de situation.

Ana Bartomeu mit vingt minutes de plus que d'habitude pour rentrer à Versoix. Par chance, il n'y avait plus vraiment de circulation, mais les routes étaient mauvaises.

Son petit appartement, chemin Ami-Argand, donnait sur les voies de chemin de fer. Au-delà, l'école du même nom et un peu de verdure cachée par la neige. On ne voyait pas le lac.

Ana ôta sa veste et ses chaussures, se rendit à la salle de bains, avala deux aspirines cardio avec un verre d'eau. Puis elle fit un inévitable passage par la cuisine, avant de se coucher sur le canapé du salon avec une réserve de victuailles.

Lucifer connaissait le rituel. Il s'étira, descendit de son arbre à chat et vint se frotter contre elle en ronronnant. Elle ouvrit en premier un paquet de saucisses pour apéritif, qu'elle partagea avec lui. Puis des chips, des cacahuètes et une plaque de chocolat de deux cents grammes. Un vrai repas de fêtes. Elle savait que le lendemain il ne resterait rien.

Ana regarda les cadres de chaque côté de la télé. À gauche, une photo déjà ancienne de ses enfants. Aujourd'hui, Luis, 19 ans, vivait encore chez son père, et Paola, 20 ans, avec son copain. Du moins, à ce qu'elle en savait ; Ana ne les avait pas vus depuis quatre ans. Ils ne donnaient jamais de nouvelles, ne répondaient plus à ses messages et l'avaient même bloquée sur la plupart des applications de messagerie. Leur colère semblait ne pas vouloir s'apaiser. À droite, une photo de Lucille et Ana, au temps du bonheur.

Elle alluma la télé, zappa sur plusieurs chaînes, ne trouva rien d'intéressant et finit par regarder *L'amour est dans le pré* sur le replay. Les protagonistes respiraient la fausseté : un paysan breton accueillait dans sa ferme deux bombasses parisiennes, une chanteuse ratée et un mannequin sur le retour, à l'évidence toutes deux en mal de publicité. C'était con et drôle à la fois.

Au bout d'une heure d'abrutissement et de malbouffe, Ana pensa à Morin. Elle avait oublié de lui renvoyer un texto pour lui dire qu'elle avait vraiment besoin de lui sur cette affaire. Elle hésita à le rappeler, mais abandonna l'idée. Ça pouvait attendre le lendemain.

10

LAUSANNE.

Recroquevillée sur elle-même dans sa nuisette, Vero risqua un coup d'œil dans le couloir de l'étage où s'était précipité son amant. La porte de l'appartement voisin craqua au troisième coup d'épaule du policier. Vero s'avança, mais Morin lui fit signe de s'arrêter. Sur ses gardes, il s'écarta d'une éventuelle ligne de tir et resta quelques secondes sur le palier. Arme au poing prête à l'engagement, il risqua enfin un coup d'œil à l'intérieur.

L'ampoule du corridor de l'immeuble éclairait faiblement l'entrée du logement. Des lieux sales et poussiéreux. Le parquet recouvert de multiples traces de pas, laissées par de larges semelles aux dessins grossiers, probablement celles des ouvriers. Aucun meuble. Des fils électriques pendaient du plafond aux endroits prévus pour les lampes.

Plus loin, l'obscurité.

Et le silence.

Morin sortit son téléphone, application lampe de poche. Guidant le faisceau de la main gauche, main droite crispée autour de la crosse du Glock, il s'avança lentement dans la pénombre.

Le parquet craquait sous ses pieds. À travers ses chaussettes, Morin sentait les aspérités des morceaux de plâtre qui s'étaient détachés des murs et du plafond.

Il faisait froid, les radiateurs avaient été coupés pour la durée des travaux.

L'appartement avait la même configuration que celui de Veronika, mais en miroir. Cuisine et salle de bains à gauche, vides. Salon en face, personne. Chambre à droite, Morin entra. Vide, elle aussi. Il flottait une légère odeur de moisi. Le papier peint des murs était à moitié décollé.

Morin inspecta rapidement le sol, à la recherche d'éventuelles traces de pas plus fraîches que les autres dans la poussière, sans succès. Les ouvriers avaient dû travailler dans la journée. Puis il examina le mur mitoyen avec la chambre à coucher de Vero, passa sa main contre le papier peint, à la recherche d'un trou, d'un micro ou d'une mini-caméra. Mais rien ne lui parut anormal.

Un craquement retentit dans le dos de Morin. Il fit volte-face, braqua le canon de son arme vers la porte de la chambre. La silhouette qui se tenait debout dans le vestibule sursauta. Petite, fine, longs cheveux blonds.

— Putain, Vero ! chuchota Morin. Je t'ai dit de retourner chez toi !

Tétanisée, elle finit par tendre un bras tremblant vers la sortie de l'appartement en travaux et murmura :

— Je crois qu'il est dans les escaliers.

Morin posa un index sur ses lèvres pour lui indiquer de se taire, passa à côté d'elle et gagna le palier. Il regarda discrètement par-dessus la rambarde. La cage d'escalier était allumée à chaque étage, il n'y avait aucun bruit.

Une porte claqua au rez-de-chaussée.

Il traversa l'appartement en quatrième vitesse, ouvrit une fenêtre du salon et se pencha pour observer dans la rue. Un homme vêtu de noir et encapuchonné, mains dans les poches, venait de quitter l'immeuble et marchait en direction de la place de la Palud.

Morin se précipita vers les escaliers, manqua renverser Vero sur son passage et descendit les marches quatre à quatre. Il ouvrit la porte de l'immeuble, déboula dans la rue, glissa et se rattrapa *in extremis*.

— Putain ! Chier !

Il n'avait ni veste ni chaussures. La neige transperçait déjà ses chaussettes. Le froid le saisit de toutes parts, mais l'adrénaline compensa aussitôt.

Vero, qui s'était précipitée à la fenêtre ouverte, le vit courir en direction de la fontaine de la Justice, glisser de nouveau, enlever ses chaussettes détrempées et les jeter dans la fontaine. Une ombre attira son regard.

— Yves ! Il est là ! cria-t-elle.

Morin leva la tête vers elle et suivit la direction qu'elle lui indiquait de son doigt tendu. Il finit par repérer l'homme en noir qui hâtait le pas rue du Pont. La silhouette tourna à droite et disparut.

Morin courut à nouveau, puis ralentit à l'approche du croisement de la rue Centrale. Il ne sentait déjà plus ses pieds engourdis. Son jeans et sa chemise étaient mouillés, ses cheveux aussi. Il tremblait sans s'en rendre compte. Son souffle court dégageait de la vapeur.

Les flocons continuaient de dresser un rideau blanc sur la ville. Une voiture passa rue Centrale, direction pont Bessières.

L'homme en noir était une cinquantaine de mètres plus loin, à hauteur de la place Pépinet. Il marchait en direction du Grand-Pont sans se retourner.

Morin pressa le pas, mais sans courir pour ne pas attirer l'attention de la cible. Il passa devant le café Le Central au moment où un couple en sortait. Premières personnes qu'il croisait depuis qu'il avait quitté l'appartement de Vero. Ils semblèrent étonnés de voir un homme sans veste, amusés en se rendant compte qu'il était pieds nus, puis effrayés en constatant qu'il tenait un pistolet. Sans un mot ni un cri, le couple fit demi-tour précipitamment et retourna dans l'établissement.

L'homme en noir marchait maintenant sans se presser, comme s'il ignorait qu'il était suivi. Morin réduisit l'écart à dix mètres.

Au-delà du Grand-Pont, ils déboucheraient place de l'Europe puis entreraient dans le quartier du Flon avec ses bars et ses boîtes de nuit. Morin devait intervenir, car plus loin, le risque de croiser du monde était trop grand.

Il attendit de se trouver dans la pénombre, à l'abri des grandes arches de pierre, et agrippa sa cible par-derrière, bras gauche sous la gorge. On entendit un cri étouffé.

Morin plaqua le canon de son arme sur la tempe droite de l'homme en noir et exerça une pression de son bras gauche pour l'obliger à se coucher et à se retourner. Une fois la cible à terre, sur le dos, Morin se releva et braqua le Glock sur sa tête. Les deux hommes se regardèrent droit dans les yeux, ceux de Morin étaient injectés de sang, ceux de l'autre effrayés.

— Je… je…, balbutia un jeune homme blond, presque un adolescent. Je n'ai pas d'argent !

— Joue pas au con avec moi ! dit Morin. Je sais qui tu es, Sam.

— Sam ? Non… je m'appelle Loïc.

— Arrête tes conneries ! Tu veux que je t'en colle une entre les deux yeux ?

— Non ! Je n'ai rien fait !

— À Vero non plus, tu n'as rien fait ?

— Vero ? Je ne connais pas de Vero…

— La femme de la Palud. Je t'ai vu sortir de chez elle.

— Mais non… j'étais chez…

Une troisième voix résonna soudain sous la grande arche.

— Lâchez votre arme !

Morin se retourna. Un jeune policier en uniforme avait sorti son arme et le visait. Un peu plus loin, une voiture de la police municipale. Le gyrophare s'alluma, jetant des éclairs bleus sous les grandes arches de pierre. Un second agent en uniforme, plus âgé, sortit de l'habitacle, main sur l'étui. Morin leva les bras.

— Je suis de la maison, les gars.

— Lâchez votre arme, répéta le plus jeune.

Son collègue tenait une radio et passait déjà un appel. Morin soupira et jeta son Glock dans la neige, quelques mètres plus loin.

— À terre ! ordonna le jeune flic un peu nerveux. Couchez-vous sur le ventre, mains au-dessus de la tête.

— Attendez…

— Obéissez !

Morin obtempéra. Il s'agenouilla, mains sur la tête, et grogna :

— Vous faites une erreur, les gars. C'est lui que vous devez arrêter. Pas moi.

1984

« SAM ? »

La voix de l'enseignante résonna dans la salle de classe. L'enfant n'avait même pas remarqué que ses camarades s'étaient tus et le regardaient fixement. Elle venait de prononcer son prénom pour la troisième fois.

Sam le Bouseux releva la tête. Mme Leresche attendait une réponse. Il n'avait pas écouté la question et sentit qu'il piquait un fard.

— On dirait un porcelet qui vient de naître, chuchota Philou dans son dos.

Des ricanements peu discrets suivirent, toujours les mêmes connards… L'enseignante demanda le silence.

— Sam, je t'ai posé une question.

L'enfant baissa les yeux sur son cahier de mathématiques, il ne l'avait même pas ouvert depuis le début du cours. Il tourna les pages, sans trop savoir où s'arrêter.

— Sam, reprit l'enseignante sur un ton professoral, la réponse n'est pas dans ton fascicule, mais dans ta main droite.

Il regarda le petit poinçon de bricolage dans sa main, referma son cahier de maths et vit les petits trous qu'il avait percés sur la couverture. Un rectangle parfait : un timbre.

Sam l'avait poinçonné inconsciemment. Son esprit était ailleurs depuis qu'il avait franchi la porte de l'école après la sonnerie.

Il avait rejoint ses camarades, déjà en file indienne dans le couloir devant la classe, et s'était placé discrètement en dernière position. Debout juste devant lui, Philou, un suiveur de la bande de Sylvain Ansermet, s'était retourné, avait humé l'air en mimant le dégoût et lâché: « Ça sent le fumier, ici. » Un autre à côté de lui avait rigolé, la remarque était habituelle, Sam n'avait même pas réagi.

Dans la file, juste devant les deux connards, des filles comméraient à voix basse. Sam les avait écoutées. Elles ne parlaient pas de lui, mais leurs mots valaient mille coups de poignard dans son cœur.

— T'as vu? Princesse sort avec Sylvain.

— Ouais, même qu'il l'a embrassée sur la bouche.

— Beurk!

— Ben non, moi j'aimerais bien essayer. En plus, Sylvain, il est beau. Quelle chance elle a!

— Sam, s'impatienta l'enseignante, tu n'es pas au cours de travaux manuels. Tu m'apporteras ton carnet à la fin de la leçon.

L'enfant savait ce que ça signifiait: une annotation de plus à faire signer par ses grands-parents. Ils en parleraient à son père et Sam serait puni. Plus d'accès aux boîtes de timbres, ni de visites chez Toni.

Sam ne répondit pas. Il tourna la tête vers la place libre à côté de lui et soupira. Toni était malade depuis le début de la semaine. Le sous-main de son seul ami était décoré d'autocollants d'Albator et de Goldorak, des dessins animés japonais dont Toni était friand. Sam n'avait pas le droit de les regarder chez ses grands-parents, qui les trouvaient trop violents.

— Alors, le Bouseux, murmura l'élève dans son dos, t'es triste d'avoir perdu ta truie?

La pique fit son effet au-delà des attentes de Philou. Sam ne comprit pas tout de suite qu'il faisait référence à Toni. Pour un petit-fils de paysans, une truie désignait avant tout une maman. Et Sam avait perdu la sienne deux ans auparavant.

Fulminant, il serra le poinçon dans son poing, pique dirigée vers le bas, se retourna d'un bloc et frappa. La pointe se planta dans le sous-main du connard, à un centimètre de ses doigts. Effrayé, Philou recula et tomba à la renverse. Des élèves crièrent, l'enseignante aboya :

— Mais ça va pas la tête ! Sam, prends tes affaires tout de suite et rentre chez toi !

Le visage rouge comme une pivoine, l'enfant se leva et se dirigea d'un pas lourd vers la porte. Il n'écoutait plus Mme Leresche, perçut vaguement quelques mots : « parents », « directeur », « mise à pied ». Dans la classe, certains ricanaient, d'autres le fixaient, les yeux ronds, encore médusés par son geste. Sam croisa le regard neutre de Princesse. La belle tenait un feutre rouge. Elle avait dessiné un cœur sur son sous-main, avec au centre le prénom de son amoureux.

Sam quitta l'école des Tattes dix minutes avant la sonnerie. Un mal pour un bien : sans vraiment calculer son coup, il avait trouvé un moyen d'éviter Sylvain et ses sbires à la sortie. La menace proférée la veille par le chef de bande résonnait encore dans son esprit : « Demain, je t'aurai, gros porc ! »

Sam regarda sa montre. Il hâta le pas, longea le parking, contourna le stade des Tattes et se dirigea vers la forêt onésienne. Sur sa droite, la rangée de jardins potagers proches de la lisière. L'enfant chaparda quelques framboises qui dépassaient côté chemin.

Il faisait chaud, Sam dégoulinait. Le tee-shirt qui moulait son corps boudiné affichait de grandes auréoles sous les aisselles. Il sentait les gouttes de transpiration perler dans son dos, sous son sac d'école, et couler le long de sa colonne vertébrale. Avec son physique, même marcher sans forcer le pas devenait un vrai sport d'endurance. Il s'arrêta pour souffler un peu, mangea une framboise, puis gagna l'ombre des arbres.

Le ruisseau des Grandes Communes traversait la forêt, marquant la frontière entre Onex et Lancy. Sam le longea jusqu'au bord du Rhône. Le bruit de l'eau avait un côté apaisant, qui lui faisait presque oublier ses malheurs. À l'époque où Sam vivait encore chez ses parents, il aimait jouer dans cet endroit, construire des barrages avec des pierres, des branches mortes et de la boue, jeter des feuilles dans le courant et les suivre comme de minuscules canoës affrontant les virages, les écueils et les rapides.

Mais aujourd'hui, Sam n'avait pas la tête à ça. Il devait rentrer sans tarder.

Un craquement sur sa gauche attira son attention. Il tourna la tête, aperçut quatre adolescents plus âgés que lui qui fumaient des cigarettes, assis sur des souches d'arbres. Il les reconnut et pâlit.

— Alors, gros porc, dit Sylvain Ansermet en écrasant son mégot contre une racine, tu pensais vraiment nous échapper ?

Deuxième jour

11

ANA BARTOMEU fut réveillée par une notification de son téléphone. Comme souvent, elle s'était endormie sur le canapé du salon et la télé s'était mise en veille automatiquement. Lucifer dormait en boule, collé dans le creux de son épaule.

Elle se redressa péniblement et s'étira, ses articulations craquèrent. Sur la table basse, les emballages vides lui rappelèrent la cause de ses aigreurs d'estomac. Elle rota sans retenue, grimaça en sentant son haleine fétide, se leva puis se dirigea vers la cuisine, les yeux mi-clos. Lucifer la suivit en miaulant, il avait faim.

Ana changea l'eau de la machine à café, se prépara un expresso qu'elle avala d'une traite et fit suivre d'un second. Elle chargea ensuite la gamelle du chat de croquettes, puis lut sa messagerie.

Un seul texto de la Fouine: *On t'attend au 5e*. Pas de nouvelles de Morin, mais ce n'était pas une surprise. Elle n'avait pas répondu à son dernier message.

Elle regarda par la fenêtre. Il faisait encore nuit et, sous la lueur des réverbères, le paysage était blanc. Il neigeait encore un peu, mais moins que la veille. Versoix se levait, il était un peu plus de 6 heures. Une douche, un rapide brossage de dents, puis elle prendrait la route et affronterait les traditionnels embouteillages.

Le café avait une odeur étrange. Ana mit ça sur le compte de la malbouffe de la veille au soir, avant de se rendre compte que c'était autre chose: l'odeur ferreuse du sang collait encore aux poils de ses narines. Sur les lieux, elle n'y avait pas prêté attention, trop habituée sans doute, comme tous ses collègues de la Crim'. Mais l'odeur du sang était tenace. Rien ne l'effaçait, sauf l'écoulement du temps.

Ana mit plus d'une heure pour arriver au quartier de la Jonction. L'hôtel de police de Carl-Vogt abritait plusieurs services de la PJ. Occupé depuis 1966, le bâtiment vitré aux armatures brun métallisé, avec ses barreaux aux fenêtres du rez-de-chaussée, tombait en désuétude. Un déménagement était prévu, mais depuis le temps que la hiérarchie en parlait, Ana n'y croyait plus.

La Grande Maison – le surnom des services de la Crim' et des Stups – occupait le cinquième étage. Beaucoup aspiraient un jour à y entrer, plus encore depuis que l'IGS avait mis un bon coup de balai cinq ans plus tôt. Mais ce grand chambardement n'était pas la seule affaire qui, cette dernière décennie, avait entaché la réputation de la police genevoise.

Il y en avait eu tellement! Ses collègues de la BO – la Brigade d'observation – qui n'avaient rien trouvé de mieux à faire que d'amener des femmes dans leurs locaux pour y organiser une partouze. Ceux qui avaient voulu impressionner deux aspirantes de l'académie de police de Savatan lors d'une fausse course-poursuite en ville, feu bleu deux tons allumé, et qui avaient ensuite menti sur les circonstances de leur perte de maîtrise; le chef du garage avait tout de suite constaté que les dommages relevés sur le véhicule ne correspondaient pas à leurs déclarations et les avait dénoncés.

Soupçons d'agression, de corruption, de liens troubles

dans le milieu de la prostitution, de menaces entre collègues. Et bien d'autres affaires encore, comme cette policière en congé qui avait sorti sa plaque et menacé une pharmacienne de revenir avec dix de ses collègues pour l'arrêter, parce que la commerçante avait refusé de lui remettre un médicament sans ordonnance. L'image de l'institution s'était ternie au fil des années.

Le procureur général du canton de Genève en avait fait son cheval de bataille, et les liens entre la police et le ministère public s'étaient détériorés, à l'inverse de ceux, beaucoup plus sereins et enviés, qui existaient dans les autres cantons romands. Pourtant, les procureurs genevois traînaient eux aussi quelques casseroles et on murmurait dans les milieux autorisés que chacun ferait mieux de balayer devant sa porte plutôt que d'alimenter une guerre dont seuls les voyous tiraient profit.

Ana retrouva Yannick Gygli à l'étage de la Crim'. Deux enquêteurs s'étaient joints à eux: Stéphane Fivaz, un policier scientifique de la BPTS présent la veille à Balexert, et Emmanuel Junod, un spécialiste en informatique.

Une rumeur circulait au sujet de Junod: il aurait inventé une nouvelle balise GPS indétectable, utilisée par les services de renseignement de la Confédération pour la protection diplomatique dans le cadre du conflit ukrainien. Manu, de son petit nom, était un génie. On le disait capable de surmonter n'importe quel obstacle numérique. Courtisé par la police judiciaire fédérale, il restait pourtant fidèle à son canton d'origine, un des rares où les salaires dépassaient ceux de la Confédération.

— Manu, tu veux bien commencer? demanda la Fouine.

— De mon côté, ce sera rapide, répondit l'informaticien. J'ai reçu les images de vidéosurveillance de la poste de Lausanne. La bonne nouvelle, c'est qu'on a eu du bol! D'ordinaire, les bureaux de poste ne sont pas équipés en caméras, sauf cas particuliers. Là, il y en avait une ! La mauvaise nouvelle, c'est que les images sont d'une qualité très médiocre. Je vais tenter d'en améliorer la netteté.

— Tu vas y arriver. Les miracles, c'est ta spécialité.

— Je ne peux rien promettre.

Junod tourna l'écran de son ordinateur portable vers Ana et commenta :

— Le jour et l'heure de l'opération sont affichés ici. On voit une personne arriver dans le bureau de poste lausannois, déposer le colis au guichet, payer la surtaxe – en liquide, bien sûr – et repartir. Avec sa grosse veste et sa capuche, impossible de dire si c'est un homme ou une femme. À notre demande, les collègues vaudois ont identifié et entendu l'employée du guichet, mais elle n'a pas été en mesure de fournir plus de renseignements.

— Il faut préciser, intervint Gygli, qu'en cette période de fêtes et de fin de mois, les employés de la Poste voient défiler dix fois plus de monde que d'habitude.

— C'est clair. En revanche, ce qui est intéressant, c'est que la silhouette qu'on voit sur cette image a rappelé une récente affaire au collègue vaudois que j'ai eu ce matin au téléphone. Une histoire de tags sur fond de violences conjugales. Je n'en sais pas plus pour le moment. Il va faire des recherches et me téléphonera dans la journée. Voilà, c'est tout pour moi.

— Merci Manu, dit la Fouine. Stéph ?

— De mon côté, intervint l'enquêteur scientifique, j'ai bien avancé. Les prélèvements d'ADN ont été envoyés au CURML, j'attends les résultats. Je les ai demandés avec le critère d'urgence prioritaire, ça coûtera un peu plus cher, mais la proc' a donné son aval.

— C'est qui ? demanda Ana.

— Sonia Vino.

— Parfait, elle est pas trop chiante.

— Pour la citation d'Aristote, reprit Fivaz, on pourra effectuer une comparaison d'écriture, à condition que vous obteniez des échantillons au cours de l'enquête. Il est aussi possible de tenter une datation de l'encre utilisée, mais je ne sais pas si c'est utile à ce stade.

— Qu'en dit la proc' ? demanda Gygli.

— On a son feu vert, elle s'en remet à nous pour le moment.

— OK. Et le timbre ?

— C'est là que ça devient intéressant.

— Des traces ? demanda Ana.

— Non, aucune. Il fallait s'y attendre. En revanche, c'est un faux.

— Un faux ?

— Oui, mais pas en papier. Il a été fabriqué à partir de peau humaine.

12

Le Mont-sur-Lausanne, quelques jours plus tôt.

Yves Morin n'avait pratiquement pas fermé l'œil de la nuit. Avec la lumière allumée dans la cellule de garde à vue, ce n'était déjà pas facile. Mais surtout ses voisins de droite et de gauche avaient gueulé non-stop. Des dealers que la DFD, la Division flagrant délit de la brigade des Stups, avait arrêtés durant la nuit dans le cadre de l'opération Strada, créée des années plus tôt pour traquer la délinquance sérielle : deals de rue, vols et petits brigandages.

Le centre de la Blécherette, le CB comme on disait dans le jargon, était le siège de la police cantonale vaudoise, situé dans un haut quartier de la ville proche du Mont-sur-Lausanne. La problématique de la détention au CB était connue. La garde à vue jusqu'à quarante-huit heures – l'arrestation provisoire, comme on l'appelait en Suisse – ne posait pas de problème en soi. Mais la surpopulation carcérale dans les établissements ordinaires poussait les autorités à ordonner l'exécution de courtes peines dans les cellules de garde à vue du CB et de l'hôtel de police de Lausanne. Les médias parlaient des « cellules de la honte » ; trop de personnes passaient plus de dix ou vingt jours dans ces réduits sommaires.

Le Conseil d'État avait pris des mesures pour améliorer les conditions de détention des condamnés. La lumière était désormais éteinte durant la nuit, une présence médicale était assurée sept jours sur sept. Mais aux yeux du Tribunal fédéral, ce n'était pas suffisant : l'article 3 de la Convention européenne des droits de l'homme qui prohibait la torture et les traitements dégradants était violé. Les indemnités pour tort moral pleuvaient et il était même question d'accorder des réductions de peine.

Morin, lui, avait eu droit au traitement licite de la garde à vue, sans aucune faveur. La lumière laissée allumée, un matelas plastifié inconfortable, un vague oreiller, une horrible couverture brune qui lui avait filé des plaques rouges dans le cou et sur les bras, des toilettes métalliques sans couvercle. On lui avait retiré sa ceinture, et tout ce qu'il aurait pu utiliser pour attenter à sa vie ou à son intégrité corporelle. Comme les cellules de l'hôtel de police de la ville étaient pleines, on l'avait conduit au CB. Polices municipale et cantonale collaboraient régulièrement, et le statut particulier de Morin avait peut-être aussi joué un rôle sur le choix de son lieu de détention.

Le pêne claqua dans la serrure, la lourde porte s'ouvrit, un homme en civil apparut. Morin ne le connaissait pas.

— Salut collègue, dit-il. Je suis le commissaire Andreas Auer. Suis-moi.

Morin se leva et sortit dans le couloir des cellules. La porte de celle d'à côté était ouverte. Un inspecteur, sûrement de la DFD, parlait avec son occupant.

— Alors, il paraît que t'as fait chier toute la nuit ?

— C'est pas ma faute, inspecteur. Personne répondait quand j'appuyais sur la sonnette. Je voulais un café.

— C'est pas un hôtel, ici. Allez, hop, debout ! On va en salle d'interrogatoire.

— J'aurai droit à un café ?

— On verra.
— Et une cigarette ?
— Pousse pas le bouchon trop loin !
— Mais inspecteur, dit la voix outrancièrement suppliante, un café sans cigarette, c'est contre les droits de l'homme.

Morin et Auer passèrent devant la cellule, poursuivirent vers le local de fouille. Ils entrèrent, le commissaire de la sûreté vaudoise referma la porte derrière lui.

— Excuse les collègues de cette nuit, dit-il en rendant à Morin ses affaires, y compris son arme de service. Ils auraient pu résoudre ça plus vite, mais ils étaient débordés. Tu es libre.

— Tu ne m'auditionnes pas ? demanda le policier genevois, un peu surpris.

— Pour quoi faire ? De la paperasse ? On ne va pas se tirer une balle dans le pied entre collègues. Ce que les agents de la ville m'ont résumé suffit. T'avais tes raisons, j'ai les miennes, mais évite ce genre d'intervention à l'avenir. Surtout hors cadre procédural sur le territoire d'un autre canton.

— Vous avez averti le proc' de perm' ?
— Bien sûr que non. Sinon…

Morin comprit : procès-verbal d'audition, rapport, instruction pénale, peut-être condamnation, information du ministère public vaudois au ministère public genevois, procédure disciplinaire de l'IGS et nouveau scandale.

— Et le jeune homme d'hier soir ?
— Il ne portera pas plainte. On a trouvé sur lui quelques pilules d'ecstasy. Il sortait de chez sa copine, qui habite le même immeuble que la tienne. Il s'apprêtait à aller vendre sa dope aux abords du Mad quand tu l'as arrêté. J'ai passé un accord avec lui, on ne le dénoncera pas. En échange…
— Il ferme sa gueule, comprit Morin.
— C'est ça.
— Putain, j'ai vraiment merdé.
— Je ne te juge pas, collègue. En particulier, tu baises qui

tu veux. Mais un petit conseil, juste entre nous : méfie-toi de Veronika Dabrowska.

— Tu la connais ?

— Un peu. Elle t'attend à la réception.

— Elle est ici ?

— Elle a appelé le 117 toute la nuit pour dire que tu avais disparu, que tu avais sûrement été assassiné par son tortionnaire imaginaire : un certain Sam. Elle voulait déposer plainte, mais nous l'avons invitée à s'adresser à la police municipale.

— Pourquoi ?

— Question de compétences entre police cantonale et police de la ville, on leur refile la patate chaude. Mais dans ce cas, c'est aussi une directive du ministère public concernant Dabrowska. Elle est bien connue des proc' et je crains qu'ils ne l'aient cataloguée comme…

— Folle ? coupa Morin.

— Je préfère le terme de quérulente à tendances paranoïaques.

13

« DE LA PEAU HUMAINE ? » s'exclama Ana.

Stéphane Fivaz fit apparaître deux photos du faux timbre-poste sur l'écran de son ordinateur. Ana les regarda l'une après l'autre. L'enquêteur de la BPTS commenta :

— Sur la première, quand le timbre est collé sur le colis tel que nous l'avons trouvé à Balexert, il est difficile de repérer quoi que ce soit. La ressemblance avec un vrai timbre est presque parfaite. En revanche, sur la seconde, après décollage…

— Le timbre est légèrement transparent, remarqua Ana.

— Exact.

— Donc, si je comprends bien, un malade s'est servi de la peau de quelqu'un pour imprimer un faux timbre presque parfait.

— C'est ça.

— Mais…

Ana réfléchit un instant, puis reprit :

— N'y a-t-il pas un monopole fédéral sur l'impression des timbres-poste ? N'est-ce pas aussi difficile de les reproduire que de fabriquer des faux billets de banque ?

— Avec l'évolution des technologies, intervint Gygli, plus

rien ne m'étonne. Mais c'est une question que nous devrons résoudre.

Que je devrai résoudre, traduisit Ana en silence. Elle savait qu'au-delà de cette matinée, la Fouine ne s'impliquerait plus personnellement dans cette enquête et retournerait à ses dossiers administratifs.

— Et l'ADN de cette peau ? demanda-t-elle. Est-ce le même que celui de l'estomac trouvé dans le colis ?

— C'est en cours d'analyse, répondit Fivaz. Je ne peux pas encore répondre à ta question, j'attends des nouvelles du CURML.

— Quand peut-on espérer un résultat ?

— Vu le critère d'urgence absolue agréé par la proc', dans la journée.

— Parfait. Et le tatouage du timbre ? *Ante mortem* ou *post mortem* ?

Le policier scientifique sourit.

— Cette question n'est pas de mon ressort, mais de celui du médecin légiste. Le colis et son contenu sont en sa possession, le timbre aussi. Tiens, d'ailleurs, quand on parle du loup…

Une petite fenêtre venait d'apparaître en bas à droite de l'écran, annonçant l'arrivée d'un mail du légiste. Fivaz tira l'ordinateur à lui, lut le message et dit :

— L'autopsie de l'estomac est terminée, nous sommes attendus au CURML. Il semblerait que nous ne soyons pas au bout de nos surprises…

— Que se passe-t-il ? demanda Gygli.

— Le toubib n'en dit pas plus, il préfère nous expliquer ça sur place.

— Très bien, conclut la Fouine, allez-y avec Ana. Je ne vous accompagne pas, j'ai du boulot. Mais tenez-moi au courant.

— Inutile que j'y aille moi aussi, intervint l'informaticien en refermant son propre ordinateur. Je vais travailler sur les images de la poste de Lausanne.

Junod et Fivaz avaient quitté les lieux, le premier pour son antre digne de celle d'un hacker, le second pour son bureau de la BPTS où il devait récupérer son appareil photo et du matériel avant de partir pour les locaux du CURML. Ana lui avait donné rendez-vous à sa voiture dix minutes plus tard. Restée seule avec son chef dans la salle de réunion du cinquième, elle en profita pour tenter une manœuvre risquée.

— Il me faut vraiment un binôme sur cette affaire, dit-elle. Seule, je n'y arriverai pas. J'ai essayé d'appeler Morin, mais il ne répond pas. J'ai bien réfléchi et j'ai trouvé l'homme de la situation. Mais ça ne va pas te plaire.

— Qui?

— Mitch.

La Fouine soupira.

— On en a déjà parlé, Annie. C'est non.

— À cause de l'IGS?

— C'est ça. Il est suspendu jusqu'à la fin de l'enquête sur l'affaire Rosselet et je ne peux pas aller contre cette décision.

— Mais la proc', elle pourrait, non? Je suis sûre qu'elle trouverait des arguments.

— Lesquels?

— Avant d'être flic, Mitch a longtemps travaillé à la Poste. Il connaît parfaitement les rouages de cet univers.

Trois mois plus tôt, l'inspecteur Michel Sautter – surnommé Mitch dans la Grande Maison – avait fait équipe avec son collègue Yves Morin sur une affaire de séquestration. L'affaire Rosselet, comme on l'appelait communément, défrayait encore aujourd'hui la chronique.

À la base, c'était une situation sortant de l'ordinaire pour le commun des mortels, mais terriblement banale pour deux flics proches de la cinquantaine, qui cumulaient à eux deux plus de quarante ans de service.

Le couple Rosselet, des quinquas eux aussi, multipliait les faits de violences conjugales depuis que leur fils majeur avait quitté la maison. Une dizaine d'appels à la police en quatre ans, provenant souvent du voisinage, trois plaintes déposées par l'épouse, toutes retirées. Sauf une.

Dans ce ménage carougeois, on avait pris l'habitude de boire, de se soupçonner mutuellement d'adultère, de s'injurier, de se menacer de divorce, de se détester et de se frapper. Puis de se confondre en excuses, de se pardonner et de s'aimer à nouveau. Et pour fêter le nouvel amour, on buvait de nouveau.

Au fil des interventions, le couple Rosselet avait perdu toute crédibilité aux yeux de la police, lasse de recommencer chaque fois la même affaire, les mêmes auditions, les mêmes rapports. Pour parvenir le plus souvent à des classements du ministère public, une seule fois à deux condamnations qui, manifestement, n'avaient servi à rien. Les amoureux infernaux refusaient toute aide extérieure des services spécialisés.

Trois mois plus tôt, Mitch et Morin s'étaient déplacés rue Saint-Victor, bouclée par la gendarmerie. Rosselet retenait sa femme prisonnière au domicile conjugal et menaçait de la tuer au moyen d'un couteau, puis de se suicider. Au pied de l'immeuble, les hommes en noir du GI, le Groupe d'intervention. Dans le canton de Vaud, on l'appelait le Dard, à Fribourg le Grif, à Neuchâtel le Cougar, au Jura le Gite et à Berne l'unité Gentiane. Mais dans les cantons du Valais et de Genève, le GI n'avait pas de petit nom.

L'intervention s'était déroulée sans accroc. Rosselet avait été interpellé, sa femme mise en sécurité. Lors des auditions qui avaient suivi, le mari avait accusé l'inspecteur Morin d'être l'amant de son épouse. Elle avait nié sans grande conviction, Morin fermement. Mais Mitch ne les avait pas crus, il n'était pas dupe : Charlotte Rosselet n'était qu'une conquête de plus à afficher au tableau de chasse de son collègue.

Même sans preuve de cette liaison, Morin avait été écarté de l'enquête par la hiérarchie. Principe de précaution, lui avait-on dit. Sur le moment, il l'avait très mal pris. Mais vu la suite des évènements, cette éviction l'avait sauvé du scandale.

Mitch avait entendu Mme Rosselet. Elle avait refusé de déposer une nouvelle plainte et pris sur elle la responsabilité de tout ce qui s'était passé. Très affectée, elle avait déclaré presque mécaniquement avoir poussé son mari à bout, qu'il n'y pouvait rien, que c'était lui la victime. Elle avait juré que ça ne se reproduirait plus, qu'elle avait pris rendez-vous pour une thérapie de couple et qu'elle saurait convaincre son mari d'y participer. Elle avait ajouté qu'ils s'aimaient, et Mitch avait senti que, peut-être, elle cherchait à se convaincre elle-même.

Mitch avait discuté avec le procureur. Finalement, d'un commun accord, il avait été convenu qu'au terme de sa garde à vue, Rosselet serait relâché avec une simple décision d'éloignement temporaire du domicile conjugal. Après tout, Mme Rosselet avait parlé de tenter de travailler sur leurs différends, et une détention provisoire risquait de renforcer le sentiment d'injustice du mari et de compromettre la thérapie.

Le surlendemain de la libération de Rosselet, la gendarmerie française avait retrouvé le couple sans vie. Le mari s'était suicidé en se jetant des falaises du Salève, après avoir assassiné son épouse. On avait découvert le corps de Charlotte Rosselet, lardé de coups de couteau, dans la cabine du téléphérique.

Peu de temps après, une plainte pénale avait été déposée par le fils du couple contre le ministère public et la police qui n'avaient, selon lui, pas pris les décisions et les mesures propres à empêcher le drame. Très affecté par cette situation, le procureur genevois avait démissionné. Mitch, lui, avait été suspendu de ses fonctions par l'IGS, le temps de l'enquête. Suite à la récusation de l'ensemble du ministère public genevois, l'instruction de la plainte du fils avait alors été confiée à un procureur hors canton, un certain Norbert Jemsen du ministère public neuchâtelois.

Le commissaire Yannick Gygli soupira et conclut :

— OK Annie, je vais essayer de convaincre la procureure Vino d'annuler la décision de l'IGS et de permettre à Mitch de t'épauler dans cette affaire, mais ne te fais aucune illusion, je connais déjà sa réponse.

14

LE MONT-SUR-LAUSANNE.

Morin retrouva Vero à la réception du CB. Elle pleurait. Il l'enveloppa dans ses bras. Vero avait acheté à la va-vite dans un commerce du centre-ville des chaussettes et une paire de chaussures. Morin les enfila, puis il entraîna Vero sans un mot vers la sortie.

Il neigeait, le parking de la police était à moitié vide en raison des congés de Noël.

— Ils ne me croient pas, gémit Vero.

— Je sais. Tu es venue avec ta voiture ?

— Oui.

Morin sortit son téléphone, s'éloigna de quelques mètres et passa un coup de fil. Elle n'entendit pas la conversation. Puis il revint vers elle, toujours en ligne avec son interlocuteur, et demanda à Vero :

— Quel est ton garagiste habituel ?

— Amag Crissier, pourquoi ?

— Où est-il exactement ?

— À côté du Léman Centre.

— Tu as entendu ? demanda Morin à son interlocuteur.

Vero s'essuya les yeux, attentive à la suite de la conversation.

— Tu peux y être vers quelle heure ? dit encore Morin, puis, après un silence, il ajouta : OK, rendez-vous là-bas à 11 heures. Il faut que tu y sois avant nous. Préviens-moi si tu as un problème sur la route. Merci Manu, je te revaudrai ça.

Et il raccrocha.

— Tu m'expliques ? demanda Vero.

— Pas maintenant, désolé. Nous avons plus d'une heure et demie à tuer. Nous allons nous comporter comme si tout était normal. J'ai passé une nuit affreuse dans une cellule de merde, on m'a libéré presque avec des excuses. Que ferais-tu à ma place ?

Vero renifla et sécha ses larmes.

— J'irais boire un verre pour fêter ça, dit-elle ironiquement avec un sourire un peu triste.

— C'est exactement ce que nous allons faire. Où est ta voiture ?

Ils traversèrent le parking du CB. La petite Volkswagen noire était déjà recouverte d'or blanc. Morin balaya grossièrement les vitres d'un revers de manche, puis s'approcha de Vero qui s'apprêtait à prendre le volant.

— Je conduis, dit-il. Toi, tu es trop nerveuse. Une fois dans la voiture, on parle de tout et de rien. On peut parler de Sam, ce serait même normal qu'on le fasse. Mais pas un mot sur ton garagiste, d'accord ?

Elle le regarda avec des points d'interrogation dans les yeux, puis une lueur traversa son regard quand elle comprit où Morin voulait en venir : il suspectait la présence d'un micro.

— Tu crois vraiment que… ?

— Je ne sais pas.

Ils quittèrent le parking du CB, prirent à droite en direction du Mont-sur-Lausanne. Morin s'arrêta dans une station-service, Vero voulut lui faire remarquer que le réservoir était plein aux deux tiers, mais il se pencha aussitôt vers elle et l'embrassa sur la bouche. Quand il recula légèrement avec un sourire, les yeux plongés dans les siens, elle comprit qu'elle devait se taire.

Morin sortit, ajouta cinq litres à la pompe, alla payer dans le *shop* et revint avec l'édition quotidienne du journal *24 heures* sous le bras. Puis il redémarra, évita les grands axes et traversa des zones rurales sur des routes secondaires. Ils parlèrent un peu de Sam et de l'incompétence des flics. Vero n'était pas une très bonne actrice, elle peinait à ne pas forcer le trait. Morin préféra mettre un terme à l'échange.

— J'ai besoin d'un café, coupa-t-il en montrant un centre commercial sur la gauche.

Elle éclata de rire.

— La Migros de Romanel ? J'espérais quelque chose d'un peu plus romantique.

— Navré, ma Princesse, je ne connais pas grand-chose ici. On en profitera pour faire quelques courses.

Elle ne releva pas le petit nom, se dit qu'après tout, Morin devait savoir ce qu'il faisait et qu'il l'avait peut-être appelée ainsi de façon calculée, pour énerver Sam.

Ils passèrent cinquante minutes dans le centre commercial, burent un café en échangeant des banalités. Il y avait trop de monde autour d'eux pour parler de sujets sensibles. Puis ils achetèrent du pain, du fromage et quelques fruits pour le repas du soir.

Ensuite, ils reprirent la route direction Lausanne. Avant de rejoindre l'autoroute, le moteur de la petite Volkswagen se mit à tousser, ils sentirent des à-coups. Morin regarda dans le rétroviseur, la voiture laissait dans son sillage des volutes de fumée.

— Qu'est-ce qui se passe ? s'inquiéta Vero.

— Je ne sais pas. Ce n'est pas normal. Ça t'est déjà arrivé ?

— Jamais.

— On ferait peut-être bien d'aller dans un garage, tu ne crois pas ? Tu as un garagiste habituel ?

Il lui sourit, elle comprit.

— Amag Crissier.

— Très bien, alors allons-y.

Elle ne lui posa plus aucune question.

Amag Crissier était un concessionnaire Volkswagen, Audi et Seat, comme il y en avait d'autres en Suisse romande. Une partie *showroom* dans de grandes halles vitrées et, plus discrète à l'arrière, une partie atelier.

Morin entra directement dans l'atelier avec la voiture. Un homme en bleu de travail lui indiqua un emplacement libre sur un *lift*. Morin visa les marquages au sol, aligna les roues dans l'axe des rails et se gara sur l'engin hydraulique. Puis Vero et lui sortirent de la voiture.

Ils se dirigèrent vers l'homme en bleu, que Morin salua d'une chaleureuse poignée de main, sous les yeux étonnés de Vero.

— Pas de problème ? demanda Morin.

— Aucun, répondit l'homme. Le patron du garage s'est montré coopératif et d'une discrétion absolue.

Morin désigna la voiture de Vero d'un geste du menton.

— Tu me la passes au peigne fin.

— Je cherche quoi ?

— Tout. Balise GPS, micro, caméra, logiciel espion, tout ce qui te vient à l'esprit. T'as apporté la machine ?

— Oui. Je l'installe dans le coffre ?

— Comme d'hab. T'es un génie, Manu. Je ne sais pas ce que je ferais sans toi.

L'homme en bleu sourit, puis s'éloigna vers la voiture et actionna le *lift*. Vero s'approcha de Morin et lui demanda discrètement :

— Maintenant, tu m'expliques ?

15

Le Centre universitaire romand de médecine légale était situé rue Michel-Servet, derrière l'hôpital. Avec des conditions de circulation optimales, ce qui était rarissime à Genève, le trajet depuis Carl-Vogt prenait dix minutes par les bords de l'Arve. Ana et Stéphane mirent environ une heure.

Le CURML comptait sept sites répartis à travers la Suisse romande. On avait aménagé des antennes à Nyon, Rennaz, Yverdon, Givisiez et Delémont, on avait aussi créé des synergies avec l'hôpital de Sion, mais les autopsies ne se pratiquaient que sur les deux sites principaux, à Lausanne et Genève.

Les deux policiers accédèrent au bâtiment E et franchirent le sas d'accès : trois portes rouges métalliques intégrées dans une grande paroi vitrée séparant le couloir en deux. Le médecin légiste les attendait dans son bureau, au huitième étage. Il les invita à prendre place, décrocha son téléphone et commanda trois cafés.

— J'ai les réponses à deux de vos questions de ce matin, dit-il. Je vais commencer par vous les donner et je garde la surprise pour la fin. Ça vous va ?

Ana et Stéphane hochèrent la tête, impatients d'entendre le légiste qui reprit :

— Le faux timbre, tout d'abord. Le prélèvement de peau est presque parfait, impossible à réaliser de manière artisanale avec un couteau ou un autre objet tranchant du quotidien. Même le plus aiguisé. Mes collègues et moi arrivons à la conclusion que l'auteur a utilisé un dermatome, un appareil professionnel servant à prélever des lamelles de peau pour les greffes. On l'utilise surtout pour soigner les grands brûlés, mais pas seulement.

— J'imagine que c'est un appareil qui ne court pas les rues, dit Ana.

— Théoriquement pas, répondit le légiste. Mais vous savez, aujourd'hui, on peut tout acheter sur Internet. Le problème n'est pas tellement de trouver l'appareil, mais plutôt de savoir l'utiliser correctement. Soit l'auteur a reçu une formation, soit il s'est entraîné avant de parvenir à un tel résultat.

— *Post mortem*? demanda Stéphane.

— *Ante mortem*. L'action a été effectuée sur une personne vivante, les vaisseaux saignaient au moment du prélèvement.

— Et le motif du timbre?

— *Post mortem*. Ce n'est pas un tatouage à proprement parler, l'auteur n'a pas utilisé d'aiguilles. Le dessin a été réalisé au moyen d'une imprimante laser à très haute définition. Un appareil professionnel. Sur de la peau vivante, ça aurait provoqué des brûlures et des micro-saignements. Ici, ce n'est pas le cas.

— Qui peut disposer des compétences à la fois pour utiliser un dermatome et pour réaliser un tel faux presque parfait? intervint Ana.

— Ça, c'est votre travail, inspectrice. Le mien s'arrête à de simples constatations scientifiques.

On frappa à la porte du bureau, un jeune secrétaire entra avec un plateau et trois cafés. Le légiste le remercia et le jeune homme repartit. Puis le légiste se tourna vers l'écran de son ordinateur et reprit:

— Voilà pour votre première question. La seconde : l'UGF vient de m'envoyer les premiers résultats ADN.

L'UGF était l'Unité de génétique forensique du CURML. Le légiste imprima un rapport succinct en double exemplaire et le donna à ses interlocuteurs.

— Comme vous pourrez le constater, les prélèvements effectués sur l'estomac et sur la peau du timbre présentent des allèles identiques : ils proviennent d'une seule et même personne de sexe masculin. Seul hic, cet ADN n'est pas répertorié dans la base de données fédérale. Tout ce qu'on pourrait tenter à ce stade, c'est du phénotypage, mais…

— … la loi l'autorisant n'est pas encore entrée en vigueur, conclut Junod.

— Exactement, mais c'est une question de jours.

Les deux scientifiques constatèrent qu'ils avaient perdu Ana, qui attendait une explication. Son collègue de la BPTS commenta :

— Aujourd'hui, la loi sur l'ADN ne permet que de définir le sexe de l'auteur d'un délit. Avec le phénotypage, on pourra aussi connaître la couleur de ses yeux, de ses cheveux, son âge et son origine ethnique. Politiquement, ce dernier point ne plaît pas à la gauche ni aux Verts. Quoi qu'il en soit, la technique du phénotypage n'est pas encore totalement au point et ce ne sera probablement jamais une preuve absolue, en tout cas pas dans un avenir proche. Mais qui sait, d'ici quelques années, on pourra peut-être même reconstituer le visage de quelqu'un grâce à son ADN. Imagine tous les *cold cases* qu'on pourrait résoudre grâce à cette technique. Certains auteurs d'homicides, de braquages, d'incendies ou d'autres infractions graves qui sont passés entre les mailles du filet ont du souci à se faire.

— Je n'imaginais pas qu'on pouvait connaître l'âge d'une personne grâce à son ADN, s'étonna Ana.

— À plus ou moins trois ans, oui. L'ADN vieillit en même temps que le corps. En revanche, on ne pourra pas déterminer tout ce qui dépend de facteurs externes comme l'alimentation ou la santé : la taille d'une personne, son poids, etc.

Le médecin légiste se leva et se frotta les mains d'un air satisfait.

— Bon, on passe à la surprise ?

Ana et Stéphane le suivirent à travers les couloirs de l'URMF, l'Unité romande de médecine forensique. Avant d'entrer en salle d'autopsie, ils enfilèrent une blouse, une charlotte, des chaussons et des gants.

Le légiste sortit un bac en inox d'une chambre froide. Au fond du bac, un amas de chair fraîche : les restes de l'estomac. Après dissection, la portion du tube digestif ne ressemblait plus vraiment à une poche. Le légiste commenta :

— Les tissus présentent toutes les caractéristiques d'une congélation suivie d'une décongélation. Ce qui explique probablement que le sang n'ait pas suinté du colis avant qu'il se retrouve dans les locaux chauffés de la poste de Balexert.

Le légiste prit un scalpel et une pince à épiler, souleva l'organe et indiqua deux bouts de boyaux sectionnés à chaque extrémité.

— Ici, l'œsophage, et là, le duodénum. Vingt-cinq centimètres séparent les deux, c'est donc l'estomac d'un homme adulte.

Puis il écarta les bords d'une longue incision pratiquée lors de l'autopsie, dévoilant le contenu de l'estomac. Les restes d'une bouillie brune malodorante chatouillèrent les narines des deux policiers qui virent aussi un peu de sang et, au milieu, une sorte de grosse larve souillée, indéfinissable.

— La mort, l'ablation de l'estomac et la congélation de l'organe ont dû survenir très rapidement après le dernier « repas » de la victime, ce qui a empêché la digestion par les sucs gastriques.

— C’est quoi, ce truc ? demanda Ana en désignant la grosse larve.

— Ce truc, comme vous dites, c’est la surprise. Il a été gobé, sans être mâché, par le propriétaire de cet estomac. Il indique qu’il n’y a pas qu’une seule victime dans cette affaire, mais peut-être trois. C’est un fœtus humain.

16

CRISSIER.

Dans l'atelier de mécanique, l'homme en bleu de travail était passé sous la Volkswagen et inspectait minutieusement le châssis et les garde-boue à la lampe de poche.

— Alors, insista Vero, tu m'expliques ?

Morin lui sourit et répondit :

— Lui, c'est Manu.

— Tu connais un garagiste d'Amag Crissier et tu ne m'as rien dit ?

— Ce mec n'est pas garagiste, il est flic. C'est un collègue, un pote, un génie de l'informatique et de la technique. Il est venu de Genève. On se rend parfois de menus services.

— Mais… et le patron du garage ?

— Tu as entendu Manu : il s'est montré compréhensif. Une plaque de police, ça ouvre souvent des portes.

— Qu'est-ce que tu as fait à ma voiture ?

— Rien de grave, je te rassure. Un peu de diesel dans l'essence. Ça tousse, ça fume, mais c'est sans danger pour le moteur si on dose bien.

— Pourquoi ?

— Parce que si Sam nous suit, il va penser que c'est

normal que nous nous arrêtions dans un garage. Sinon, il pourrait se méfier.

Vero resta bouche bée. Morin avait pensé à tout. Elle fut touchée par son geste.

— Alors, ça veut dire que tu me crois ? Que tu ne me prends pas pour une folle, comme tous les autres ?

— Bien sûr que je te crois. Et on va le coincer, ce petit trou du cul.

Comme Morin le lui avait demandé, Manu Junod passa le véhicule de Vero au peigne fin. Au terme d'une bonne heure d'inspection, il revint vers eux en essuyant ses mains pleines de graisse dans un chiffon.

— Balise GPS, annonça-t-il.

— Où ça ? demanda Morin.

— Branchée sur la batterie du véhicule et bien camouflée. Une technique de la maison, pas d'un simple amateur.

— Tu l'as laissée en place ?

— Bien sûr.

— Autre chose ?

— Non. Le reste du véhicule est *clean*. Vous pouvez rentrer, j'ai vidangé le réservoir et refait le plein d'essence.

— La machine ?

— Installée dans le coffre. Tu peux l'utiliser depuis le siège passager.

— Parfait. On va se garer rue Mercerie, juste devant chez Vero. Rejoins-nous là-bas, mais ne nous suis pas. Gare-toi à la Riponne, on t'attendra à l'appart. La porte de l'immeuble est ouverte la journée. Il ne faut surtout pas éveiller les soupçons de ce zig s'il est dans les parages. Et je compte bien qu'il y soit.

Une fois sur place, Junod inspecta l'appartement de Vero au moyen d'un détecteur de micros et de caméras. Il examina la télévision, l'ordinateur, le téléphone et même une enceinte numérique. Il dévissa quelques lampes au plafond, puis les remit en place.

— Rien, conclut-il.

— Le mur de la chambre à coucher ? demanda Morin.

— C'est fait, rien non plus. On peut passer à côté ?

Ils se rendirent dans l'appartement voisin en travaux. Junod examina scrupuleusement le mur mitoyen avec la chambre de Vero et s'attarda sur un détail. Morin s'approcha.

— T'as trouvé quelque chose ?

— Là.

Junod indiquait un endroit du mur, poussiéreux mais en apparence intact.

— Je ne vois rien, dit Morin.

— Regarde bien.

L'inspecteur approcha ses yeux à quelques centimètres de la paroi et repéra un minuscule trou, de la taille d'une tête d'épingle, mais légèrement aplati.

— C'est quoi ? demanda-t-il.

— La seule fois que j'ai vu une entaille similaire dans un mur, c'est quand j'ai participé à une enquête conjointe avec la PJF. Une technique de perçage inédite.

— La Police judiciaire fédérale ?

— C'est ça. La brigade d'observation de la PJF avait piégé un appart de cette manière, avec le micro le plus discret que j'aie pu voir à ce jour.

Morin se tourna vers Vero.

— Va préparer tes affaires, on s'en va.

— Je prends quoi ? demanda-t-elle, un peu surprise.

— Des vêtements pour deux ou trois jours et des affaires de toilette.

— On va où ?

— Je t'emmène en vacances.

Elle soupira, comprenant qu'elle n'en saurait pas plus, et retourna dans son appartement. Une fois qu'ils furent seuls, Junod demanda à Morin :

— Tu lui fais confiance ?
— Que veux-tu dire ?
— Une balise posée à la façon des flics, un micro à la pointe de la technologie qu'on ne trouve pas en vente libre dans le commerce… Tu es sûr que ta copine n'est pas en train de te rouler dans la farine ? Qu'elle n'est pas impliquée dans une affaire fédérale ?
— Elle est bibliothécaire.
— Et alors ? On a déjà arrêté des profs ou des assistants sociaux qu'on n'aurait jamais pensé capables de certains trafics. En plus, elle est russe, il me semble ?
Morin fronça les sourcils et grommela :
— Stupide préjugé. Elle est née en Suisse, son père était dans l'enseignement à Genève.
— Peut-être, mais les préjugés découlent souvent d'une certaine réalité. Quoi de mieux pour le gouvernement ou la mafia russe – je sais, tu vas me dire que c'est pareil – que d'avoir recours à des ressortissants établis à l'étranger depuis plusieurs générations pour noyer le poisson ?
— C'est ridicule, coupa Morin. J'ai confiance en elle.
Junod sourit.
— Très bien, c'est ce que je voulais entendre. Les amis de mes amis sont mes amis. De toute façon, mon job se termine ici. Je rentre à Genève, j'ai du taf qui m'attend. J'espère que tu sais ce que tu fais. Et ne tarde pas trop à me rendre la machine, on n'est pas censé l'utiliser dans un cadre privé. Tu sais ce qu'on risque, toi et moi, si la hiérarchie le découvre.
— Merci, Manu. Je te revaudrai ça.

17

ANA AVAIT QUITTÉ le centre médical universitaire à pied. Elle avait laissé sa voiture à Fivaz pour qu'il puisse rentrer à Carl-Vogt, elle ne s'en était pas sentie la force, pas tout de suite. Au besoin, elle se débrouillerait avec les transports publics. La Fouine lui avait envoyé un message : la proc' refusait d'intervenir auprès de l'IGS pour faire annuler la suspension de Mitch. Ana avait tenté de rappeler Morin, sans succès.

Emmitouflée dans sa doudoune, écharpe autour du cou, mains dans les poches, elle marchait un peu au hasard sur les trottoirs enneigés, en direction de la vieille ville. Son cardiologue lui avait conseillé cet exercice au moins trente minutes par jour. Jusque-là, elle ne l'avait jamais écouté. Son obésité ne l'encourageait pas, elle avait mal au dos, le souffle court, ses articulations la faisaient souffrir.

Le froid annihilait pourtant toutes ses douleurs. Et surtout, son cerveau était focalisé sur autre chose. Dans son esprit, les images défilaient : le sang qui coulait du casier, l'estomac dans le colis, le timbre en peau humaine, et maintenant, ce fœtus quasiment intact qui était passé d'un sac amniotique à une poche de nourriture à moitié digérée.

Quel malade avait pu commettre une telle atrocité ?

Pourquoi ?

Y avait-il seulement un mobile ? Un fou n'en avait pas forcément besoin, mais Ana était convaincue que la minutie de la mise en scène, les précautions prises par l'auteur et la citation d'Aristote sur le cœur trahissaient une certaine intelligence et la volonté savamment orchestrée de faire passer un message.

Mais lequel ?

Qui étaient les parents de ce petit être en gestation ? Sa mère était-elle vivante ? Avait-elle fait une fausse couche ? Ou lui avait-on arraché cet embryon de la même façon qu'on avait prélevé l'estomac de l'inconnu masculin ? Le légiste allait tenter de répondre à ces deux dernières questions – à d'autres aussi, comme l'ADN du fœtus – mais cela allait prendre un peu de temps. Comme d'habitude.

Ana longea le parc des Bastions, rue Saint-Léger. À travers la végétation hivernale clairsemée, l'imposant bâtiment de la bibliothèque de Genève, une des principales et plus anciennes bibliothèques patrimoniales et encyclopédiques de Suisse, dominait ce vaste espace de détente et de loisirs qu'on appelait jadis « Belle Promenade ». Quotidiennement peuplé à la saison chaude, le parc était aujourd'hui presque désert. Un peu plus loin sur la droite, le consulat général de France, puis le palais de l'Athénée, siège et propriété de la Société des Arts, dont l'enveloppe somptueuse n'était pas sans rappeler les plus prestigieux édifices parisiens. Ana traversa un petit tunnel en pierre sous la rue du même nom, puis grimpa péniblement la route en S en direction de la place du Bourg-de-Four. Cœur de la vieille ville, proche de la cathédrale Saint-Pierre, la place en forme de sablier accueillait bon nombre d'établissements publics. Et aussi le Palais de Justice, qu'Ana avait bien connu à l'époque où il abritait encore le ministère public et les juges d'instruction.

Elle s'arrêta un instant, essoufflée, et regarda alentour. Elle aimait ce lieu en plein hiver, cet espace libéré des terrasses bondées de la belle saison, ses arbres nus et givrés, sa fontaine ornée de dentelles de glace.

Sa fille Paola habitait non loin d'ici, avec son copain. Son père lui avait trouvé un appartement dans le quartier calme et prisé des Tranchées, à deux pas de l'église russe. Immeuble de caractère, logement entièrement rénové, vue sur la ville, le lac et le jet d'eau. Haut standing, trop haut pour une gamine de 20 ans. Depuis la séparation, le père pourrissait ses enfants plus encore qu'au temps de la vie commune, et faisait étalage de son pouvoir et de son argent pour asseoir son emprise sur eux. Ce n'était pas leur rendre service, Ana n'avait pas manqué le lui dire, mais elle n'avait pas eu voix au chapitre. Dans l'histoire, c'était elle la méchante.

Dès la séparation, le père avait endoctriné les enfants et usé de tous les arguments pour faire perdre à Ana son droit de garde sur eux, jusqu'à annihiler leur envie de la voir. Elle n'avait jamais pu exercer son droit de visite, pourtant fixé par le tribunal civil, et le juge lui avait expliqué qu'au vu de l'âge des enfants, ils étaient en droit de décider. À cause de ses soucis de travail, qui avaient entaché sa crédibilité de mère responsable et son propre jugement de valeur, et aussi de la dépression dont elle avait souffert suite à la disparition de Lucille, elle avait baissé les bras. Pour se punir.

Quatre ans déjà, sans nouvelles de Paola, sauf de temps en temps par personne interposée. Quelqu'un qui l'avait croisée dans la rue par hasard et qui en avait parlé à Ana. Mais c'était rare, la dernière fois remontait à plusieurs mois. Si ça se trouvait, Ana était grand-mère et elle ne le savait même pas.

Elle sentit une boule se former dans ses entrailles et plaqua ses mains sur son ventre. Elle crevait d'envie de traverser les boulevards Dalcroze et Helvétique, de sonner chez Paola et de la prendre dans ses bras.

Ana regarda ses mains, son abdomen surdimensionné qui n'avait rien de celui, charmant, d'une femme enceinte. Elle pensa au fœtus, à ce petit être, victime lui aussi de la folie humaine. La vie était si courte, plus encore pour certains que pour d'autres. Et la sienne touchait à sa fin, elle le sentait.

En passant devant le musée d'Art et d'Histoire, Ana savait déjà comment elle serait reçue par sa fille. Mais une force invisible l'entraînait vers le quartier des Tranchées.

Une petite voix intérieure lui chuchotait de faire demi-tour, une autre de forcer le destin. Après tout, cinq ans s'étaient écoulés depuis qu'elle avait quitté la maison et, disait-on parfois, le temps atténuait les rancœurs. Paola avait hérité du caractère de sa mère et sa fierté l'empêchait peut-être de faire le premier pas.

D'une main tremblante et hésitante, Ana sonna à l'interphone au pied de l'immeuble et attendit quelques secondes – qui lui parurent des heures. Son rythme cardiaque s'emballa. Un instant, elle hésita à tourner les talons et fuir au plus vite cet endroit qu'elle ressentait comme hostile.

L'interphone grésilla.

— Oui?

Ana reconnut la voix de sa fille.

— C'est… ta maman.

Il y eut un long silence, puis des bruits de pas et un échange de paroles à moitié étouffées qu'elle ne comprit pas. Enfin, une voix d'homme remplaça celle de Paola. Ana comprit que c'était le copain de sa fille.

— Madame Bartomeu?

— Oui, je voudrais parler à Paola.

— Elle ne veut pas vous parler. Je suis désolé.

— Pourrait-elle au moins m'écouter?

Nouveau silence. Puis la voix masculine reprit.

— Non, je suis navré. Vous devriez partir. Paola dit que, sinon, elle va appeler la police.

Espèce de connard, pensa Ana. *C'est moi la police!*

Elle entendit un déclic, fin de la communication. Retour à la dure réalité: le temps n'avait rien atténué. Mensonge.

Une boule à l'estomac et des larmes au bord des yeux, Ana regagna la vieille ville. Elle eut toutes les peines du monde à se concentrer sur la mission qu'elle s'était fixée. Après tout, si elle avait marché jusque-là, ce n'était pas au hasard ni pour voir sa fille – une idée vraiment stupide!

Du Bourg-de-Four, une ruelle pavée et glissante descendait vers les quartiers commerçants de la ville basse, le long des murs fortifiés de la terrasse Agrippa-d'Aubigné.

Ana se fustigeait encore d'avoir été si naïve avec sa fille quand elle repéra l'entrée du bar interlope qu'elle cherchait. Un escalier extérieur, une porte au niveau du sous-sol, une enseigne discrète. Un intérieur sombre, une légère odeur de cannabis, de la fumée à profusion. Le patron avait déjà été menacé deux fois de fermeture administrative, mais grâce à son avocat, il s'en était tiré avec de simples amendes gratinées. Manifestement, l'épée de Damoclès au-dessus de sa tête ne pesait pas bien lourd.

Ana croisa quelques visages familiers, des tox qu'elle avait arrêtés du temps de la brigade des Stups. Ils ne la reconnurent pas, c'était normal, elle avait changé.

La bière coulait à flots sur fond de musique grunge des années 1990. Derrière le bar, les yeux du serveur transpiraient le THC. Ceux de la serveuse qui évoluait dans la salle lançaient eux aussi un message clair, bien que différent. Elle, c'était l'héroïne. Ana imaginait les traces de piqûres sous les manches de son pull moulant. Elle était plus maigre qu'une anorexique.

Ana traversa la salle enfumée. Au fond, elle repéra un homme seul, à moitié avachi sur une vieille banquette en bois. Ou plutôt une épave, que l'alcool avait fait sombrer. Devant lui, une pinte à moitié entamée, probablement la dixième de la journée. Il n'était que 15 heures.

Ana soupira. Sa fille, le copain de celle-ci, tout le monde pouvait aller se faire foutre. La proc' Sonia Vino aussi. Elle s'approcha et se planta devant la table de l'homme, qui leva vers elle des yeux lourds et fatigués.

— Salut, Mitch. On peut causer?

18

LAUSANNE.
Après le départ de Junod, Morin et Vero attendirent une demi-heure, puis ils quittèrent à leur tour l'appartement et retrouvèrent la voiture rue Mercerie.

— Mets ta valise sur le siège arrière, dit Morin. Le coffre est plein.

Vero comprit : la fameuse machine installée par Manu.

— Tu conduis ?

— Non, prends le volant. Mais ne démarre pas tout de suite. Attends mes instructions.

Ils montèrent à bord. Sur le siège passager, Morin déplia l'écran d'un petit ordinateur portable relié à la machine par un câble tiré à travers l'habitacle. Il ouvrit un logiciel et commença à pianoter sur le clavier.

— C'est quoi, ce truc ? demanda Vero.

— Un IMSI-catcher.

— Ça sert à quoi ?

Morin introduisit un identifiant et un mot de passe, le programme démarra.

— Aujourd'hui, tout le monde a un téléphone portable. Si on connaît le numéro d'une personne, on peut écouter ses conversations, intercepter ses messages et tout son trafic Internet, mais surtout, la localiser. Or, ni toi ni moi ne connaissons le numéro de Sam. Cet appareil va nous le révéler.

— Comment ?

— L'IMSI-catcher est une antenne privée plus puissante que toutes celles des opérateurs téléphoniques. Quand tu l'allumes, tu annihiles aussitôt les antennes officielles alentour et tous les appareils qui sont dans le secteur se loguent automatiquement sur la machine. En d'autres termes, tu « attrapes » les numéros IMSI, d'où le nom de ce petit bijou. Mais il ne faut pas le faire trop longtemps, sinon tu perturbes le trafic des télécommunications.

Vero écarquilla les yeux, elle n'était pas sûre d'avoir compris. Morin alluma la machine et l'éteignit un quart de seconde plus tard.

— Et voilà le travail ! dit-il.

— On a son numéro ?

— Pas encore. Mais si Sam est dans le secteur, son numéro figure parmi ces…

Il consulta le résultat et conclut :

— Quinze mille six cent vingt-trois numéros enregistrés.

Vero faillit éclater de rire.

— Et on fait comment pour savoir lequel est celui de Sam ?

— Patience, ma Princesse… Démarre.

— On va où ?

— Autoroute, direction Genève.

Les flocons avaient cessé de tomber, mais la neige tenait encore sur la route. Vero conduisait prudemment, même si elle cachait mal son stress. Ils contournèrent la cathédrale, passèrent derrière le palais de Rumine et descendirent vers la place de la Riponne. Puis ils prirent la direction de la Pontaise et de l'aéroport Lausanne-Blécherette.

Sur l'autoroute, on circulait au ralenti, mais il n'y avait

pas de véritable bouchon, ce n'était pas encore l'heure de pointe. Sur l'autre voie, en revanche, c'était bloqué en raison des départs en vacances. Tous les Romands prenaient la route du Valais et des stations de ski, pour y passer les fêtes de fin d'année.

À l'approche de l'échangeur de Villars-Sainte-Croix, Morin indiqua à Vero de prendre à gauche, direction Yverdon-Neuchâtel.

— On ne va pas à Genève ?

— Non. Et cesse de regarder tout le temps dans le rétroviseur.

— Je n'y peux rien, gémit-elle. Je suis sûre qu'il nous suit.

— J'espère bien que c'est le cas. Il faut qu'il nous suive, sinon tout ça ne servira à rien. Mais il n'est probablement pas juste derrière nous. La balise GPS lui permet de laisser de la distance entre sa voiture et la nôtre et de ne pas se faire repérer.

Sur une vingtaine de kilomètres, l'autoroute longeait les districts essentiellement agricoles du Gros-de-Vaud et du Nord vaudois, de vastes étendues blanches à perte de vue. Les conducteurs roulaient prudemment en raison des conditions météorologiques, des chauffeurs de poids lourds chaînaicnt à l'airc dc rcpos dc Bavois. Sur dcs piqucts aux abords des champs, on devinait çà et là un rapace en mal de nourriture. Par endroits, un timide rayon de soleil perçait la couche nuageuse et se réverbérait sur la neige.

Morin et Vero dépassèrent le village de Chavornay, puis, à l'échangeur d'Essert-Pittet, prirent la direction Vallorbe-Besançon. L'autoroute franchissait un long pont, puis grimpait à travers la campagne vers la frontière française. Sur la droite, un complexe de bâtiments sécurisés par des fils barbelés : les Établissements de la plaine de l'Orbe, un des principaux pénitenciers de la Suisse romande, accueillaient en leurs murs les détenus les plus dangereux.

— La future maison de Sam, plaisanta-t-elle à moitié.

— Pas si je le tue avant, grommela Morin tout en lui indiquant un panneau autoroutier. Prends la prochaine sortie.

Elle s'exécuta.

— On va où ?

— Boire un verre.

Morin aimait cultiver le mystère.

Orbe était une petite ville de sept mille habitants, perchée sur une colline au pied de laquelle coulait la rivière qui lui avait donné son nom. Avec son château, ses anciens moulins et leur passerelle, c'était un lieu chargé d'histoire.

Sur indication de Morin, Vero gara la Volkswagen sur la place du Marché, à proximité de l'hôtel de ville et de la fontaine du Banneret. Ils trouvèrent un établissement ouvert sur la Grand-Rue, à quelques mètres de la voiture, et commandèrent des cafés.

— Qu'est-ce qu'on fait ici ? demanda Vero en chuchotant.

Elle ne pouvait s'empêcher de dévisager les clients du bar. Mais c'était ridicule, ils étaient tous déjà là à leur arrivée, aucun d'eux ne pouvait être Sam.

— On lui laisse le temps d'arriver, répondit Morin. Puis on fait un second relevé avec l'IMSI-catcher.

— Pourquoi ?

— Parce qu'il y a peu de chances pour que plusieurs personnes aient fait le même déplacement que nous, au même moment. C'est la raison pour laquelle je voulais éviter une grande ville comme Yverdon, trop risqué en termes de probabilités. Et aussi, à l'inverse, une région totalement déserte, où Sam risquait de rester suffisamment à distance pour ne pas entrer dans le champ couvert par la machine.

Vero peinait toujours à comprendre où Morin voulait en venir. Cette technologie la dépassait. Ils avaient bu leurs cafés, étaient restés une demi-heure dans l'établissement, puis avaient regagné la voiture.

Dans l'habitacle, Morin sortit l'ordinateur portable et se livra au même rituel qu'à Lausanne, puis il annonça :

— Deux mille trois cent soixante-sept numéros enregistrés.

— On n'est pas plus avancés, commenta Vero qui comprenait de moins en moins la logique de cet appareil.

— Détrompe-toi, ma Princesse. Maintenant, l'ordinateur croise automatiquement les deux listes et…

Morin pressa un bouton, la machine fit le travail en une seconde et il conclut, presque avec étonnement :

— Quatre numéros.

— Qu'est-ce que ça veut dire ?

— Quatre numéros étaient dans le secteur de l'antenne qui couvre ton domicile à Lausanne au moment de notre départ, et sont actuellement présents ici, à Orbe. Le mien, le tien et… deux autres !

19

ANA ET MITCH se tenaient debout, collés l'un contre l'autre, sur le palier du troisième étage d'un immeuble moderne.

— T'as envie de baiser ? balbutia-t-il, les yeux mi-clos.

— Pas vraiment, non.

Elle fouillait dans les poches du pantalon de son collègue.

— Ma bite est plus à gauche.

— Arrête tes conneries. Où sont tes clés ?

Ils avaient mis vingt minutes à parcourir les cent mètres qui séparaient le bar douteux du domicile de Mitch, rue de Rive. Ivre, il tenait à peine debout ; elle l'avait soutenu du mieux qu'elle pouvait. Il ne pesait pas bien lourd, peut-être la moitié du poids d'Ana, mais elle avait mal au dos et lui se laissait complètement aller. Sans elle, il se serait probablement écroulé dans la rue et endormi sur un tas de neige.

Aux heures de sortie du travail, la rue de Rive se transformait en une gigantesque fourmilière, un ballet de pingouins endimanchés. Sous un drapage de décorations lumineuses plus somptueuses les unes que les autres, banquiers, bijoutiers, avocats d'affaires et autres friqués profitaient de faire un dernier achat à la va-vite avant de prendre le taxi, le tram ou de rejoindre les parkings pour rentrer chez eux.

Plusieurs fois, ils avaient croisé des gens qui les avaient regardés bizarrement. Ana les avait ignorés, mais elle avait deviné leurs pensées : *T'as vu l'alcoolo et la grosse, bourrés comme des olives en plein après-midi ? Ces assistés sociaux fêtent Noël à leur façon, sur le dos des contribuables. Ça me ferait de la peine si ça m'énervait pas autant.*

Poche du pantalon, cliquetis métallique, trousseau de clés, Ana ouvrit l'appartement de la main gauche, tout en soutenant Mitch sous son bras droit. *Putain, même si l'animal pèse soixante kilos tout mouillé, Dieu qu'il est lourd !*

Elle l'entraîna directement dans la salle de bains et l'assit, tout habillé, sur le carrelage de la douche italienne.

— Si tu veux baiser, bredouilla-t-il avec un sourire fatigué, faut m'ôter mon froc…

Elle tourna le robinet à droite, et se retira. L'eau froide coula du plafond. Mitch cria, se débattit mollement, puis abandonna. Quand il fut détrempé, il se mit à grelotter et à sangloter.

— Merde, Annie, gémit-il comme un enfant, qu'est-ce que tu fous ici ?

Elle lui jeta une serviette.

— Change-toi et rejoins-moi au salon, il faut qu'on parle.

Ana avait préparé deux verres d'eau sur la table basse et posé un cachet d'aspirine à côté de celui de Mitch. En désordre et assez sale, l'appartement puait le renfermé, personne n'avait fait le ménage depuis longtemps.

— Désolé pour le bordel, dit le locataire des lieux en apparaissant dans l'encadrement de la porte.

Pieds nus, les cheveux mouillés, il avait revêtu un pantalon et un tee-shirt propres, mais froissés. Il se dirigea vers le frigo, l'ouvrit, chercha une bière mais n'en trouva pas. Dans l'évier, des cadavres de bouteilles.

— Je les ai vidées, dit Ana.

— Pourquoi ?

— J'ai besoin de toi lucide.

— Personne n'a besoin d'un assassin.

— Tu n'as tué personne.

— Bien sûr que si. Si j'avais su convaincre le proc' de prendre la bonne décision, d'arrêter Rosselet plutôt que de le relâcher, lui et sa femme seraient encore en vie.

— Tu n'en sais rien, personne n'en sait rien, surtout pas ces connards de l'IGS. Peut-être que le mari se serait pendu dans sa cellule.

— Au moins, sa femme aurait survécu.

— Ou pas. Peut-être qu'une détention provisoire aurait exacerbé sa colère, qu'il n'aurait pas supporté qu'on le soumette à une expertise psychiatrique, qu'on le prenne pour un fou. Et puis, le proc' aurait pu le garder combien de temps ? Deux mois ? Trois au max ? Et ensuite ? Rosselet aurait été libéré et on les aurait quand même retrouvés morts au Salève.

— Toi non plus, tu n'en sais rien.

— Personne ne peut le savoir. La psychiatrie n'est pas une science exacte, la justice non plus. Tu dois l'accepter. Et passer à autre chose.

Mitch s'assit à côté d'Ana, prit le cachet d'aspirine et l'avala avec un peu d'eau.

— Facile à dire pour toi, tu n'as pas vécu ça.

— On a tous nos casseroles, certaines plus crades que d'autres, et parfois bien planquées au fond d'un placard.

Le tsunami qui s'était abattu sur les Stups cinq ans plus tôt avait failli l'emporter, elle aussi. Il avait balayé quelques-uns de ses collègues et emporté Lucille avec l'eau du bain. Tabassage de petits dealers de rue aux Pâquis, expulsions illicites d'illégaux vers la France, disparition de séquestres, drogue et argent, filatures transfrontalières dans le Léman Express et jusque dans les rues d'Annemasse sans avertir les autorités françaises, et bien d'autres choses encore. Ana avait vécu toutes ces pratiques de l'intérieur.

— Elle en est où, l'affaire Rosselet ? demanda-t-elle. Tu as reçu des nouvelles du proc' neuchâtelois ?

Mitch sourit et avala une gorgée d'eau.

— Il n'a encore rendu aucune décision, mais il est sympa, ce Jemsen. Très humain, pas comme certains de chez nous qui devraient en prendre de la graine. Il m'a entendu avec sa greffière, une certaine Flavie Keller, très sympa elle aussi. Ils m'ont plutôt rassuré, mais…

— Pas assez pour soulager ta conscience.

— C'est ça. De toute façon, ma vie est foutue. Je vais bientôt perdre mon boulot, j'ai déjà perdu ma copine…

— Parce que tu avais une copine, toi ?

Ana ne l'avait jamais vu avec une fille. À vrai dire, elle se rendit compte qu'elle ne s'était jamais vraiment intéressée à la vie privée de Mitch. Elle s'était faite à l'idée, comme plusieurs de leurs collègues d'ailleurs, qu'il devait être gay. Un préjugé idiot.

— Bah, rien de sérieux pour elle. Mais moi, j'étais accro. Je n'ai jamais eu de chance avec les filles. Même avec toi, Annie, je n'aurais aucune chance.

Elle fronça les sourcils.

— Ça veut dire quoi, ça ?

Il se rendit compte de sa maladresse.

— Oh pardon… ce n'est pas ce que je voulais dire, je…

— Bien sûr que si ! Et tu as raison. Je n'ai baisé qu'une seule fois en cinq ans et ce n'était pas mémorable. Je mentirais en te disant que ça ne me manque pas. Mais à vrai dire, quand je regarde mon corps dans une glace, même moi je ne me baiserais pas. Ceci dit, tu as aussi raison sur un autre point : je ne suis pas non plus désespérée au point de coucher avec toi.

Il sourit et conclut :

— OK, match nul, balle au centre. Mais peut-être que sur un malentendu… Non, je déconne ! Ceci dit, je ne comprends toujours pas ce que tu fais ici, à part jouer les bonnes fées des Alcooliques anonymes. De quoi tu voulais me parler ?

20

ORBE.

Morin referma l'ordinateur et le glissa à ses pieds, place passager. Derrière le volant, Vero était devenue presque aussi blanche que le tapis qui recouvrait les pavés de la place du Marché. Elle balbutia :

— Deux numéros ? Ça veut dire que deux personnes nous ont suivis depuis Lausanne ?

— Pas nécessairement, répondit-il. Peut-être que Sam a deux téléphones.

Elle ne pouvait s'empêcher de tourner la tête dans tous les sens. De rares silhouettes bravant la météo passaient dans les rues, tête baissée, mains dans les poches.

— Arrête ! lui ordonna-t-il. Il n'est probablement pas dans les parages immédiats. S'il nous observe, il doit le faire de loin.

— Qu'est-ce que tu en sais ? C'est un malade, ce type ! Il ne fait rien comme tout le monde. Je suis sûre qu'il est tout près, je le sens, il nous nargue et ça doit le faire jouir.

— Peut-être, mais dans ce cas, il ne faut pas lui donner l'impression qu'on se méfie. Embrasse-moi comme si tu étais toute contente que je t'emmène en vacances. Puis démarre.

Elle se pencha vers lui et déposa un timide baiser sur ses lèvres.

— Mieux que ça, dit-il en souriant. Sinon, il va croire que tu n'es pas amoureuse de moi.

Elle soupira, embrassa Morin à pleine bouche, puis alluma le moteur.

— On va où ?

— Dans un endroit suffisamment improbable et éloigné d'ici pour qu'il n'existe plus la moindre probabilité qu'une autre personne fasse par hasard le même trajet que nous. Une fois là-bas, nous ferons un troisième relevé avec la machine et nous verrons bien s'il y a encore quatre numéros.

— Et si c'est le cas ?

— J'ai encore deux jokers qui permettront d'affiner les recherches : un coup de fil à un ami et ceci.

Il lui montra une sorte de pistolet sur lequel, à la place du canon, on avait placé une plaque triangulaire. On aurait dit un modèle réduit de deltaplane posé sur la crosse d'une arme de poing.

— Qu'est-ce que c'est ?

— Une antenne portable reliée à l'IMSI-catcher. Elle permet de localiser un téléphone à dix mètres près.

— On pourrait l'utiliser ici, non ?

— Patience, ma Princesse. Patience !

Ils quittèrent Orbe par l'autoroute et repassèrent à proximité des EPO. Recouverts de neige, les bâtiments et les murs d'enceinte de la prison jouaient de mimétisme avec le reste de la plaine, vastes étendues agricoles à perte de vue. Dans l'esprit de Vero, enfermement et liberté se côtoyaient, un peu comme les goulags perdus au milieu de la toundra sibérienne. À l'échangeur d'Essert-Pittet, ils prirent la direction d'Yverdon. Un long pont autoroutier en travaux traversait la campagne à l'ouest de la ville. Sur la droite, les immeubles décrépits se fondaient dans la grisaille.

Grandson, Champagne, Onnens, Concise, les dernières localités vaudoises défilèrent dans le paysage hivernal. Sur la droite, de fortes bises provoquaient des embruns sur le lac de Neuchâtel, dont les multiples tons oscillaient entre vert et gris. Feux de tempête allumés, aucun bateau.

Morin pianotait sur son téléphone, il échangeait des messages avec un inconnu. Vero ne lui posa aucune question. Il avait l'air concentré, elle ne voulait pas le déranger, même si elle piaffait de connaître l'avancée des investigations.

Ils quittèrent le canton de Vaud, entrèrent sur le territoire neuchâtelois. Dans les tunnels de la Béroche, Morin reçut un appel. Il décrocha.

— Salut, t'as reçu une réponse ?

La lumière des phares s'intensifia alors qu'ils s'enfonçaient dans le tunnel et Vero retira les lunettes de soleil qui, quelques minutes auparavant, protégeaient ses yeux des miroitements du lac.

— OK. Et l'autre ? questionna Morin.

Attentif, il hocha la tête, puis reprit :

— Bref, on n'est pas plus avancés. Tu essaies de creuser ?

Vero regarda brièvement Morin et surprit le sourire fugace qui éclaira une seconde son visage.

— T'es un génie, merci mille fois. À plus, conclut-il avant de raccrocher.

— C'était qui ? demanda Vero.

— C'était Manu. Il a reçu les informations du CCIS sur les deux raccordements.

— Le CCIS ?

— Le Call Center Information System, une base de données de la Confédération qui permet d'obtenir des renseignements sur les usagers des services de télécommunication. Un des deux numéros est attribué à une société genevoise, Manu va se renseigner auprès du registre du commerce. L'autre est enregistré au nom d'une personne qui n'existe pas.

— C'est celui de Sam ! s'exclama-t-elle.
— Peut-être, tempéra Morin.

Ils longèrent le littoral neuchâtelois puis la région de l'Entre-deux-Lacs. Sur la droite, avec ses entrelacs de tuyaux, ses unités de stockage et ses tours de distillation, la raffinerie de Cressier, dernière encore active en Suisse, ressemblait au vaisseau spatial délabré d'un vieux film de science-fiction.

Un peu plus loin, les localités contiguës du Landeron et de La Neuveville marquaient à la fois la fin de l'autoroute et la frontière avec le canton de Berne. Le lac de Bienne affichait les mêmes couleurs que celui de Neuchâtel, avec des eaux moins agitées. L'île Saint-Pierre, dont le plus célèbre habitant fut Rousseau, formait une longue langue de terre sauvage, à moitié camouflée dans la grisaille.

Suivirent quinze kilomètres de route cantonale, jonchée de travaux elle aussi, vitesse réduite, nombreux radars, impossibilité de dépasser. De toute façon, les conditions hivernales ne le permettaient pas. Ils traversèrent des villages aux consonances alémaniques, qui ressemblaient aux villes fantômes des vieux westerns, avec leurs habitants terrés chez eux en raison du froid. Puis la ville de Bienne, déserte elle aussi, avec ses commerces et ses bars alternatifs, réputés d'après certains pour être des hauts lieux du trafic de cocaïne et d'héroïne.

Ils gagnèrent ensuite la Transjurane, direction le Jura et la France. L'autoroute serpentait à travers des vallées qui, aux yeux de Morin, semblaient mornes et d'une autre époque. Un Genevois qui se rendait dans le Jura, c'était un peu comme un Parisien qui se rendait dans le Berry : le choc du citadin arrivant dans une campagne reculée. Il ne pouvait pas imaginer qu'il faisait bon y vivre, alors que pour les natifs de ces régions, Genève était synonyme de cauchemar : trop de bruit, de stress et de pollution. D'ailleurs, la neige était ici plus abondante, plus blanche, mais aussi moins oppressante que dans les grandes villes.

La Transjurane longeait la vallée de Tavannes et ses villages enchâssés le long de la rivière la Birse, entre la montagne du Moron au nord et celle de Montoz au sud, puis passait à proximité de Moutier, la petite ville au cœur de querelles intestines entre Bernois et Jurassiens, et dont on ne savait plus très bien aujourd'hui si elle appartenait aux uns ou aux autres, en raison de multiples votations puis de recours contre les résultats de celles-ci.

À la sortie d'un long tunnel, Vero suivit les indications de Morin, quitta l'autoroute et se dirigea vers Delémont, le chef-lieu du canton du Jura. Ils contournèrent le centre-ville par un axe routier qui passait au sud de la gare, le long d'une zone industrielle et commerciale dont l'organisation urbanistique laissait un peu à désirer, franchirent un grand nombre de giratoires et se garèrent route de Porrentruy, devant une longue bâtisse aux murs roses et aux volets blancs : l'hôtel de la Tour Rouge. Deux heures s'étaient écoulées depuis leur départ d'Orbe, la nuit tombait. Vero coupa le moteur :

— Qu'est-ce qu'on fait ? demanda-t-elle.

— On va dormir ici. J'ai réservé une chambre. Mais on attend dix minutes dans la voiture pour laisser le temps à Sam d'arriver dans le secteur de l'antenne qui couvre ce quartier.

Ils patientèrent dans un silence pesant, puis Morin plaça l'ordinateur sur ses genoux et lança l'IMSI-catcher. Quatre mille six cent cinquante et un numéros s'affichèrent. Après croisement des listes par le programme, il n'en resta plus que trois. Le numéro de la société genevoise avait disparu.

Morin prit l'antenne portable et cibla le téléphone au

numéro enregistré sous un faux nom. La carte géographique affichée sur l'écran de l'ordinateur localisa l'appareil d'un point rouge. Il se trouvait route de Porrentruy, devant l'hôtel de la Tour Rouge, à l'emplacement même où était garée la voiture.

Morin regarda Vero. Blême, elle semblait terrorisée.

21

ANA FIT POUR MITCH un résumé de l'affaire : la découverte du colis à la poste de Balexert, les images de vidéosurveillance de la poste de Lausanne, le faux timbre en peau humaine, le fœtus retrouvé presque intact dans l'estomac et le message manuscrit.

Mitch semblait attentif même si, de temps en temps, Ana le voyait jeter un coup d'œil au frigo. Il avait sûrement envie d'une bière, mais il n'y en avait plus. Quand elle eut terminé son récit, il soupira et lâcha d'une voix pâteuse :

— Pourquoi t'es venue me chercher, Annie ?

— J'ai besoin d'un binôme.

— Je suis sur la touche, tu le sais. Pourquoi moi et pas un autre ?

Elle avait sciemment évité de lui parler de Morin, sachant que Mitch le détestait depuis l'affaire Rosselet.

— Toi, tu connais le monde de la Poste comme ta poche. Tu pourrais répondre à pas mal de mes questions et, qui sait, peut-être m'ouvrir quelques portes.

— Tu crois que le meurtrier pourrait travailler à la Poste ?

— Je n'ai encore personne dans mon collimateur. C'est une hypothèse comme une autre.

Mitch sourit.

— Dans ce cas, je pourrais entrer dans la liste des suspects.

— Arrête tes conneries, je suis sérieuse. Mais ce qui est sûr, c'est que tu es suffisamment barge pour réfléchir comme notre meurtrier. « Le cœur est le siège des émotions, des passions et de l'intelligence » : qu'est-ce que cette phrase évoque pour toi ?

Mitch haussa les épaules.

— Quelqu'un de cultivé, d'amoureux aussi, je ne sais pas. Mais peut-être que, dans ce message, le cœur ne désigne pas celui d'un être humain…

— Tu penses à quoi ?

— Un vague souvenir de mes années à la Poste. Ce qu'on appelait « le cœur » dans le jargon de la boîte, c'était le centre de tri des colis de Daillens.

— Pourquoi ?

— Parce qu'à la manière du cœur distribuant le sang dans toutes les parties du corps, le centre de Daillens répartit les colis dans tous les secteurs de la Suisse romande. Mais je ne vois pas très bien en quoi ça pourrait coller dans cette affaire, vu que tu me parles d'un seul colis.

Ana sourit à son tour et contempla Mitch, tentant tant bien que mal de cacher son admiration. Elle avait l'impression de retrouver son collègue d'avant cette dramatique affaire de féminicide. Elle venait de ressusciter son esprit de déduction particulier. Mitch ne réfléchissait pas comme les autres, il allait plus loin, avec toujours un coup d'avance.

— Il y a quelque chose que tu ne me dis pas ? demanda-t-il.

— Un truc que je viens d'apprendre en venant chez toi : la police vaudoise a trouvé deux autres colis avec des timbres similaires.

Le visage de Mitch s'illumina.

— Où ça ?

— Le premier à la poste de Lausanne, précisément dans la succursale d'où a été envoyé le colis de Balexert. Il était dans le casier poste restante d'une entreprise horlogère fermée pour cause de vacances, mais une employée a quand même relevé le courrier ce matin. Le colis était vide, pas d'organe, pas de lettre manuscrite. L'employée est retournée à la poste pour demander une explication sur la provenance du colis et ça a fait tilter le guichetier qui a immédiatement appelé la sûreté vaudoise.

— Et le second ?

— Le second a été découvert grâce au lieu d'expédition du premier : la poste d'Orbe. Des inspecteurs de la sûreté se sont déplacés là-bas en début d'après-midi avec un mandat d'un proc' d'Yverdon. Ils ont demandé aux guichetiers d'Orbe d'ouvrir tous les casiers poste restante. Et bingo ! Mais ce second colis était vide lui aussi. Toujours le même faux timbre dans les deux cas, toujours l'adresse d'une entreprise horlogère fermée pour cause de vacances. Malheureusement, il n'y avait pas de caméra de vidéosurveillance à la poste d'Orbe. Grâce au Post Tracking, ils ont pu déterminer l'ordre d'expédition des colis : Orbe, Lausanne, Balexert. Matériellement, une seule et même personne aurait eu le temps de se déplacer d'Orbe à Lausanne.

— Et le colis découvert à Orbe, il venait d'où ?

— C'est là que le bât blesse, il a été posté en France. Apparemment, le proc' vaudois s'est mis d'accord avec notre proc', Sonia Vino : c'est elle qui va envoyer une commission rogatoire internationale. Ça suit son cours.

Mitch se leva et alla remplir son verre d'eau au robinet. Il revint vers Ana en fronçant les sourcils.

— Il y a un truc qui ne tient pas, dans ton histoire. On ne peut pas envoyer un colis depuis la France avec un timbre suisse.

— Bonne remarque…, dit-elle en faisant la moue. Je ne connais pas tous les détails, en particulier je n'ai pas vu de photos de ces deux nouveaux colis. On m'a juste parlé de timbres représentant un cœur.

— Un cœur ? Depuis l'an 2000, la Poste française édite une série de beaux timbres qu'elle appelle les « timbres Cœur ». Chaque année, elle en confie le relooking à de grands créateurs de mode comme Yves Saint Laurent ou Karl Lagerfeld.

— C'est peut-être ça, alors. J'imagine que Fivaz s'est déjà mis en lien avec la brigade de police scientifique vaudoise pour comparer les faux timbres et l'ADN de la peau qui les compose. À ce stade, on ne sait pas encore si on a affaire à une seule ou plusieurs victimes.

Mitch but une gorgée d'eau, puis demanda :

— Et le colis suivant ?

— Quel colis suivant ? s'étonna Ana.

— C'est un jeu de piste, Annie, ça crève les yeux. Le meurtrier vous balade. La police vaudoise remonte la chronologie des colis, c'est très bien. Laisse faire. Mais de ton côté, as-tu vérifié si un colis est parti de Balexert ?

Ana resta bouche bée, presque vexée de ne pas y avoir pensé. D'un autre côté, l'information sur les colis de Lausanne et d'Orbe venait de tomber.

— Quelle conne…, murmura-t-elle.

Ana passa quelques coups de téléphone depuis l'appartement de Mitch. Pendant ce temps, il retourna dans la salle de bains pour se sécher les cheveux et finir de s'habiller. Elle lui avait aussi vivement conseillé de se brosser les dents, il puait la godaille à trois mètres.

Quand il revint au salon, elle était encore en ligne. Il lui fit comprendre qu'il s'absentait un moment. Elle se méfia, posa la main sur le micro du téléphone et le regarda suspicieusement.

« Pas de bière ! » devina-t-il sur ses lèvres alors qu'elle articulait en silence. Il leva un pouce pour tenter de la rassurer, sans succès évidemment, puis il quitta l'appartement. Il réapparut trente minutes plus tard avec deux box de nourriture thaïe. En le voyant, Ana s'exclama :

— Putain, Mitch, je t'adore ! Un colis est parti de Balexert deux heures à peine après l'expédition de Lausanne. On a les images du centre commercial, la même personne que sur la vidéosurveillance de Lausanne. Mêmes habits, mais on ne voit pas le visage. Le gars sait manifestement où sont les caméras, il ne les regarde jamais et baisse la tête.

— Qui est le destinataire du colis ?

— Une entreprise horlogère à Annecy.

22

DELÉMONT.

Assis sur le siège passager, Morin avait dégainé son arme. Il observa rapidement les alentours, mais ne vit personne. Au moyen de l'antenne portative, il balaya l'espace à 360 degrés autour de la voiture. L'intensité du signal ne faiblissait pas. Il resserra le cercle, dirigea l'antenne vers le toit puis vers le châssis, ce qui n'avait aucun sens : Sam ne pouvait pas être au-dessus d'eux, encore moins en dessous.

L'intensité du signal atteignit son point culminant quand Morin dirigea l'antenne vers le siège arrière et l'immobilisa face à la valise de Vero. La machine ne pouvait pas se tromper.

Morin regarda Vero. Tétanisée, au bord des larmes, elle ressemblait à un animal pris au piège. À l'évidence, à cet instant précis, elle ne craignait pas l'hypothétique présence de Sam dans les parages immédiats, mais la réaction de Morin. Il comprit qu'elle ne lui avait pas tout dit.

Fulminant, il posa l'antenne à ses pieds, rengaina son arme, ouvrit la valise, la fouilla sans ménagement et trouva un téléphone.

— Tu m'expliques ? aboya-t-il en lui montrant l'appareil.

— Ce n'est pas ce que tu crois…, murmura Vero entre deux sanglots.

— Au stade où j'en suis, je ne crois plus rien. Crache le morceau !

— C'est le téléphone d'une amie, elle me l'a confié… Je… j'avais complètement oublié qu'il était là…

— Dans ta valise ? Que tu as préparée cet après-midi ? Tu mens ! Sur quoi d'autre tu m'as menti ? Sur Sam ? Il n'existe pas, c'est ça ?

Le visage de Vero vira au rouge colère.

— Bien sûr qu'il existe ! Tout ce que je t'ai dit sur lui, tout ce qu'il m'a fait subir, c'est vrai ! Je ne t'ai pas menti !

— Mais tu ne l'as jamais vu.

Elle se radoucit un peu et sécha ses larmes.

— Non, je ne l'ai jamais vu.

Morin soupira. Il réfléchit un instant, puis reprit :

— Il est à qui, ce téléphone ?

— À une amie, je te l'ai dit.

— Comment elle s'appelle ?

— Irina Ivanova. Elle habite à Lausanne, tu peux vérifier. Elle est coiffeuse.

— Pourquoi cet appareil est inscrit sous un faux nom ?

— Parce qu'elle trompe son mari et que je lui sers d'alibi. Je suis la copine imaginaire avec qui elle passe un week-end de temps en temps. Si son mari appelle ce numéro, je confirme qu'Irina est avec moi, c'est tout. Je te le jure.

— Pourquoi tu ne m'en as pas parlé à Orbe, quand je t'ai dit qu'il y avait quatre numéros ?

— Je ne pensais plus à ce téléphone, mon esprit était focalisé sur Sam. De toute façon, je n'ai rien compris au fonctionnement de ta foutue machine. Et quand tu m'as montré les numéros, ça ne m'a pas frappée, parce que je ne connais pas par cœur le numéro de ce téléphone ni le nom sous lequel il est enregistré.

Perplexe, Morin regardait le petit Samsung. L'explication

tenait la route, mais il se méfiait. Il détestait que les choses lui échappent. Il finit par tendre l'appareil à Vero.

— Éteins-le.

Elle attrapa le téléphone et s'exécuta. Il reprit :

— Maintenant, plus de cachotteries entre nous. Il y a autre chose que tu ne m'as pas dit ?

— Non, répondit-elle timidement.

— Écoute, ma Princesse, c'est important. Là, ce soir, je ne suis plus flic. Je suis avec toi, hors de ma juridiction, et uniquement pour t'aider. C'est tout. Tout ce que tu me diras restera entre nous. Tu n'as rien à craindre.

— Que veux-tu que je te dise ? Je t'ai déjà tout raconté...

— Le GPS posé sur ta voiture à la manière des flics. Le micro à travers le mur de ton appartement, façon brigade d'observation de la police judiciaire fédérale. L'autre numéro de téléphone qui nous a suivis de Lausanne à Orbe, enregistré au nom d'une société genevoise. Tout ça sent la surveillance étatique à plein nez. Si ce n'est pas la police, ce sont peut-être les services de renseignement de la Confédération.

— De renseignement ?

— Les services secrets, si tu préfères. Est-ce que tu me caches encore quelque chose ?

— Bien sûr que non ! s'énerva-t-elle à nouveau. Je suis bibliothécaire, pas une espionne russe ni une criminelle !

Morin avait envie de la croire. Et pourtant, une petite voix lui susurrait de se méfier.

Par acquit de conscience, il refit un test avec l'IMSI-catcher. Le croisement des listes de Lausanne, Orbe et Delémont ne dévoila que deux numéros : le sien et celui de Vero. Le téléphone de la société genevoise ne déclenchait pas dans le secteur. Il expliqua à Vero, concentrée, que cela pouvait signifier trois choses : soit cette société n'avait rien à voir avec Sam et le déplacement Lausanne-Orbe était un pur hasard, soit c'était bien Sam et dans ce cas, ou il ne se trouvait pas dans le secteur de la machine, ou il avait éteint son portable.

— Bien, conclut-il, voilà ce qu'on va faire. On va sortir de cette voiture, prendre la chambre et dormir. Demain matin, après le petit déjeuner, je retirerai la balise GPS. Sam pensera peut-être qu'on l'a trouvée ou, avec un peu de chance, qu'elle s'est désactivée toute seule suite à un problème technique. Finalement, peu importe. Dans les deux cas, ça le forcera à sortir du bois et à se rapprocher de nous. Et là, on fera un nouvel essai avec l'IMSI-catcher.

1984

« SAM ! »

Les cris de Sylvain Ansermet et de ses sbires perçaient la forêt onésienne.

— Sam le Bouseux !

— Où es-tu, gros porc ?

— Cours, gros lard ! Cours !

— On va te saigner comme un goret ! Tu vas couiner !

Sam courait d'un pas lourdaud à travers les bois. Il manqua glisser plusieurs fois sur le tapis de feuilles mortes, atteignit l'endroit où le ruisseau des Grandes Communes se jetait dans le Rhône et traversa un petit pont. Il n'entendait même plus le bruit de l'eau, ni le craquement des branches sèches sous la semelle de ses chaussures. Les seuls sons qui parvenaient à ses oreilles étaient les grognements porcins mimés par ses trois poursuivants.

Sylvain et les trois autres n'étaient pas très loin derrière lui, mais Sam ne se retournait pas. Il regardait droit devant et n'avait qu'une seule idée en tête : atteindre au plus vite la lisière qui séparait la forêt du champ de ses grands-parents. Alors, il pourrait crier au secours et, avec un peu de chance, son grand-père sortirait avec le fusil.

Mais la lisière était encore loin et ses poursuivants

couraient beaucoup plus vite que lui. Lui, il était empêtré dans ce corps graisseux qui provoquait la risée des élèves. La chaleur l'accablait plus que les autres. En nage, épuisé, il soufflait comme un bœuf, l'effort le privait d'oxygène, ses poumons brûlaient, sa vision commençait à se voiler.

Dans son dos, son sac d'école bringuebalait de gauche et de droite. Les lanières en cuir sciaient ses épaules.

Il essayait d'ignorer sa souffrance et de dépasser ses limites physiques en pensant à des choses agréables : la photo de sa mère sur sa table de nuit, ses boîtes de timbres, ceux qu'il allait classer dans ses albums à son retour à la maison et les suivants qu'il décollerait des vieilles enveloppes et des cartes postales.

Il pensa aussi à Toni et à ses jeux vidéo, à Mario et Luigi, les frères plombiers, plutôt petits et rondouillards comme lui. Pourtant, ces deux-là savaient courir, sauter et éviter tous les obstacles. Un fossé séparait le monde réel du monde virtuel.

S'il avait été Albator, Sam aurait dégainé son sabre à canon laser et réduit en poussière Sylvain et ses sbires, comme le corsaire de l'espace avec les Sylvidres. S'il avait été Goldorak, il les aurait coupés en deux d'un coup d'astérohache. Mais voilà, Sam n'était ni l'un ni l'autre. Il n'était que Sam le Bouseux, le petit gros de l'école des Tattes, toujours mal fagoté, dernier de la classe, dernier en sport, souffre-douleur du collège. Les autres étaient plus forts et plus rapides que lui. Et Sylvain aimait terroriser les plus petits et les plus faibles avec son couteau à cran d'arrêt.

À cet instant précis, Sam ne regretta qu'une seule chose : ne pas avoir emporté avec lui le petit poinçon de bricolage avec lequel il avait découpé un timbre imaginaire dans son cahier de maths. Il aurait pu se défendre et, qui sait, peut-être crever un œil de Sylvain.

Sam avait conscience que ce geste était défendu, qu'il lui vaudrait les pires ennuis. Mais le reste de la bande s'enfuirait, ils détaleraient comme des lapins. Et après ça, on le respecterait. Peut-être même qu'on le craindrait.

Passer à l'acte était interdit, fantasmer non. Cette simple idée lui redonna des forces – du moins en eut-il l'impression. Il rallongea la foulée, mais se prit le pied dans une racine. La chute fut terrible, le choc plus violent encore. Sa tête heurta le sol, visage en premier.

Sam vit des étoiles, puis il sentit une avalanche de corps humains lui tomber dessus. Il prit des coups de poing et des coups de pied, entendit des cris. Et il sombra.

Sam n'avait pas vraiment perdu connaissance, mais son cerveau avait occulté ces quelques secondes où, une fois de plus, il avait perdu contre plus fort que lui.

Quand il reprit conscience de la situation, il était debout, fermement maintenu par deux des sbires de Sylvain. Le chef de la bande se tenait face à lui et savourait sa victoire.

— Alors, gros porc, paraît que tu m'as fait un *fuck* quand j'avais le dos tourné… et en plus de ça, tu mates ma copine !

Effrayé, Sam tremblait, tenaillé par une irrépressible envie d'uriner.

— Je n'ai jamais maté Princesse, bredouilla-t-il.

La réponse fut immédiate : nouveau coup de poing dans la mâchoire. Le cerveau de Sam cogna dans sa boîte crânienne, il sentit le goût du sang dans sa bouche.

— Ne l'appelle plus jamais comme ça ! glapit Ansermet. À partir de maintenant, il n'y en a plus qu'un qui a le droit de lui donner ce petit nom : c'est moi ! C'est Ma Princesse.

Sam passa sa langue sur sa lèvre fendue et préféra se taire.

— Qu'est-ce qu'on fait de lui ? demanda un de ses geôliers.

Le chef de la bande regarda autour de lui, puis désigna un gros chêne.

— Attachez-le à cet arbre ! On va s'amuser un peu.

Deuxième nuit

23

ANA CONDUISAIT la voiture de Mitch. Lui n'était pas encore descendu au-dessous du taux légal d'alcoolémie, même si les apparences tendaient à démontrer le contraire. Ils avaient pourtant pris le temps de manger leur curry rouge tout en échangeant sur des sujets divers et variés, tant professionnels que privés, puis, en milieu de soirée, ils avaient quitté Genève par la douane de Bardonnex. Le premier panneau autoroutier lumineux du territoire français les avait fait sourire : équipement d'hiver obligatoire. Sans blague ! Les pleins phares éclairaient la chaussée enneigée, on ne voyait plus l'asphalte. Le thermomètre de la voiture affichait des températures négatives.

— On est en train de faire une belle connerie, Annie.

— Pas du tout. Je te rappelle que c'est toi qui m'as suggéré de suivre les colis plutôt que de remonter le jeu de piste à l'envers. C'est une idée de génie.

— Je ne te parle pas de ça, mais de procédure. Ça aurait pu attendre demain matin. La Fouine se serait trouvé dans l'obligation de t'adjoindre un binôme et la proc' aurait formalisé ce déplacement par une CRI en bonne et due forme. Là, si on se fait choper à enquêter en territoire étranger sans demande d'entraide, on est dans la merde.

Moi, je m'en fous, j'y suis déjà jusqu'au cou. Mais toi, tu as tout à perdre. Violer la souveraineté territoriale et faire équipe avec un flic officiellement suspendu de ses fonctions te vaudra une retraite anticipée.

— C'est peut-être ce que je cherche…, répondit-elle avec un sourire, avant de se renfrogner. Maintenant, arrête de m'emmerder avec tes états d'âme, je sais très bien ce que je fais. Et le temps presse. Des nouvelles de ton contact ?

— Elle nous attend.

La nuit enveloppait la Haute-Savoie de son voile le plus sombre, seule la neige qui recouvrait le paysage offrait un semblant de clarté. Sur leur droite, Ana et Mitch devinèrent l'ombre du pont de la Caille, qui se détachait sur une gorge en forme de V. Ils passèrent le péage d'Allonzier et continuèrent en direction d'Annecy.

Le cerveau d'Ana turbinait à plein régime. De longues minutes s'écoulèrent sans un échange, puis elle brisa le silence :

— Comment de faux timbres ont-ils pu berner les scanners de la Poste ?

— Les timbres n'ont aucun impact sur les scanners, répondit Mitch. Tout ce qui compte aujourd'hui, c'est le code-barres apposé sur le colis par le guichetier. À lui seul, il recèle toutes les informations utiles pour le Post Tracking.

— Est-il possible de tromper le Post Tracking, par exemple en modifiant le lieu, la date et l'heure de l'expédition ?

— Un employé de la Poste malintentionné pourrait le faire, c'est possible. De l'extérieur, ça me paraît peu probable, à moins d'être un hacker hors pair capable de franchir tous les pare-feu du Géant jaune. Mais je te rappelle que les images de vidéosurveillance confirment le lieu, la date et l'heure des expéditions.

— La vidéosurveillance, ça se trafique aussi.

— Là, tu vas un peu loin, Annie. Des témoins ont corroboré les envois.

— Les guichetiers, c'est vrai. Mais aucun n'a pu fournir une description précise de l'expéditeur. On ne sait même pas si c'est un homme ou une femme. La seule information intéressante vient de la police vaudoise…

— C'est quoi ?

— Un truc encore assez vague. Un inspecteur de la sûreté a eu un contact avec la police municipale de Lausanne, qui enquêtait sur une affaire de tags. Des messages *sprayés* à la peinture rouge par un amoureux éconduit, sur la chaussée et sur les murs de la ville, entre le parking de la Riponne et le domicile d'une certaine Veronika Dabrowska. Les enquêteurs ont pu obtenir les images des caméras du parking et il semblerait que ce soit elle-même qui ait fait ces tags. Ils l'ont confondue grâce à ses vêtements. Elle a contesté les faits, prétendant que son harceleur avait pénétré chez elle en son absence et lui avait « emprunté » ses habits avant de les remettre à leur place. Pour la police vaudoise, cette femme est folle. Le hic, c'est que l'expéditeur des colis ressemble étrangement à l'auteur des tags dans le parking de la Riponne. Même allure, même taille, même corpulence, même démarche.

— Mêmes vêtements ?

— Non.

— Donc, rien de formel.

— Non, juste une intuition. Mais l'inspecteur de la sûreté vaudoise et ses collègues se sont quand même rendus en fin d'après-midi au domicile de Veronika Dabrowska avec un mandat de leur proc'. Ils ont fait appel à un serrurier, sont entrés chez elle et ont perquisitionné. Ils étaient accompagnés d'un voisin, qui officiait comme témoin de la perquo et qui leur a dit qu'il n'avait pas vu Veronika Dabrowska depuis plusieurs jours. Dans l'appartement, ils n'ont rien trouvé d'intéressant, aucun vêtement correspondant à notre expéditeur de colis. Mais ils ont pu déterminer qu'elle était partie en emportant ses affaires de toilette. Demain, ils tenteront de la localiser. D'après ce que j'ai compris, leur proc' serait disposé à brancher une écoute.

Après le péage d'Annecy-Nord, le centre hospitalier faisait penser à un gigantesque assemblage de conteneurs gris, jaunes et noirs. Une structure particulièrement froide, à l'apparence plus industrielle que médicale.

Ana et Mitch contournèrent ensuite une zone commerciale, puis filèrent tout droit vers le centre-ville, par l'interminable avenue de Brogny, qui longeait la ligne de chemin de fer entre quartiers de villas et immeubles résidentiels. Depuis des années, Annecy vivait une densification exponentielle sans précédent, chaque terrain en friche étant prétexte à construction.

Quand enfin le décor s'ouvrit sur le bout du lac, dont les eaux noires reflétaient à peine les lumières de la ville, les deux enquêteurs constatèrent que la promenade Jacquet, les jardins de l'Europe et l'île des Cygnes, si verts à la belle saison, avaient complètement disparu sous la neige. Ils se garèrent à l'hôtel de ville et remontèrent à pied vers le pont qui enjambait le Thiou. La rivière qui s'écoulait paisiblement en direction de la vieille ville était gelée sur les bords. Côté lac, une fine pellicule de glace entourait la coque du *Libellule* et des autres bateaux de croisière.

Mitch entraîna Ana à travers les ruelles du vieux quartier de la Venise des Alpes dominé par son château, avec ses multiples établissements publics, ses maisons colorées et ses arches de pierre. Ils s'arrêtèrent rue Perrière. Mitch sonna à une porte nichée au pied d'une ancienne tour. Après quelques secondes, la serrure fut déverrouillée dans un grésillement métallique. Ils entrèrent et montèrent au deuxième. Sur le palier, une femme plus âgée qu'eux, peut-être la soixantaine, les attendait. Mitch se tourna vers sa collègue.

— Annie, je te présente Françoise Le Berre, une vieille amie.

24

DELÉMONT, *quelques jours plus tôt.*

Vero connut un début de nuit agitée. Elle ne parvenait pas à trouver le sommeil et faisait la crêpe dans le lit. Les évènements des dernières vingt-quatre heures défilaient dans son esprit : la voix de Sam à travers le mur de sa chambre, l'arrestation de Morin, les regards de tous ces flics qui la croyaient folle, l'aide providentielle de Manu Junod et de sa drôle de machine, la découverte du téléphone d'Irina.

Vero s'en voulait de ne pas y avoir pensé et d'avoir donné l'impression à Morin qu'elle lui avait menti. Mais ce n'était pas vrai. À cause du stress causé par la situation, de sa peur bleue de Sam, elle avait vraiment oublié ce détail. Et quand Morin avait découvert l'appareil, elle lui avait tout de suite avoué la vérité. Vero s'en voulait d'avoir été si stupide. Maintenant, Morin devait douter d'elle, comme tous les autres. Ou peut-être pas : il avait quand même glissé son flingue sous l'oreiller avant de s'endormir. Allongé à côté d'elle, il ronflait comme un bienheureux.

Vero s'en voulait aussi pour Irina. Elle avait éteint le téléphone que son amie lui avait remis et ne pouvait pas la prévenir. Lui envoyer un texto avec son propre appareil était bien trop risqué : le mari d'Irina pourrait le découvrir en premier. Son amie lui avait dit qu'il était extrêmement jaloux et obsédé par le contrôle. Il n'hésitait pas à fouiller son téléphone et Irina le suspectait même d'avoir installé un logiciel espion dans son appareil.

Avant de s'inscrire sur le site de rencontres où elle avait fait la connaissance de Sam, Vero avait, elle aussi, vécu quinze ans avec ce genre d'homme : son mari. Au début, tous leurs amis les enviaient. Vero et Jean-Claude étaient toujours ensemble, faisaient tout ensemble. Modèle de ce qu'on appelait communément un amour fusionnel, leur couple n'était en réalité rien d'autre que le début sournois d'une forme de contrôle, qui s'était progressivement mise en place.

Jean-Claude avait toujours manifesté beaucoup d'attention envers Vero. Curieux de ses journées de travail, il lui posait quotidiennement des questions sur ses déplacements et ses collègues, sur Irina aussi, avec qui elle allait, très rarement, boire un verre sans lui. Il n'aimait pas trop ça, parce que, disait-il, « un couple, ça partage tout ». Au début, cette attention de chaque instant avait touché Vero : son mari s'intéressait à elle, c'était à ses yeux la plus belle des preuves d'amour.

Un soir, elle était rentrée du travail un peu plus tard que d'habitude – elle avait oublié de rappeler à son mari que la bibliothèque fêtait ses dix ans. Jean-Claude s'était imaginé qu'elle l'avait trompé. Il s'était alors accordé le droit de consulter le téléphone de sa femme, en se justifiant : « Quand on s'aime, on se dit tout. » Quelques jours plus tard, elle l'avait surpris en train d'éplucher ses factures de télécommunication. Il lui avait sorti un baratin : il envisageait de changer d'opérateur pour que ça leur coûte moins cher.

Puis Jean-Claude s'était mis à sélectionner les habits de Vero qu'il trouvait indécents. Les jupes trop courtes et les chemisiers décolletés avaient fini à la poubelle. Elle avait pu garder les sous-vêtements en dentelle, mais n'était autorisée à les porter que le week-end, quand elle ne sortait pas de la maison. Pour la semaine, il lui imposait de porter des dessous en coton, couleur chair, qu'il se chargeait d'acheter lui-même.

Petit à petit, au fil des années et sans qu'elle ne s'en rende compte, Vero s'était enfermée dans cette vie toxique et n'avait plus vraiment pris soin d'elle. Plus de maquillage, pour ne pas être accusée de chercher à plaire aux autres. Plus de gym, de cinéma ou de resto entre copines. Quand ils recevaient chez eux, les convives s'extasiaient sur leur maison toujours parfaitement rangée, savonnée, briquée, aspirée, dépoussiérée et immaculée. Aux yeux des autres, ils étaient beaux ; elle, douce et souriante, lui, ne la quittant jamais du regard. Le couple parfait.

Et puis étaient venus les injures et les menaces, les coups aussi, le premier après dix ans de mariage. La culpabilité, la honte, les silences et les pardons. Les premières plaintes pénales, les fleurs et les retraits de plainte.

Deux ans plus tôt, sur le conseil de la police, Vero avait consulté le centre LAVI, instauré par la loi fédérale sur l'aide aux victimes d'infractions. Un psychologue lui avait expliqué combien il était difficile de sortir d'une relation de quinze ans sous emprise. L'emprise n'était pas encore de la manipulation, mais elle partait d'un précepte du dominateur : « L'autre m'appartient, il est à moi et il n'a pas le droit de partir. »

Un jour pourtant, après plusieurs mois de tergiversations, Vero était partie.

Jean-Claude avait d'abord beaucoup pleuré. Il disait ne pas comprendre, qu'il avait toujours tout fait pour elle. Il avait menacé de se suicider. Curieusement, il n'avait plus jamais levé la main sur elle. Et moins de deux mois après la séparation, il s'était mis en ménage avec une autre. Vero n'avait rien compris et avait éprouvé un curieux mélange de sentiments contradictoires, entre jalousie, frustration et soulagement.

Morin avait enfin cessé de ronfler. Vero avait fini par sombrer dans un demi-sommeil. Elle se réveillait de temps à autre, ne savait plus très bien où elle était, ni si certaines images tenaient du rêve ou de la réalité. Puis elle se rendormait.

Au milieu de la nuit, elle entendit un bruit, comme un léger craquement, et elle ouvrit les yeux. L'éclairage de la rue perçait à peine les rideaux rouges de la chambre d'hôtel mansardée. Couchée sur le côté, Vero tournait le dos à la fenêtre.

Morin, lui, dormait paisiblement. Visiblement, le bruit ne l'avait pas réveillé. Peut-être avait-elle rêvé ?

Vero se retourna lentement et sursauta. Une forme humaine était penchée sur elle, les bras levés.

25

FRANÇOISE LE BERRE était un petit bout de femme à qui on aurait donné le Bon Dieu sans confession, haute comme trois pommes, grisonnante et toujours souriante. Elle invita Ana et Mitch à entrer, et leur proposa à manger.

— J'ai un reste de croziflette au frigo, c'est vite réchauffé. Désolée, mais avec mon maigre salaire pour deux, je n'ai pas de quoi vous inviter au *Freti*.

Le Freti était un restaurant savoyard à deux pas de chez elle, une institution à Annecy.

— Il est 23 heures, répondit Mitch. C'est gentil, mais nous avons déjà dîné.

— Une bière, alors ?

Ana fusilla son collègue du regard. Il déclina l'offre et demanda :

— Paulo n'est pas là ?

— Non, sourit Françoise, tu le connais. Depuis qu'il est à la retraite, il saisit la moindre occasion pour partir pêcher avec ses copains à La Rochelle.

Ils s'assirent autour de la table de la cuisine et les deux flics acceptèrent un café. Mitch expliqua à Ana que Françoise travaillait à la Poste française comme responsable départementale pour la Haute-Savoie. Quinze ans plus tôt, ils avaient été collègues dans un bureau de poste à Genève.

— Qu'est-ce qu'on a pu rire, à l'époque, dit Françoise, un peu nostalgique.

Avec Mitch, ils échangèrent quelques anecdotes du passé. La lecture des cartes postales et le concours qu'ils avaient instauré en interne : c'était à celui qui trouverait la plus débile et la plus drôle. Ils les photographiaient et les épinglaient sur ce qu'ils avaient appelé « le mur du bêtisier ». Ils se remémorèrent ce facteur qui n'arrêtait pas de se faire voler des colis lors de sa tournée, ou ce postier qu'on avait suspecté de retourner systématiquement tout le courrier d'un client avec la mention « décédé » parce qu'il avait avec lui un conflit privé de voisinage, ou encore ce client qui n'avait fait un changement d'adresse en poste restante que dans le but de pouvoir surveiller le courrier de sa femme.

À ce tableau pittoresque de l'institution ne manquait plus que le fameux adage « mieux vaut aller hériter à la poste qu'à la postérité ». Après cinq minutes de franche rigolade, Françoise coupa :

— Bon, j'imagine que vous n'êtes pas là pour parler du bon vieux temps ?

Mitch confirma et céda la parole à Ana, qui résuma l'affaire sans entrer dans les détails.

— C'est marrant, sourit Françoise, cette histoire de colis dégoulinant me rappelle une vieille arnaque. Du vol interne de bijoux, simulé évidemment. L'expéditeur déposait un colis au guichet, le colis était pesé, le client indiquait le contenu et sa valeur, concluait une assurance pour plusieurs milliers d'euros, puis le guichetier mettait de la ficelle et un cachet de cire sur le paquet. À l'arrivée, le colis ne pesait plus le même poids : les bijoux avaient disparu, et l'expéditeur touchait le pactole de l'assurance. Jusqu'au jour où on s'est rendu compte de l'escroquerie, parce qu'un colis s'est mis à couler. Le client n'envoyait pas des bijoux, mais des glaçons.

Et une fois, il a eu les yeux plus gros que le ventre : le glaçon était trop gros.

— Ce n'est pas tout à fait pareil, répondit Ana, un peu agacée de perdre du temps.

— C'est vrai, s'excusa Françoise. Qu'attendez-vous de moi ?

— Que vous nous ouvriez le bureau de poste d'Annecy où est arrivé le colis expédié depuis Balexert.

— Quelle succursale ?

— Rue de la Poste 1.

— Maintenant ? Au milieu de la nuit ?

— Si c'est dans vos cordes…

Françoise soupira, réfléchit puis répondit :

— Bien sûr que c'est dans mes cordes. Mitch le sait déjà, sinon vous ne seriez pas là. Ma carte d'accès peut ouvrir les locaux à toute heure du jour et de la nuit. Et je connais les codes de l'alarme. Mais est-ce bien légal ?

Mitch sourit.

— Pas trop, non.

— Dans ce cas, pourquoi ne pas attendre demain matin ?

— Parce que c'est urgent. Et que tu me dois un service.

Ana ignorait de quoi Mitch parlait. Françoise, elle, le savait. Elle n'avait jamais oublié ce jour où Mitch avait accepté de témoigner en sa faveur dans une affaire de harcèlement. Le haut responsable mis en cause avait été muté dans un autre canton, mais Françoise et Mitch en avaient fait les frais. À cette époque, les plaintes pour harcèlement étaient très mal perçues par la hiérarchie. Françoise avait retrouvé du travail en France, dans le même secteur d'activité. Mitch, lui, avait carrément changé d'orientation professionnelle et opté pour l'école de police. Peut-être avec l'idée de faire évoluer les choses.

Ils traversèrent la vieille ville d'Annecy à pied, en pleine nuit et dans le froid, passèrent par le palais de l'Île, puis longèrent les quais le long du Thiou. La rivière était bordée de cascades de glaçons, qui scintillaient sous l'éclairage public. Les restaurants étaient fermés, les seules personnes qu'ils croisèrent s'étaient amassées pour fumer devant des établissements de nuit.

À la fin du quai de l'Évêché, ils remontèrent la rue de la République jusqu'à la poste et entrèrent dans le bâtiment par une porte dérobée, réservée au personnel.

Françoise coupa l'alarme, puis demanda :

— Qu'est-ce qui vous intéresse ?

— Le courrier en poste restante de cette entreprise.

Mitch lui tendit un bout de papier avec l'identité du destinataire de l'envoi effectué depuis Balexert. Françoise les conduisit à travers les locaux et leur montra des casiers. Ana reconnut aussitôt le colis, enfila une paire de gants en latex et le prit. À en juger par le poids, le paquet devait être vide, comme ceux arrivés à Orbe et à Lausanne. Sur le colis, le même timbre suisse affichant un cœur et, à côté, la surtaxe sur une étiquette à code-barres. Ana demanda à Françoise de trouver un sac en plastique pour emporter le colis.

— Pas très légal, tout ça, murmura la responsable, visiblement gênée.

— Le destinataire ne s'en plaindra pas, répondit l'inspectrice. Il ne s'attend même pas à recevoir ce colis.

Françoise soupira.

— Autre chose ?

— Oui, les images de vidéosurveillance. Disons entre deux et quatre heures après l'heure d'expédition de Balexert. On sait que notre mystérieux gibier s'est déplacé d'une poste à l'autre sans perdre de temps.

Françoise les emmena dans le bureau de la sécurité et leur montra le système composé de moniteurs qui restaient allumés non-stop.

— C'est ici, mais je ne sais pas comment ça fonctionne, s'excusa-t-elle.

— Ce n'est pas un problème, dit Mitch en s'asseyant derrière le clavier d'un ordinateur.

Il opéra diverses manipulations, remonta jusqu'au créneau horaire qui les intéressait puis fit défiler les images à grande vitesse. Sur l'écran, les clients couraient de manière saccadée vers les guichets et en repartaient de la même façon. Soudain, Ana s'exclama :

— C'est lui !

Mitch revint un peu en arrière et fit un arrêt sur image. La silhouette encapuchonnée était la même, tout aussi anonyme que sur les vidéos de Lausanne et de Balexert. Elle tendait un colis à une guichetière.

— L'heure affichée est exacte ? demanda Ana.

— Bien sûr que oui, répondit Françoise.

— Le système n'est pas resté bloqué à l'heure d'été ?

Mitch vérifia rapidement l'heure affichée par le système, ce n'était pas le cas. Il confirma d'un hochement de tête. Ana se tourna vers Françoise.

— Pouvez-vous retrouver le destinataire de ce colis ?

— Sans problème.

Ils se rendirent dans un autre bureau. La responsable alluma un ordinateur et fit une recherche, puis elle annonça :

— C'est une entreprise horlogère qui a également fait une demande de poste restante pour cause de vacances. Le colis est arrivé hier.

— Où ça ?

— À La Roche-sur-Foron.

26

DELÉMONT.

Vero resta pétrifiée, les yeux grands ouverts. Aucun son ne sortait de sa bouche. Immobile, la forme humaine semblait flotter dans l'air au-dessus du lit, jambes et bras écartés, comme un chanteur qui se lance dans la foule depuis la scène.

Il fallut à Vero de longues secondes pour réaliser que cette forme, qui n'avait rien d'humain, n'était que l'entrelacs de poutres brun foncé qui se détachaient du plafond blanc et incliné de la chambre. Le cœur de Vero s'était emballé pour rien, elle le sentait cogner dans sa poitrine. Son cerveau lui avait joué un mauvais tour. Sam s'était matérialisé dans la charpente apparente et la pénombre avait fait le reste.

Vero soupira discrètement. À côté d'elle, Morin dormait profondément, son sursaut ne l'avait même pas réveillé. Comment parvenait-il à trouver si facilement le sommeil dans une telle situation ? Peut-être son métier de flic, qui l'amenait à vivre dans la fange tous les jours. Il avait dû s'y habituer. Ou peut-être que, comme tous les autres, il ne croyait tout simplement pas à l'existence de Sam.

Morin aurait-il fait tout ça uniquement pour la rassurer ? Pour l'aider à sa manière ? Pour l'amener à se rendre compte qu'elle divaguait ? Que Sam était un être imaginaire et que le danger n'existait pas ?

Vero en venait presque à se demander si, effectivement, elle n'était pas folle. Une forme de paranoïa aiguë, induite par quinze ans d'un mariage toxique, sous emprise.

Sans faire de bruit, Vero se leva et marcha, nue, vers la fenêtre. Elle écarta le pan du rideau rouge. Il s'était remis à neiger, de gros flocons dansaient dans les triangles lumineux dessinés par l'éclairage de la rue. Delémont dormait.

La bouche sèche, Vero se dirigea sur la pointe des pieds vers la salle de bains, dans l'intention de boire de l'eau au robinet. Le parquet de la chambre grinça, provoquant le même bruit qui l'avait tirée de son demi-sommeil. Elle ne l'avait donc pas rêvé.

Son cœur s'emballa de nouveau, son imagination fit le reste : Sam était entré dans la chambre et les avait regardés dormir, puis il était reparti comme il était venu. Un fantôme.

Vero, tu délires, ma pauvre fille !

Après tout, c'était peut-être Morin qui avait fait craquer le plancher en allant aux toilettes, à un moment où elle dormait plus profondément qu'elle ne l'imaginait.

Elle regarda la porte de la chambre, commandée par une serrure à carte magnétique. Elle était fermée, mais Sam lui avait déjà montré de quoi il était capable. Copier une carte d'hôtel devait être un jeu d'enfant pour lui.

Elle regarda Morin qui s'était remis à ronfler. Elle avait envie de le réveiller, de partager avec lui ses angoisses, mais elle craignait de passer une nouvelle fois pour la folle de service. Elle l'entendait déjà.

C'était un rêve, ma Princesse… Rendors-toi !

Putain, pourquoi continuait-il de l'appeler comme ça ? Les habitudes étaient tenaces. Elle le lui avait pourtant dit plusieurs fois, elle détestait ça. Chaque fois que Morin utilisait ce petit nom, elle croyait entendre Sam.

Posé sur un meuble blanc proche de la salle de bains, un petit papier manuscrit avec un numéro de téléphone. Les chiffres rappelaient vaguement quelque chose à Vero, surtout les deux derniers : 00. Elle les avait vus sur l'écran de l'ordinateur relié à la machine. Elle se concentra et finit par se souvenir que c'était le numéro de la société genevoise, celui que l'antenne mobile avait localisé à Lausanne et à Orbe. Morin devait l'avoir noté sur ce bout de papier.

Le numéro de Sam ?

Peut-être.

Ou peut-être pas.

Comment le savoir ?

Morin lui avait expliqué ses intentions pour le lendemain, mais comme pour le fonctionnement de la machine, Vero n'était pas sûre d'avoir tout compris. Des techniques de flic.

Elle se rendit à la salle de bains, but un peu d'eau au robinet, retourna dans la chambre et s'arrêta de nouveau devant le bout de papier.

Une idée germa dans son esprit. Une idée un peu folle, mais, se dit-elle, pour une folle comme elle, quoi de plus normal ?

L'impatience prenait le dessus. Elle brûlait d'en avoir le cœur net. Jamais elle ne parviendrait à se rendormir. Elle voulait savoir, elle devait savoir. Pas demain : maintenant.

Elle ramassa le papier, fit en silence les quelques pas qui la séparaient de sa table de nuit, prit son téléphone et composa le numéro. Elle hésitait à presser le bouton d'appel, allant et venant dans la chambre plongée dans la pénombre, toujours discrètement, sur la pointe des pieds. Le parquet grinçait à chacun de ses passages, toujours au même endroit. Vero repassait le fil des évènements des deux derniers jours dans son esprit, essayait de peser le pour et le contre de son idée démente, n'arrivait pas à réfléchir posément.

Las ! elle appuya sur le bouton d'appel.

On entendit dans la chambre le bruit étouffé de vibrations répétées. Vero regarda l'écran de son téléphone, l'appel était en cours.

Les vibrations provenaient de la pièce où elle se trouvait, elle en était certaine. Qu'est-ce que ça voulait dire ? C'était improbable, impossible même, surréaliste. Vero ne comprenait pas. Elle pensa au téléphone de Morin, regarda la table de nuit de son compagnon endormi ; son téléphone était éteint.

Mais les vibrations continuaient.

Vero se mit alors à chercher dans la chambre, elle contourna le lit et s'arrêta devant le petit sac à dos dans lequel Morin avait emporté ses effets personnels. Le sac était ouvert. Elle plongea une main à l'intérieur et sentit un objet dur et plat qui vibrait. Un autre téléphone. Elle le sortit. L'écran était allumé, l'appareil recevait un appel. Le numéro appelant s'affichait : celui de Vero.

27

ANA, MITCH ET FRANÇOISE arrivèrent à La Roche-sur-Foron vers 3 heures du matin. Les premiers signes de fatigue se faisaient sentir. Le trajet par le col d'Évires et l'A410, direction tunnel du Mont-Blanc, s'était révélé particulièrement scabreux, en raison de la neige qui recouvrait la chaussée. Françoise somnolait à l'arrière, tandis que Mitch, sur le siège passager, semblait perdu dans ses pensées.

Ana reconnaissait à peine la petite ville du Pays Rochois, vue ainsi de nuit et drapée dans son manteau hivernal; une cité où, pourtant, elle avait régulièrement passé des week-ends en famille, chez les parents de son ex-mari. Une vague de nostalgie l'envahit, quand elle se remémora ses enfants, beaucoup plus jeunes, gambadant au pied de la tour des Comtes de Genève. Dernier témoignage du château médiéval, le donjon se dressait encore aujourd'hui au sommet d'un énorme bloc erratique transporté dix mille ans plus tôt par la fonte du glacier qui recouvrait à l'époque la vallée de l'Arve et qui avait donné son nom à la ville: La Roche.

Ana luttait contre ses idées noires: le sourire innocent de Paola à ses 8 ans, le contraste incompréhensible et inhumain avec la menace proférée par sa fille cet après-midi de porter plainte contre sa mère. Ana luttait contre les larmes qui lui montaient aux yeux, elle les essuya d'un brusque revers de manche et fit l'effort de balayer toutes ces pensées de son esprit.

Elle gara la voiture sur la place de la Poste, à côté d'un bâtiment de trois niveaux tombant en décrépitude. Ses murs gris et ses barreaux aux fenêtres du rez-de-chaussée lui donnaient l'air d'une prison. Seul le logo de l'oiseau bleu dans son ovale jaune indiquait l'affectation de la vieille bâtisse, qui n'avait rien de la prestance des bâtiments historiques de la Poste dans certaines villes.

— On ne devrait pas être ici, maugréa la responsable départementale qui avait perdu son sourire.

— Rien qu'une petite visite, promit Mitch. Après, on te ramène.

— C'est ça. Ce sera comme à Annecy, vous allez emporter le colis. Et puis laisse-moi deviner : vous allez rentrer en Suisse et vous ne pourrez pas l'exploiter parce que vous n'aurez pas respecté la procédure. Pareil pour les images de vidéosurveillance. Mais je vous préviens : ici, il n'y a pas de caméra.

— Comment c'est possible ? s'étonna Ana.

— Dans les petits bureaux de poste, il n'y en a pas, répondit Mitch. Ou alors, quand il y en a, soit elles filment en direct mais n'enregistrent pas les images, soit elles sont carrément fictives.

— Fictives ?

— Dissuasives, si tu préfères. Une fausse caméra, un point rouge lumineux pour faire croire qu'elle fonctionne et un panneau *Attention, vous êtes filmé*. Parfois à l'intérieur, parfois à l'extérieur. Certains responsables de succursales en avaient marre de commencer leur journée de travail en devant nettoyer l'urine de ceux qui avaient fait la fête toute la nuit.

Ils entrèrent par une porte de service et Françoise introduisit le code de l'alarme. Soudain, un sifflement strident résonna dans les locaux.

— Merde ! jura-t-elle. Ils ont dû le modifier sans m'avertir.

Elle sortit son téléphone et, tremblante de nervosité, le lâcha. Elle le ramassa et composa le numéro du service de sécurité.

— Qu'est-ce que tu vas leur dire ? murmura Mitch.

Elle lui fit signe de se taire, son interlocuteur venait de décrocher. Elle lui servit un baratin technique qu'Ana ne comprit pas. Mitch, lui, souriait. Françoise communiqua une série de chiffres qui permettaient son identification. Elle remercia son interlocuteur et raccrocha. L'alarme s'éteignit.

— Joli ! commenta Mitch.

— On a eu chaud, répondit la responsable. Suivez-moi !

Elle les conduisit à travers un nouveau dédale de locaux vétustes, jusqu'au secteur de stockage du courrier en poste restante. Une odeur pestilentielle envahissait le local.

— Ça sent la mort, ici ! s'exclama Mitch en se bouchant le nez. Pour sûr, le colis ne sera pas vide, cette fois.

— Ça ne sent pas la viande froide, commenta Ana. C'est autre chose.

Françoise éclata de rire.

— On voit bien que vous ne venez pas d'ici, vous deux. Ce n'est pas la première fois que je sens cette odeur, surtout pendant les fêtes. Les Savoyards adorent envoyer du reblochon par la poste à leur famille ou à leurs amis. Ils s'imaginent probablement que nos locaux ne sont pas trop chauffés, mais c'est tout le contraire. Et ils ne pensent pas aux pauvres postiers qui doivent subir tout ça…

La responsable parcourut rapidement les casiers et trouva celui qui intéressait les policiers suisses. Le colis était là.

Ana se livra au même rituel de sauvegarde des traces qu'à

Annecy. Le paquet devait être vide lui aussi, avec un timbre français en forme de cœur. Ana le reconnut, pour l'avoir déjà vu sur une photo de la police vaudoise qu'elle avait reçue sur son téléphone. C'était le même timbre-cœur que sur le colis retrouvé à Orbe et expédié depuis Saint-Claude, la sous-préfecture du département du Jura.

Françoise avait allumé un ordinateur et s'était loguée avec son identifiant et son mot de passe.

— Qu'est-ce que tu fais ? demanda Mitch.

— Je regarde si un colis a été expédié d'ici dans les heures qui ont suivi le passage de votre type à Annecy.

— Sans images de vidéosurveillance, ça va être compliqué. J'imagine qu'il doit y en avoir des dizaines, surtout en cette période.

— C'est le cas. Mais ici, on n'est pas à Annecy, c'est une petite ville et…

Elle pointa son index sur l'écran et conclut :

— Un seul colis a été envoyé le jour en question, depuis cette succursale, à l'adresse d'une entreprise horlogère. Tous les autres étaient destinés à des particuliers. On dirait bien que la piste retourne chez vous.

— Où ça ?

— À Montreux.

28

DELÉMONT.

Morin cauchemardait. Il avait conscience d'être dans un rêve et pourtant, la scène lui semblait très réelle. Trois femmes lui faisaient face, toutes fâchées contre lui : Élise la Sédunoise, Vero la Lausannoise et Aurélie l'Ajoulote. À tour de rôle, elles lui reprochaient ses infidélités, l'accusaient d'avoir joué avec elles. Elles faisaient bloc contre lui, le conspuaient. Il ne comprenait pas tout ce qu'elles lui disaient, mais chacune tendait vers lui un téléphone qui vibrait. Sur chacun des trois écrans, un appel entrant et le même nom qui s'affichait : Sam.

Morin tournait la tête de gauche et de droite. Il ne voulait plus regarder ces femmes, ni les entendre. Il avait les yeux fermés, les oreilles bouchées par quelque chose de moelleux ; son oreiller. Normal, il était dans son lit, enchevêtré dans un rêve, il le savait au plus profond de lui. Il allait se réveiller, il fallait absolument qu'il se réveille. Les voix de ses trois maîtresses avaient enfin disparu, il était presque soulagé. Et pourtant, les vibrations continuaient.

Morin sentit quelque chose glisser sous son oreiller, puis se retirer. Rêve ou réalité ? Il émergeait lentement et fit l'effort d'ouvrir les yeux. Il faisait nuit. Morin devina une silhouette qui s'éloignait de lui. Puis un éclair l'éblouit.

Morin referma instinctivement les yeux. Il savait maintenant qu'il était réveillé, mais il était complètement vaseux. La lumière de la chambre filtrait à travers ses paupières. Peu à peu, il reprit conscience de l'endroit où il se trouvait : l'hôtel de la Tour Rouge, à Delémont.

— Putain, Vero…, se plaignit-il d'une voix rocailleuse. Qu'est-ce que tu fous ?

Elle ne répondit pas. Quelque chose n'allait pas. Il redoubla d'effort pour ouvrir les yeux et attendit que sa vue s'adapte à la clarté de la chambre.

Vero était nue, à deux ou trois mètres de lui. Debout, elle tenait un téléphone dans une main et l'arme de Morin dans l'autre, le canon pointé sur lui.

— Tu fais quoi, là ? grommela-t-il.

Sa vision était maintenant beaucoup plus nette. Vero tremblait, des larmes perlaient sur ses joues.

— C'est toi…, balbutia-t-elle.

Il ne comprenait pas.

— Quoi, c'est moi ?

— Sam, c'est toi !

— Bien sûr que non ! Qu'est-ce que…

Il remarqua que Vero tenait en réalité deux téléphones dans sa main gauche. Il tourna la tête, le sien était posé sur la table de nuit.

— C'est le téléphone de Sam, dit-elle.

— Où l'as-tu trouvé ?

— Dans ton sac. J'ai appelé le numéro de la société genevoise et…

Morin ne répondit pas, il essayait de comprendre. Il s'assit au bord du lit en se frottant les yeux. Elle recula d'un pas et cria :

— Ne bouge pas !

Il la regarda, elle ne plaisantait pas.

— Sinon quoi ? dit-il. Tu vas tirer ?

— Oui.

Il soupira.

— Pour ça, il faudrait d'abord enlever le cran de sûreté.

Elle hésita, tourna l'arme sur le côté pour chercher la sécurité. Vif comme l'éclair, Morin bondit du lit, lui sauta dessus et lui arracha l'arme des mains. Vero hurla, lâcha les deux téléphones et, terrorisée, recula jusqu'à la porte de la chambre.

— Il n'y a pas de cran de sûreté sur les armes des flics, annonça Morin.

Vero fit volte-face, ouvrit la porte et sortit dans le couloir de l'hôtel. Elle se mit à frapper à toutes les portes de l'étage en criant à l'aide. Morin hésita à la rattraper, mais il était trop tard. Et il était nu, lui aussi.

Il jura à haute voix, enfila ses habits et ses chaussures à grande vitesse. Quand il sortit dans le couloir à son tour, arme à la main, il entendit des voix. Une porte s'entrouvrit et, dans l'entrebâillement, un client apparut en peignoir, les yeux mi-clos. Morin lui ordonna sèchement de retourner dans sa chambre.

Vero courait, nue, dans les rues enneigées et désertes de Delémont. Elle ne connaissait pas la ville, ne savait pas où aller. C'était le milieu de la nuit, aucun appartement n'était éclairé. Les portes d'entrée des immeubles devaient être verrouillées.

Elle avait pris une direction au hasard, la rue grimpait légèrement en direction d'une sorte de château. La forme des tours se détachait dans le ciel moucheté de flocons, des réverbères éclairaient les armoiries du canton sur les murs et les volets, des hachures obliques alternant le rouge et le blanc. Sous une tour carrée, Vero aperçut un passage voûté. Elle s'y précipita.

Elle tremblait de tout son être, les pieds endoloris et engourdis. Elle avait croisé ses bras sur sa poitrine, peut-être plus pour chercher à se réchauffer que par pudeur. Ses lèvres viraient déjà au bleu-violet, plus aucun cri n'en sortait. De toute façon, les gens dormaient, et s'ils finissaient par l'entendre, le temps qu'ils réagissent, Sam l'aurait retrouvée et elle serait déjà morte. Elle préférait se faire discrète, espérant que Sam perdrait sa trace jusqu'à ce qu'elle trouve un refuge.

À l'abri de la voûte, elle s'arrêta un instant et se retourna. Plus bas dans la rue, une silhouette montait dans sa direction, d'un pas décidé mais sans courir. Était-ce Sam? À cette distance, elle ne le reconnaissait pas.

Elle ne savait pas s'il l'avait vue tourner vers la vieille ville. Elle hésita un instant à rester cachée dans l'obscurité de la voûte, puis réalisa avec effroi que ses pieds nus avaient laissé des traces dans la neige, comme les cailloux du Petit Poucet. Elle n'avait pas le choix, elle devait fuir.

Après la voûte, elle vit une place, avec une fontaine sur la gauche. Au sommet d'une colonne centrale multicolore, un mystérieux personnage peint en rouge tenait dans une main les armoiries de la ville et, dans l'autre, un gourdin. Sur la droite, le mur d'une aile du château, puis un muret surmonté d'une grille en fer forgé.

La neige se faisait plus discrète au pied du muret. Vero décida de le longer sur la pointe des pieds, pour laisser le moins de traces possible. Elle rasa le mur d'une guérite et atteignit l'entrée du château. Les grilles ouvertes donnaient sur la cour. De vieux arbres effeuillés et aux branches se terminant par des moignons rendaient le lieu terrifiant.

Vero s'y glissa discrètement et chercha un endroit où se cacher. Elle repéra plusieurs portes, en trouva une qu'elle pourrait atteindre sans laisser de traces dans la neige. Toujours sur la pointe des pieds et en rasant les murs, elle contourna la cour jusqu'à cette porte et actionna la poignée. C'était verrouillé.

Elle entendit soudain un bruit de pas derrière elle, sursauta et se retourna. Une silhouette noire la surplombait.

— Ma Princesse…, dit Sam d'un air presque navré.

Vero n'eut que le temps de voir l'ombre d'un poing serré s'abattre sur son visage. Le choc fut violent. Elle perdit connaissance.

Quand Morin revint à l'hôtel après avoir arpenté les rues de la ville, il remarqua un homme vêtu de noir, penché sur la voiture de Vero, qui essayait d'ouvrir le coffre. Morin s'en approcha discrètement puis appuya le canon de son arme contre sa nuque.

— Un faux mouvement et je t'en colle une. Compris ?

L'homme, pétrifié, hocha timidement la tête.

— Retourne-toi ! Lentement !

L'homme obéit et Morin le reconnut.

— Détends-toi, dit Junod.

— Putain, Manu ! s'exclama Morin. Qu'est-ce que tu fous ici ?

— J'ai essayé de t'appeler plusieurs fois, mais tu n'as pas répondu. J'ai pensé que tu dormais. Je suis dans la merde, mon pote. La BO a besoin de l'IMSI-catcher demain matin à la première heure. Il faut absolument que je le récupère, sinon le ciel va nous tomber sur la tête.

Morin regarda Junod, qui avait l'air sincère. Il vit la voiture à plaques genevoises de son collègue informaticien, garée quelques mètres plus loin. Il baissa son arme et s'apprêtait à sortir les clés de la Volkswagen de Vero quand une question surgit soudain dans son esprit.

— Dis-moi, Manu, comment tu nous as retrouvés ?

1984

« SAM… »

Les sbires de Sylvain Ansermet avaient entonné une chanson de leur cru et tournaient autour du gros chêne de la forêt onésienne, comme une bande d'Apaches autour d'un prisonnier attaché à un totem.

Sam le Bouseux
L'avait une p'tite queue
En tire-bouchon
Comme les p'tits cochons

Le chef de bande lui faisait face et jouait à sortir et rentrer la lame de son couteau à cran d'arrêt.

— Alors, gros porc, c'est vrai que t'as une p'tite queue ?

Les trois autres mimaient des grognements porcins entre les strophes et poursuivaient leur danse du scalp. Sam avait compris qu'il ne servait à rien de se débattre, les liens qui le maintenaient à l'arbre étaient solides. Le goût du sang imprégnait sa bouche et cette affreuse envie d'uriner le taraudait toujours, mais il se retenait du mieux qu'il pouvait. Il avait peur, mais cherchait à ne pas le montrer. La peur de la victime attisait toujours la jouissance du bourreau, avait-il entendu son père dire un jour au sujet d'un violeur en série.

— Je te demande pardon, dit simplement Sam à Sylvain.

— Pardon? s'exclama Ansermet. C'est tout? Vous avez entendu, les gars? Ce gros lard me demande pardon.

— C'est un bon début, rit l'un d'eux.

— Mais ce n'est pas suffisant, rigola l'autre.

— Bien sûr que ce n'est pas suffisant, confirma le chef de bande.

Ansermet se baissa, ramassa le sac d'école en cuir qui gisait aux pieds de Sam et feignit de l'admirer en émettant un sifflement contemplatif.

— C'est ton nouveau sac? demanda-t-il au prisonnier.

— Oui.

— Tes grands-parents l'ont fabriqué avec la peau de leurs vaches?

Sam ne répondit pas.

— Ou peut-être, ajouta Sylvain, avec la peau de ta mère.

La remarque atteignit Sam en plein cœur, mais il s'efforça de ne pas réagir. *Pense à autre chose, aux belles choses: à ta collection de timbres, à Toni, à Princesse.* Comment Princesse pouvait-elle être tombée amoureuse de ce connard?

— C'est dingue, dit le chef de bande en reniflant le cuir. Même ton sac, il sent la merde. Faut l'aérer, tu ne crois pas?

Et sous les yeux incrédules de Sam, Sylvain se mit à percer le sac d'école avec son couteau. Une dizaine de trous au moins.

On entendit un craquement dans les bois. Les têtes se tournèrent, les sbires s'arrêtèrent de danser et de chanter. Ansermet lâcha le sac à moitié ouvert, les cahiers de Sam se répandirent sur le sol.

— On peut participer à la fête? demanda un garçon accompagné d'une fille.

Sam tourna la tête lui aussi. Il reconnut Philou, l'élève de sa classe dont il avait failli poinçonner la main, et Princesse. Elle paraissait insouciante, portait un casque sur les oreilles, avec un fil relié à un Walkman passé dans la ceinture de sa robe. Quand elle vit Sam attaché, elle ne réagit pas.

— Bien sûr! s'exclama le chef de bande. Plus on est de fous…

Et il s'approcha de son prisonnier.

— Alors, gros porc, lui glissa-t-il à l'oreille, qu'en dis-tu? Elle te fait bander, hein, *Ma* Princesse? On lui montre ta petite queue en tire-bouchon?

Sylvain releva le tee-shirt de Sam, dévoilant les bourrelets de son corps graisseux. Puis il plaqua la lame du cran d'arrêt contre le haut de son jeans et, d'un coup sec, coupa le bouton.

Cette fois, Sam eut vraiment peur, il ne se retint plus et urina. Une auréole macula aussitôt son entrejambe, puis les jambes de son pantalon jusqu'à ses baskets.

Ansermet recula.

— Eh, les gars! cria-t-il. Vous avez vu ça? Ce gros lard s'est pissé dessus.

Tous vinrent se placer en face du prisonnier pour admirer le spectacle et les rires moqueurs fusèrent à travers les bois.

— C'est comme ça qu'on se lave à la ferme, dit l'un d'eux.

— Il baigne dans son élément, dit l'autre.

— Il ne sentira pas plus mauvais qu'avant, renchérit Philou.

— C'est pas très gentil, intervint timidement Princesse. Vous devriez le laisser partir. On va avoir des ennuis.

Mais elle ne tenta pas de les persuader et, surtout, ne put s'empêcher de sourire un peu niaisement en voyant le pantalon complètement souillé. Ce sourire fut la pire des humiliations pour Sam.

— Le laisser partir? dit Sylvain. Ma Princesse, faut vraiment que tu arrêtes d'écouter tes groupes de minets, là, tes Duran Duran, Wham ou Alphaville. C'est bon pour les tapettes, tout ça, ça te ramollit le cerveau. Tu devrais passer à de la vraie musique : Mötley Crüe ou AC/DC. Ça, c'est un truc de mec ! Mais bon, comme t'es ma Princesse, je vais te faire plaisir. On va relâcher ce petit cochon. Mais avant ça, il doit avoir soif, avec tout ce qu'il a transpiré. Avec ces chaleurs, il faut faire gaffe à la déshydratation.

Ansermet regarda les affaires d'école étalées sur le sol. Parmi les cahiers, il repéra une gourde. Il la ramassa, la dévissa et vida le sirop qu'elle contenait. Puis, devant les autres qui pouffaient déjà, il ouvrit sa braguette, sortit son pénis et se soulagea dans la gourde. Quand il eut fini, il rangea son attribut, se dirigea vers Sam et lui dit :

— Je te rassure, gros porc, ça ne va pas te tuer. Il paraît que les soldats font ça pour survivre quand ils n'ont pas d'autre solution. Tu veux survivre ?

Et il lui colla le goulot de la gourde contre les lèvres.

Troisième jour

29

À LA FIN DE LA NUIT, Ana et Mitch avaient reconduit Françoise Le Berre chez elle, à Annecy. Ils étaient ensuite rentrés à Genève, avaient fait un bref crochet par la rue de Rive, afin que Mitch puisse prendre des affaires de rechange, puis ils étaient repartis pour Versoix.

Lucifer les accueillit en miaulant, il avait faim. Ana le nourrit, le caressa, puis avala une aspirine cardio. Elle s'allongea sur le canapé du salon – on ne changeait pas les bonnes vieilles habitudes – et laissa sa chambre à Mitch.

Elle avait refusé qu'il dorme chez lui, elle n'avait pas confiance. Elle savait qu'à la première occasion, il ressortirait pour acheter de la bière. Il n'en était pas question, elle avait trop besoin de lui sur cette affaire.

Avant de s'endormir, elle envoya un dernier message à la Fouine : *point de situation à 11 h.*

Il régnait une certaine effervescence dans la Grande Maison. Avec le concours de la Brigade d'observation et du Groupe d'intervention, les Stups avaient réussi une belle affaire : la saisie de quatre kilos de cocaïne chez des Dominicains logés à Meyrin, suite à l'atterrissage d'une mule à l'aéroport de Cointrin.

Ana et Mitch traversèrent le couloir du cinquième sans que personne ne relève la présence inhabituelle de l'inspecteur. Tous étaient trop occupés à courir d'un bureau à l'autre pour demander des renseignements, organiser les auditions en vue des arrestations, préparer la rédaction des rapports et gérer les suites de la procédure avec le ministère public.

Mitch s'était surtout inquiété de l'éventuelle présence de Morin dans les locaux et Ana l'avait rassuré en lui disant que leur collègue était en vacances. Elle s'était, une nouvelle fois, abstenue de lui parler des messages qu'elle avait échangés avec Morin au début de l'affaire.

Quand ils entrèrent dans la salle de réunion, Gygli, Fivaz et Junod étaient déjà là, buvant un café. En voyant Mitch, le commissaire se leva et s'adressa aussitôt à Ana d'un air suspicieux.

— Qu'est-ce qu'il fait là ?

— Je l'ai engagé comme consultant externe.

— Te fous pas de moi, Annie ! s'énerva la Fouine.

— Je ne me fous pas de toi, répondit-elle calmement. Je t'ai dit dès le départ qu'il me fallait un binôme, tu ne m'as pas écoutée, alors j'ai pris les devants.

— Et l'avis de la proc', tu t'assois dessus ?

— Le nom de Mitch n'apparaîtra nulle part, sur aucun rapport, aucun PV, aucun document officiel. Rassure-toi.

— Rassuré ? Je ne le suis pas du tout, bien au contraire. Et si la proc' s'était jointe à nous pour cette séance ? Que lui aurais-tu dit ?

Ana soupira.

— C'est bon, elle n'est pas là. La question ne se pose donc pas. Alors, cesse de jouer les orchidoclastes !

— Les quoi ?

— Les casse-couilles, traduisit Mitch qui, resté un peu en retrait, en avait marre d'être ignoré par la Fouine.

— Toi, je ne t'ai pas sonné ! aboya Gygli.

Mitch s'abstint de répondre. Le commissaire se tourna à nouveau vers Ana.

— Si Sonia Vino et l'IGS l'apprennent, ils vont nous casser les reins. Je te préviens, Annie : si je tombe sur ce coup-là, tu tombes avec moi.

Manu Junod fut le premier à prendre la parole. Il n'avait pas réussi à améliorer les images de vidéosurveillance de la poste de Lausanne. La veille, il y avait consacré tout son après-midi et une partie de la nuit, sans succès. Il essayerait encore, mais ne promettait aucun résultat.

Ana remarqua que Manu était fatigué, mais il n'était pas le seul. Elle et Mitch n'avaient guère dormi plus de trois heures.

Stéphane Fivaz enchaîna :

— Le légiste a pu avancer sur le fœtus. Selon lui, il s'agit d'une fausse couche à deux mois et demi ou trois mois de grossesse.

— Naturelle ou provoquée ? demanda Ana.

— Ça, il n'arrive pas à le dire. Mais il faut savoir qu'en Suisse, une femme peut décider librement d'une IVG jusqu'à la douzième semaine de grossesse. Le plus souvent, c'est par voie médicamenteuse, ce qui provoque l'expulsion de l'embryon. Passé ce délai légal, une IVG demeure possible, mais uniquement sur évaluation médicale.

— Et l'ADN du fœtus ?

— C'est là que ça devient intéressant. Comme tu le sais, l'être humain hérite de la moitié de l'ADN de sa mère et de la moitié de l'ADN de son père. Or, l'ADN de ce fœtus présente des caractéristiques communes avec celui de l'estomac et de la peau des timbres collés sur les colis retrouvés à Balexert, Lausanne et Orbe. Autrement dit, la victime est le père.

— Et je parie qu'on retrouvera le même ADN sur ces timbres, dit Ana en déposant sur la table les sacs contenant les colis récupérés à Annecy et La Roche-sur-Foron.

Gygli, Fivaz et Junod restèrent sans voix quelques secondes, puis la Fouine réagit.

— Je suppose que je ne dois pas te demander comment tu les as trouvés, c'est ça ?

— Si tu ne veux pas tomber plus bas encore, il vaut mieux que tu ne me demandes pas. L'essentiel, si nous voulons coincer ce malade, c'est de progresser rapidement.

Le commissaire soupira. Il savait qu'il était inutile d'insister. Mais le message qui s'affichait sur son visage déconfit était clair : *Annie, j'espère que tu sais ce que tu fais.* Elle reprit :

— OK, Stéph. Et la mère ?

— Rien de neuf pour l'instant.

— Bien. De notre côté, avec Mitch, nous avons pu déterminer qu'un autre colis a été expédié à la poste principale de Montreux. Le hic, c'est qu'il semble qu'il n'est jamais arrivé à destination. À ma demande, les collègues vaudois s'y sont rendus ce matin, mais ils ne l'ont pas trouvé dans le casier poste restante de l'entreprise destinataire. Pourtant, le courrier n'a pas été relevé.

— Comment c'est possible ? demanda la Fouine.

— Il peut y avoir plusieurs raisons à cela, répondit Mitch. Perte du colis, retard dans la livraison, modification de l'adresse par l'expéditeur ou par le destinataire. Pour le savoir, il faudrait que l'on ait accès aux données du Post Tracking de ce colis. Mais la Poste va exiger un mandat du procureur.

— En gros, voilà où nous en sommes, dit Ana. De notre côté, la piste s'arrête à Montreux. Les Vaudois cherchent à savoir si un autre colis a été expédié depuis la poste de Montreux, et en même temps, ils essaient de motiver les Français pour qu'ils accélèrent les recherches dans le département du Jura, auprès de la poste de Saint-Claude, celle d'où a été expédié le premier colis, récupéré à Orbe. Mais selon Mitch, nous pourrions tenter autre chose.

— Je t'écoute, maugréa la Fouine en se tournant vers l'indésirable.

— Une recherche généralisée, étendue à toute la Suisse, via une diffusion nationale, et aux départements français limitrophes, via Interpol Lyon. En gros, des interventions de la police dans tous les bureaux de poste, afin d'avoir accès à tous les casiers poste restante d'entreprises horlogères.

Gygli écarquilla les yeux.

— Tu te rends compte de la masse de travail ? En plus, j'imagine qu'en raison du secret postal, il faudrait passer par le ministère public, peut-être même par le TMC.

Le Tribunal des mesures de contrainte, l'autorité judiciaire compétente pour statuer sur les mesures de surveillance secrètes, ne serait pas facile à convaincre, ils le savaient tous.

— Dans ce cas, oublie la dif' nat' et Interpol, conclut Mitch. Peu importe. Mais il faut convaincre la proc' Vino d'agir au plus vite. Qu'elle saisisse le TMC, puis qu'elle mette en œuvre l'entraide nationale, au moins avec les cantons romands, et l'entraide internationale avec la France. Il faut faire passer le mot : on cherche des colis avec des timbres-cœur.

30

DANS UNE CAVE, quelques jours plus tôt.

Vero se réveilla avec un mal de crâne carabiné. Sa vision, d'abord floue, se stabilisa petit à petit, mais entre ses yeux et l'étrange décor qui l'entourait, subsistait une gêne. Elle porta péniblement une main à son visage, toucha son nez, il était tuméfié et lui faisait mal. Elle appuya jusqu'à l'os, grimaça de douleur, glissa ses doigts vers le cartilage, le bougea un peu à gauche et à droite. *A priori*, pas de fracture.

Pourtant, Sam avait frappé fort. Beaucoup plus fort que Jean-Claude à la fin de leur vie de couple. Un jour, son mari lui avait cassé le nez dans un accès de jalousie. Une brute, rien de plus. Vero n'avait pas perdu connaissance et le lâche s'était aussitôt mis à pleurer en la suppliant de lui pardonner, alors qu'elle pissait encore le sang par les narines. Sam, c'était tout le contraire. L'instant où il avait surgi, son pas tranquille, sa silhouette écrasante, sa voix posée, presque désolée, la précision de son geste quand il l'avait frappée ; tout cela restait gravé dans sa mémoire : Sam était un calculateur, un monstre de froideur, une machine dénuée de tout sentiment.

Vero lâcha son nez et regarda sa main. Il n'y avait pas de sang, mais ses doigts étaient noirs comme si son mascara avait coulé. Pourtant, elle en était sûre: la veille au soir, avant de se coucher, elle s'était démaquillée. Elle se revoyait encore faire les gestes devant le miroir de la salle de bains, dans la chambre d'hôtel de la Tour Rouge.

Les images de la nuit lui revenaient à l'esprit comme les pièces d'un puzzle: le troisième téléphone, le flingue, la réaction de Morin, sa fuite dans les rues de Delémont. Et le froid qui mangeait sa peau. Elle était nue comme un ver quand elle avait frappé aux portes des chambres, dévalé les escaliers jusqu'à la réception déserte, affronté la neige jusqu'au château, et quand Sam l'avait assommée. Mais là, elle se réveillait dans un endroit inconnu, un endroit étrange, et elle était habillée. Ce qu'elle portait ne venait pas de son dressing. C'était si étrange qu'elle en fut presque horrifiée.

Une robe longue avec un bustier haut, ornée de fines dentelles. Elle lui enserrait la taille, et la jupe semblait très évasée. Elle lui faisait penser à une robe de mariée, mais rose bonbon. Aux pieds, Vero portait de fines pantoufles en fourrure grise… Était-ce cela, des pantoufles de vair?

La pièce était très peu éclairée. Un lustre d'antan pendait à la voûte du plafond en pierre. Les ampoules en forme de bougies et l'électricité vacillante donnaient l'impression de vraies flammes. On se serait cru dans la petite salle d'un château moyenâgeux. Une petite salle borgne, avec deux portes fermées à l'opposé l'une de l'autre, et aucune fenêtre.

Encore vaseuse, Vero se redressa et s'assit au bord du lit. Elle avait froid, la pièce n'avait pas l'air chauffée. Sam l'avait étendue sur la literie, une couette rose et moelleuse, un grand oreiller de la même couleur. Aux quatre coins du lit, de fines colonnes dorées et sculptées soutenaient une tenture. Un lit à baldaquin.

Vero regarda plus attentivement autour d'elle: sous ses

pieds, un tapis reposait sur un sol de gravier ; elle était entourée de meubles de style médiéval qui côtoyaient des tableaux.

Vero repéra un grand miroir ovale cerclé de dorures et surmonté d'une espèce de couronne. Posé contre un mur de la pièce, l'objet rappelait un peu celui des contes de fées. Elle se leva et s'en approcha. Le reflet qu'il lui renvoya la pétrifia.

Vero se reconnut à peine. Elle n'avait rien d'une mariée. Sam l'avait déguisée comme une princesse de dessin animé. Mais il ne s'était pas contenté de l'habiller, il l'avait aussi maquillée et coiffée. Rouge à lèvres, fard à joues, fard à paupières et tout le reste. Couronne de tresses et cheveux bouclés dans la nuque.

Incrédule, Vero se retourna, regarda une nouvelle fois sa longue robe rose, ses souliers, le grand lit et le mobilier. Sam était fou et ses messages prenaient maintenant une tout autre dimension, un autre sens, un sens premier : Vero était Sa Princesse.

Elle regarda une nouvelle fois la voûte, les gravillons qui recouvraient le sol, et comprit qu'elle n'était pas dans un vrai château, mais dans une cave réaménagée. Un pur décor de parc d'attractions.

Cette pièce était son donjon.

31

Le ministère public de Genève était situé route de Chancy, sur la commune du Petit-Lancy. Un grand bâtiment vitré, une petite dizaine d'étages. La procureure Sonia Vino occupait un bureau au septième, angle sud-est, avec vue sur la ville et, au loin, la rade et son jet d'eau. Mais aujourd'hui, le symbole de la seconde place financière de Suisse était éteint. Sur la droite, elle pouvait contempler les parois abruptes du Salève recouvert de neige.

La proc' n'était pas mécontente d'arriver au terme de sa permanence. Entre les arrestations et les notifications d'ordonnances pénales, c'était déjà chaud, mais cette affaire de colis postaux avait carrément plombé le reste de son temps. Depuis deux jours, elle cumulait un important retard de sommeil.

Le mandat d'autopsie n'avait été expédié au CURML que ce matin, les autres mandats confirmant les ordres oraux donnés à la police aussi. Le service de permanence, c'était comme ça : tout se faisait dans l'urgence et souvent avec un décalage par rapport à l'exécution des actes sur le terrain. En revanche, le contrôle postal préconisé par la Crim' juste avant la pause de midi ne pouvait pas attendre.

Sonia Vino avait pris les devants, pendant que son greffier

préparait les documents. Elle avait appelé la direction de la Poste, on l'avait redirigée vers le service Compliance qui gérait la collaboration avec les autorités pénales, dans le plus strict respect des lois. On lui avait garanti une réactivité sans faille. À l'évidence, l'affaire de Balexert s'était répandue comme une traînée de poudre au sein du Géant jaune, dont l'image était en jeu.

La proc' relut une dernière fois le mandat de dépôt qui ordonnait à toutes les postes suisses de saisir, dans les casiers poste restante des entreprises horlogères, tous les colis estampillés de timbres-cœur. Satisfaite, elle le signa et chargea son greffe de l'envoyer.

Le mandat partit aussi en copie, par mail, chez les procureurs de permanence des autres cantons romands: Jean-Luc Nicod à Lausanne, Camille Dubuis à Sion, Fabien Barboni à Fribourg, Norbert Jemsen à Neuchâtel, Cindy Arn à Bienne et Laurie Theurillat à Porrentruy. Sonia Vino les avait tous prévenus par téléphone, les uns après les autres, en leur demandant de mettre à contribution les forces de police de leurs cantons respectifs, afin de récupérer tout colis suspect signalé par la Poste.

Enfin, la procureure genevoise envoya quatre commissions rogatoires internationales identiques, visant le même but, dans les six départements français limitrophes: une première à son homologue de la cour d'appel de Chambéry pour la Haute-Savoie, une deuxième à Lyon pour l'Ain, une troisième à Besançon pour le Jura, le Doubs et le Territoire de Belfort, et une quatrième à Colmar pour le Haut-Rhin.

Quand on y mettait les moyens, tout pouvait aller très vite et contredire le préjugé selon lequel la justice était lente par nature. Trente minutes après avoir reçu le dossier, le juge genevois Esposito avait rendu son ordonnance: le Tribunal des mesures de contrainte validait l'ordre du ministère public.

Le service Compliance de la Poste le transmit aussitôt à toutes les succursales de Suisse, avec comme directive de le traiter toute affaire cessante. Les premières réponses positives tombèrent au milieu de l'après-midi.

32

DANS LA SALLE DE RÉUNION de la Crim', Ana et Mitch carburaient au café noir bien serré. Manu avait regagné son « labo », comme il l'appelait, pour travailler sur les images de vidéosurveillance de la poste de Lausanne. Et Stéph le sien, dans les locaux de la BPTS, pour étudier les relevés de traces et procéder à la récupération des timbres sur les colis d'Annecy et de La Roche-sur-Foron.

La Fouine regardait, pensif, la carte géographique qu'Ana avait épinglée sur un mur de la pièce. Une grande carte routière de type Michelin, pliable, qui représentait la Suisse romande et une partie des départements français limitrophes. Le genre de carte qui ne se vendait presque plus, depuis que la plupart des véhicules étaient équipés d'un système de navigation. Une sorte de relique d'un passé pas si lointain.

Ana détestait l'avancée fulgurante des nouvelles technologies. Elle voulait bien reconnaître que certaines étaient pratiques, en particulier pour les flics, mais chaque fois qu'elle devait suivre une formation pour un nouveau truc avec un nom improbable – P2P, GovWare, Blockchain et autre charabia – c'était pour elle une véritable séance de torture. Dans sa voiture, Ana écoutait encore des CD. À la maison, elle regardait encore des films en DVD. Et elle ne se promenait jamais sans son agenda papier.

Sur la carte, Ana avait collé des gommettes rouges sur chaque ville concernée par un colis, puis elle avait tracé de gros traits au feutre noir pour les relier dans l'ordre des envois connus : Saint-Claude, Orbe, Lausanne, Balexert, Annecy, La Roche-sur-Foron et Montreux.

— On dirait un S à l'envers, commenta la Fouine. Ou un 2.

— Ou rien du tout, grommela-t-elle. C'était juste une idée à la con.

Ana s'approcha de la fenêtre. L'hôtel de police n'était pas situé dans le coin le plus sexy de la ville. Un boulevard qui n'en avait que le nom, un quartier jonché d'immeubles quelconques et, un peu plus loin entre deux tours, le sommet des arbres enneigés qui bordaient l'Arve.

L'attente faisait partie du métier de flic. Le temps était une notion relative : plus l'affaire était importante, plus longue paraissait l'attente. Et quand les hypothèses étaient épuisées, le cerveau passait à autre chose. Il revenait sur des sujets basiques, un peu comme un ordinateur qui avait planté et qu'on devait réinitialiser. Il fallait bien meubler le temps.

Le médecin d'Ana lui avait déconseillé la caféine. Un abus de cette substance pouvait provoquer des palpitations, clairement à éviter dans son état. Aujourd'hui, elle ne l'avait pas écouté. Son cœur malade cognait dans sa poitrine et lui faisait mal. Un jour, il lâcherait, probablement sans prévenir.

Ana pensait à ses enfants. Comment réagiraient-ils à l'annonce de son décès ? S'en voudraient-ils de ne pas lui avoir accordé une chance de se racheter ? Regretteraient-ils de ne pas avoir renoué des liens avec leur mère avant qu'il ne soit trop tard ? Viendraient-ils seulement à son enterrement ?

Curieusement, depuis des mois, ces questions ne

généraient plus aucune émotion chez elle. Peut-être avait-elle déjà assez pleuré en se les posant? Certes, Ana crevait d'envie de revoir Paola et Luis une dernière fois avant de mourir. Mais quand elle y réfléchissait, c'était pour elle et non pour eux. Ce qu'ils penseraient ou feraient après sa mort ne faisait pas partie de l'équation. Ils avaient leur vie, elle avait la sienne. Ils étaient adultes, ils avaient fait leur choix, ils devraient l'assumer. Et pourtant, Ana ressentait encore l'oppression de cette boule dans son ventre, ce cancer maternel qui gangrenait ses entrailles, plus encore depuis l'après-midi de la veille, quand sa fille l'avait éconduite par personne interposée, comme une malpropre, une ennemie, une inconnue.

— Tu as des nouvelles de Lucille? demanda-t-elle brusquement en se tournant vers la Fouine.

Gygli quitta des yeux la carte accrochée au mur et se tourna vers elle, surpris. Ça faisait au moins trois ans qu'Ana ne lui avait plus posé cette question.

— Oublie Lucille, répondit-il en soupirant. Tourne cette putain de page.

— Tu en as ou pas?

— Bien sûr que non.

— Si tu en avais, tu me le dirais?

— Je ne sais pas, Annie.

Plus tard dans l'après-midi, les réponses des autres cantons tombèrent au compte-gouttes. D'abord celle de l'inspecteur vaudois, Pascal Kneuss. Dans son mail, il indiquait que deux colis avaient été récupérés, le premier à la poste de Moudon et le second à celle d'Avenches, dans le centre commercial Milavy, en marge de la ville.

Puis la police cantonale fribourgeoise annonça à son tour la découverte d'un colis à la poste d'Estavayer-le-Lac. On restait dans le même secteur géographique.

Avec les mails suivants, on s'en éloigna. La police

cantonale bernoise avait, elle aussi, trouvé deux colis : l'un à La Neuveville, au bord du lac de Bienne, et l'autre à Tavannes, dans la vallée éponyme du Jura bernois.

Enfin, la police jurassienne informait, de son côté, qu'un colis avait été découvert à la poste de Saignelégier, au cœur des Franches-Montagnes. Elle était la seule à donner des informations sur le Post Tracking ou Track & Trace, comme le grand public l'appelait encore parfois. Le colis avait été expédié depuis Chevenez. En 2018, la petite commune de la Haute-Ajoie, réputée pour sa fête de la Saint-Martin, avait perdu son bras de fer contre le Géant jaune. Le bureau de poste avait été fermé et remplacé par un partenariat avec un magasin d'alimentation générale, Chez Marie-Paule. La police jurassienne se déplaçait actuellement de Saignelégier à Chevenez pour pousser plus loin ses investigations.

— Que des petites agglomérations pour le moment, commenta Ana en posant sept gommettes rouges supplémentaires sur la carte murale.

— C'est normal, répondit Mitch. Dans les petits bureaux de poste, les recherches sont plus faciles, donc plus rapides.

— N'empêche, ça devient du grand n'importe quoi. Regarde ces points rouges, ils sont complètement éparpillés, ça n'a ni queue ni tête.

— Attendons peut-être d'avoir toutes les réponses, suggéra la Fouine.

— Plus nous attendons, répondit Ana, plus les images de vidéosurveillance potentiellement utiles risquent d'être effacées. Généralement, elles sont conservées au maximum quarante-huit heures. Quand il y a des caméras…

— Il reste le Post Tracking, dit Mitch. Et une autre idée m'est venue concernant le colis de Montreux…

— Celui qui n'est jamais arrivé ?

— Exact. Mais pour ça, il faudrait se déplacer à Daillens, au centre de tri postal.

Mitch pointa son index sur la carte, à mi-distance entre

Lausanne et Orbe, un peu en marge de l'axe autoroutier. Ana réalisa qu'elle ne s'était jamais demandé où était Daillens. Le nom du petit village du Gros-de-Vaud était apparu dans cette enquête, mais elle n'était pas sûre d'en avoir déjà entendu parler avant. Dans son esprit, le centre de tri de la Poste était à Eclépens, tous les courriers oblitérés mentionnaient ce site. Mais le centre de tri d'Eclépens ne concernait que les lettres.

Ana regarda l'endroit que Mitch avait indiqué sur la carte, puis toutes les gommettes rouges. Une image naissait peu à peu dans son esprit. Elle prit un feutre vert et traça des traits entre chaque point rouge et Daillens, qui devint approximativement le centre d'une étoile.

Les yeux brillants, Ana se retourna vers Mitch et annonça fièrement :

— Le cœur ! Putain, mon salaud ! C'est toi qui avais raison…

33

DANS LA CAVE.

Vero s'approcha tour à tour des deux lourdes portes en bois, essaya de les ouvrir, mais constata sans surprise qu'elles étaient verrouillées.

Elle regarda tout autour le décor improbable de cette chambre de princesse, le lit à baldaquin et sa literie rose bonbon, les meubles médiévaux à moitié vermoulus, le grand miroir aux bordures dorées, les tableaux multicolores d'inspiration pointilliste et le lustre. L'électricité vacillante des ampoules en forme de bougies faisait danser des ombres inquiétantes dans la pièce.

Un courant d'air froid rasait le sol de gravier, Vero le sentait au niveau de ses chevilles dénudées et avait la chair de poule. Elle grelottait. Le courant d'air provenait d'un interstice sous la porte, traversait la pièce et s'engouffrait sous l'autre porte.

Par cet espace sous la première porte, au ras du sol, Vero devinait de la lumière. Elle s'approcha et appela :

— Il y a quelqu'un ?

N'obtenant aucune réponse, elle hésita puis relança :

— Sam ?

Silence.

— Sam, dit-elle en haussant la voix, laisse-moi sortir !

Les secondes s'écoulèrent, longues comme des minutes. Puis il y eut un léger bruit de pas, presque imperceptible. Le crissement du gravier, puis un frottement. Un claquement, comme celui d'un vieux loquet qu'on déverrouille.

Une trappe coulissa au pied de la porte. Vero ne l'avait pas remarquée avant. Elle recula.

Un rai de lumière filtra dans la pièce, un plateau d'argent coulissa et la trappe se referma. Le silence revint.

— Qu'est-ce que tu veux ? cria Vero.

Sa question resta sans réponse.

Elle s'approcha de nouveau de la porte et s'accroupit. Son geôlier lui avait apporté à manger. Un plat plutôt bien présenté, une sorte de gros poulet sur un lit de marrons et, tout autour, des fagots de haricots bardés de lard : une dinde de Noël. Sur la peau rôtie, des brindilles de romarin tressées en forme de cœur. Pas de couverts, ni de boisson. Vero n'en croyait pas ses yeux.

— Va te faire foutre ! hurla-t-elle en se relevant. J'ai pas faim !

Elle se mit à tourner dans la pièce comme une hélice, puis reprit, véhémente :

— J'ai soif !

Les phrases sortaient, dépareillées.

— J'ai besoin d'aller aux toilettes.

— Laisse-moi sortir, connard !

L'absence de réaction de son geôlier était le pire des supplices, elle ne faisait qu'accroître une sensation naissante de claustrophobie. Des minutes passèrent sans que Vero ne s'en rende compte. Le temps devenait une notion imprécise. Elle ne savait pas quelle heure il était, ni si, dehors, il faisait jour ou nuit. Elle ignorait combien de temps elle était restée inconsciente.

La lumière sous la porte avait disparu. Vero comprit qu'elle était seule. Il ne servait plus à rien de parler à son geôlier.

L'angoisse prenait le dessus. Elle devait trouver un moyen de sortir de là. Les deux portes étaient massives et renforcées, pas la peine d'essayer de les fracturer. Vero fit le tour de la pièce, cherchant une éventuelle autre issue. Elle inspecta les murs, ôta une pantoufle, frappa contre la pierre. Nulle part, ça ne sonnait creux.

Elle retira le miroir, regarda sous le lit, bougea les meubles. Ils étaient lourds, mais elle parvint à voir derrière. Elle ne trouva aucune trappe, aucune grille. Au plafond non plus.

Elle se mit alors à quatre pattes et commença à creuser dans le gravier. Mais à chaque trou, elle finissait par s'abîmer les ongles sur la dalle de béton qui se trouvait en dessous.

Désespérée, elle se releva et regarda une nouvelle fois autour d'elle. Il ne restait que ces étranges tableaux auxquels elle n'avait, jusque-là, pas vraiment prêté attention. Il y en avait six, ils représentaient chacun, de façon assez grossière, le visage d'un enfant.

Cinq garçons.

Une fille.

Vero s'approcha de l'un d'eux et constata qu'il ne s'agissait pas de peinture pointilliste, comme elle l'avait d'abord cru. Les visages étaient composés de petits rectangles de papier colorés, collés les uns à côté des autres.

Des timbres-poste.

34

À NEUCHÂTEL, au neuvième étage du BAP, le Bureau administratif de la police, l'équivalent de Carl-Vogt à Genève, le commissaire Daniel Garcia déballa un bonbon Sugus et se mit à le mâchouiller en regardant, pensif, le tableau de service sur l'écran de son ordinateur.

Garcia était le chef du commissariat RTS, Répression du trafic de stupéfiants. En termes plus communs, la brigade des Stups. En cette période de Noël, le travail de ses hommes tournait au ralenti. Les Stups, c'étaient 95 % de proactif pour 5 % de réactif. On choisissait d'ouvrir telle ou telle affaire en fonction des informations du terrain, les plus importantes pour empêcher qu'une bande organisée prenne le monopole de la vente. Il fallait tuer dans l'œuf tout phénomène potentiellement mafieux et, surtout, empêcher le développement d'une scène ouverte. Personne ne voulait revoir les images zurichoises du Platzspitz ou du Letten, ce parc et cette gare désaffectée devenus des lieux de vente et de consommation de masse pour les héroïnomanes dans les années 1980.

On ne pouvait pas s'occuper de tout, on fermait donc temporairement les yeux sur les embryons de trafic tant qu'ils restaient dans l'ombre et ne faisaient que répondre à la loi de l'offre et de la demande. Et de temps à autre, mais c'était rare, la saisie inopinée d'une grosse quantité de drogue, souvent par les douanes, contraignait à réagir.

Garcia avait pris la permanence ce matin. Pour trois jours, il était l'officier de service de la police neuchâteloise. Toutes les informations de la gendarmerie et de la police judiciaire, pas seulement des Stups mais de tous les commissariats, passaient par lui. Mais pour l'heure, la permanence était calme.

On l'avait avisé d'un accident routier qui perturbait la circulation entre La Chaux-de-Fonds et Neuchâtel : un poids lourd avait glissé sur la chaussée enneigée du pont de Valangin et bloquait les deux voies descendantes de l'autoroute.

Deux cellules de garde à vue étaient occupées par des voleurs à l'étalage. Du menu fretin.

Et à côté de son clavier, Garcia avait posé deux documents qu'il venait d'imprimer : une diffusion nationale de la police cantonale genevoise et une commission rogatoire intercantonale du ministère public genevois, sur laquelle le procureur neuchâtelois Norbert Jemsen, de permanence lui aussi, avait apposé un timbre humide : *Entraide judiciaire accordée*.

Les deux documents concernaient le même objet : la récupération rapide de colis, en veillant à la sauvegarde des traces, dès qu'un bureau de poste du canton le signalerait.

La CNU, la Centrale neuchâteloise d'urgence, reçut un appel de la poste principale de Neuchâtel en fin d'après-midi. L'opératrice transmit l'appel à Garcia. Il faillit dépêcher une patrouille de la gendarmerie sur place, puis se ravisa. Il était resté le cul vissé sur sa chaise toute la journée, une sortie lui ferait du bien.

Et puis, il fallait prendre en compte les mesures de précaution requises. Garcia composa le numéro du service forensique et demanda à sa collègue Agathe Gisling, l'inspectrice scientifique de piquet, de l'accompagner.

La poste de Neuchâtel 1 était le principal bureau de poste de la ville, un grand bâtiment historique en pierre d'Hauterive, construit en 1874 en amont des quais du port. L'édifice abritait autrefois l'Union postale universelle, les noms des trente et un pays membres étaient inscrits sous sa corniche, y compris la Perse, un État aujourd'hui disparu. Outre les prestations usuelles de la Poste, le bâtiment abritait désormais le Centre national de cryptographie, qui développait des protocoles numériques pour garantir le secret postal, et aussi le système de vote électronique pour tous les cantons suisses intéressés.

Gisling et Garcia garèrent la Subaru banalisée au sud du bâtiment, en zone piétonne. La nuit tombait déjà. L'inspectrice scientifique sortit sa mallette du coffre. Le commissaire s'était déjà approché d'une grille qui donnait, à l'arrière de l'édifice, sur des quais de déchargement à l'abri des intempéries et des regards indiscrets, une ancienne cour aménagée avec un toit en tôle. À l'intérieur, il faisait sombre.

Pour plus de discrétion, on leur avait demandé de passer par une porte réservée au personnel. Ils seraient attendus.

Soudain, une silhouette noire déboula de la pénombre et renversa Garcia.

L'intrus passa près de Gisling qui, par réflexe, lui balança la lourde mallette du service forensique en pleine figure. Le choc fut violent. Dans l'élan, les jambes du fugitif se soulevèrent, il se retrouva un bref instant flottant à l'horizontale et retomba lourdement sur le dos. Sa tête cogna le sol enneigé.

L'homme resta allongé de longues secondes en gémissant, à moitié groggy. Il saignait du nez. Garcia arriva, arme au poing.

— Bien joué, dit-il à Gisling.

— Putain, mais c'est qui ce mec ! s'exclama-t-elle, encore sous l'effet de l'adrénaline.

Garcia s'accroupit en restant sur ses gardes. Il fouilla rapidement les poches de la grosse veste d'hiver de l'interpellé, en retira une cagoule noire et un pistolet factice, puis lui demanda :

— Alors, Steeve, tu comptais faire quoi avec ce matériel ? Braquer la poste ?

— C'est pas à moi, bégaya le tox. J'ai trouvé ce matos en me promenant tout à l'heure en ville, j'te jure !

— Et j'imagine que tu as cru qu'il appartenait à un postier et que tu t'apprêtais à le lui restituer, c'est ça ? Lève-toi !

Le tox, encore sonné, obéit avec peine. Il devait peser à peine cinquante kilos tout mouillé. L'héroïne et la bière étaient un cocktail plus efficace que le programme Weight Watchers.

— Maintenant, fous le camp d'ici, Steeve ! dit Garcia.

— On ne l'arrête pas ? s'étonna Gisling.

— On n'est pas venus ici pour ça, soupira le commissaire.

Puis il se tourna vers le tox et reprit :

— Allez, file ! T'as de la chance, c'est Noël. Mais souviens-toi d'une chose : je sais où tu habites et quelles sont tes intentions. Démerde-toi autrement pour te payer tes doses ! S'il y a le moindre braquage ces prochains mois, poste, magasin, station-service ou autre, c'est chez toi que j'envoie le GI avec Toc-toc. Compris ?

Toc-toc était le petit nom du bélier favori du Groupe d'intervention, un bout de rail de chemin de fer sur lequel on avait soudé deux poignées. Efficacité garantie.

Le dénommé Steeve essuya son nez d'un revers de la manche, grommela quelque chose d'incompréhensible et partit sans demander son reste.

— Quelle espèce de pied nickelé ! s'exclama Garcia en regardant le tox s'éloigner en titubant.

Puis il se tourna vers Gisling et lui dit :

— Bon, on y va ? On a un colis qui nous attend.

35

ANA AVAIT RÉCUPÉRÉ sa voiture. Ils avaient laissé celle de Mitch à Carl-Vogt et roulaient sur l'autoroute Genève-Lausanne, en direction de Daillens, quand un appel retentit dans l'habitacle et s'afficha sur le tableau de bord. C'était Gygli, elle décrocha.

— Des réponses des autres cantons ?

— On avance, répondit la Fouine. La police fribourgeoise a trouvé trois nouveaux colis, à Morat, Kerzers et Fribourg. Les Bernois, trois autres aussi, à Moutier, Bienne et Berne. Les Jurassiens, deux autres, à Delémont et Porrentruy. Et les Neuchâtelois, un seul, à Neuchâtel.

— Des nouvelles des Français ?

— Pas encore, mais c'est en cours. Vous êtes où ?

— À hauteur de Morges. Tiens-moi au courant au fur et à mesure.

Elle raccrocha.

Sur le siège passager, Mitch somnolait. Il rouvrit les yeux après le contournement de Lausanne, bâilla, étendit ses bras en avant et fit craquer ses articulations.

— Nous avons tous les deux besoin d'une bonne nuit de sommeil, dit Ana. Après Daillens, on rentre.

— J'aurai le droit d'aller dormir chez moi ?

— Pas question. Mon lit ne te convient pas ?

Mitch lui sourit tristement.

— Mon lit, ton lit, un autre lit… quelle différence ? De toute façon, ça fait trois mois que je ne sais plus ce qu'est une bonne nuit de sommeil.

Depuis l'affaire Rosselet.

— C'est pour ça que tu t'es mis à boire ? Pour pouvoir dormir ?

— Et oublier.

— C'est ridicule, soupira Ana. Arrête avec ça ! Je te le répète : Rosselet aurait tué sa femme tôt ou tard, et tu le sais. Le procureur t'a demandé ton avis, tu le lui as donné et il a pris la décision de ne pas l'arrêter. S'il l'avait arrêté, il aurait été contraint de le libérer rapidement et le résultat aurait été le même. C'est toujours très facile de juger après coup des décisions prises dans l'urgence.

— Tu n'en sais rien, Annie. En détention, il aurait été examiné par un expert psychiatre et…

— Et quoi ? coupa-t-elle. La psychiatrie n'est pas une science exacte. En plus, en Suisse, la justice refuse que le même psychiatre examine l'auteur et la victime. Pas de dyade possible, comme en France. Le psy n'aurait pu que s'appuyer sur ses visites à Rosselet dans le cadre de sa détention et sur ses éventuels antécédents pénaux et psychiatriques. Mais il n'avait ni les uns ni les autres. On dit que les comportements du passé sont les meilleurs prédicteurs des comportements à venir, mais dans les féminicides, c'est des conneries. Les statistiques démontrent le contraire. Dans la plupart des féminicides, l'auteur n'avait aucun antécédent.

— Mais là, il y en avait, répondit Mitch.

— Encore une connerie ! L'arrestation d'une personne menaçante peut justement augmenter le risque de passage à l'acte après sa libération, parce que le risque que l'auteur tienne la victime pour responsable de son incarcération est élevé.

— Pourtant, depuis cette affaire, on arrête les auteurs de violences conjugales beaucoup plus facilement, à Genève comme partout ailleurs en Suisse. C'est la preuve que nous nous sommes trompés.

— C'est la preuve de rien du tout ! s'énerva Ana. L'affaire Rosselet a installé une psychose chez les enquêteurs. Personne ne veut prendre le risque de vivre ce que le proc' et toi avez vécu. C'est aussi simple que ça. Et la psychose a aussi atteint le grand public : dans les semaines qui ont suivi l'affaire, on a reçu des tonnes d'appels pour tout et pour rien. Une simple injure au sein d'un couple faisait craindre des coups de couteau.

— La violence verbale reste de la violence, tempéra Mitch doctement. Prétendre que la violence verbale n'est pas de la violence parce qu'elle n'est pas physique est un euphémisme. C'est le danger qui guette tous les flics : à force de vivre nuit et jour dans le cambouis, on devient permissif à la violence. Combien de fois as-tu entendu un collègue dire « bon, il lui a pété la mâchoire, et après ? Ce n'est que deux jours d'hôpital, on ne va pas l'enfermer pour ça ». Nous pratiquons un métier où le fait d'être désabusé peut devenir dangereux pour autrui.

— Et nous vivons aussi dans un monde où il faut absolument toujours trouver un responsable pour tout. Une américanisation du système. Aujourd'hui, on attaque les flics et les procureurs parce qu'ils ont décidé de ne pas arrêter quelqu'un. Et demain ? On fera la même chose avec les psychiatres qui n'auront pas su détecter la dangerosité d'un suspect. Il y a trente ans, les médecins avaient une obligation de moyen, pas de résultat. Aujourd'hui, on tend de plus en plus vers l'obligation de résultat, surtout pour les chirurgiens. Et demain, on attendra des psychiatres une obligation de résultat. Les gens n'acceptent plus la fatalité. Derrière toute catastrophe, il faut trouver un coupable. On fait des procès pour tout et n'importe quoi. Tiens, le dernier exemple qui me vient à l'esprit: cette tragique histoire d'enfant qui, en France, s'est étouffé avec une saucisse. Les parents, dont on peut certes comprendre la douleur, ont intenté un procès contre le fabricant de la saucisse, parce qu'il n'était pas indiqué sur l'emballage comment il fallait la couper. Non, mais je te le demande sérieusement: où va-t-on! Notre société devient de plus en plus ridicule. Je crois qu'il est vraiment temps que je songe à prendre ma retraite.

— Ne tarde pas trop, sourit Mitch.

Ana savait à quoi son collègue faisait allusion. Les policiers vivaient sous la menace d'une retraite de plus en plus tardive, la caisse de retraite des forces de l'ordre devait être assainie. Le bras de fer entre le Conseil d'État genevois et les syndicats était explosif.

Ana et Mitch arrivèrent au centre de tri des colis de Daillens peu après 18 heures. Il s'était remis à neiger à gros flocons et l'éclairage public peinait à percer la brume qui recouvrait les terres parcourues par la Venoge.

Le site était grillagé, une borne jaune à l'effigie de la Poste indiquait *Entrée des visiteurs et du personnel.* Ils sonnèrent au tourniquet métallique de sécurité et s'annoncèrent, on leur ouvrit. En traversant l'enceinte, ils devinèrent sur leur droite une ligne de *desks* éclairés et numérotés, destinés au chargement ou déchargement des camions et fourgonnettes de la Poste.

Dans le hall d'entrée, une réceptionniste les accueillit. Elle reconnut Mitch. Ils s'embrassèrent et échangèrent quelques mots sur le bon vieux temps où il travaillait encore dans l'entreprise.

— Je ne savais pas que tu étais devenu flic, dit-elle. Pardon… policier.

Il lui sourit timidement.

— Personne n'est parfait.

— Vous avez rendez-vous avec quelqu'un en particulier ?

— Non. Ce qui nous intéresse, c'est la petite pièce qui se trouve sur la gauche.

Mitch désigna la porte d'accès à l'immense halle de tri et ajouta :

— Sauf si vous l'avez déménagée ailleurs dans le bâtiment depuis mon départ. Tu vois de quoi je parle ?

Le regard de la réceptionniste s'illumina.

— Bien sûr ! La clinique des colis.

36

DANS LA CAVE.

Vero ne quittait plus des yeux les six tableaux d'inspiration pointilliste, collages de centaines de timbres-poste juxtaposés. Les six visages anonymes, cinq garçons et une fille, semblaient la fixer. Six regards sombres, indéfinissables, dégageant un étrange malaise.

L'exercice avait dû nécessiter beaucoup de patience et de méticulosité. De folie aussi, car à l'évidence, c'était l'œuvre d'un dément.

Vero tremblait de froid. Elle ne s'en était pas rendu compte tout de suite, trop obnubilée par ce décor hallucinant de conte de fées façon Lewis Carroll. Des rêves d'enfant transposés dans une ambiance de cauchemar.

Et cette horrible robe rose! Vero aurait été fière de la porter quand elle avait 6 ans, mais là, elle n'avait qu'une envie: l'arracher. Elle avait l'impression que la matière lui collait à la peau et lui causait des démangeaisons.

Elle chercha à nouveau autour d'elle dans la pièce. Mais rien, pas un vêtement de rechange.

Elle regagna le grand lit et se glissa sous la couette, qu'elle remonta jusqu'à son cou. Ses poings serraient le tissu de part et d'autre de son visage. Elle ne parvenait pas à se réchauffer, elle grelottait.

Elle jeta un coup d'œil vers la porte munie du passe-plat. Aucun rai de lumière ne filtrait, aucun bruit signalant la présence de son geôlier. Posée au sol devant la porte, la dinde de Noël dégageait encore un peu de fumée. Vero n'avait pas faim, elle avait surtout très soif. Elle voulut d'abord ignorer ce repas, mais cette source de chaleur l'attirait comme la lumière bleue hypnotisait les insectes.

Vero finit par se relever et s'approcha de l'assiette garnie. Sans conviction, elle arracha une cuisse avec les doigts et mordit dans la chair juteuse. Le contact de la viande chaude sur sa langue lui procura d'abord une sensation de bien-être. C'était bien connu, l'appétit venait en mangeant. Elle mâcha le morceau de blanc et de peau rôtie, grimaça, le recracha aussitôt et se mit à tousser.

C'était horriblement salé.

Vero tourna la tête dans tous les sens, cherchant désespérément quelque chose à boire. Sa bouche était sèche, comme si le sel la brûlait. Elle aurait tout donné pour un verre d'eau ! Elle chercha, contre les murs et au plafond, la moindre trace d'humidité. Une simple goutte suintant de la pierre aurait fait son bonheur, mais rien. Tout était sec.

On disait qu'un cuisinier amoureux avait tendance à trop saler ses plats, ce que sa dulcinée lui pardonnait généralement. Mais avec Sam, ce n'était pas de l'amour, c'était du harcèlement obsessionnel. L'amour était devenu un poison et l'assaisonnement, de la torture.

Des larmes de rage dans les yeux, Vero se mit à tambouriner contre la porte et à crier :

— J'ai soif ! Donne-moi à boire, enfoiré !

Elle frappa de ses poings contre le bois de longues minutes, alternant suppliques, accès de colère, mais aussi appels à l'aide, dans l'espoir que quelqu'un d'autre que Sam l'entendrait.

En vain.

Une bonne demi-heure s'était écoulée, Vero avait fini par abdiquer. Elle sanglotait, prostrée dans un coin de la pièce, quand elle entendit un déclic. La trappe du passe-plat coulissa, un grand récipient en plastique à la forme bizarre glissa sur le sol, puis la trappe se referma. À quatre pattes, Vero se précipita vers la porte comme un animal assoiffé qu'on abreuvait enfin.

Elle saisit le récipient à deux mains et voulut le porter à ses lèvres, mais en le soulevant, elle constata qu'il était vide. C'était un vieux pot de chambre pour adulte avec, au fond, un rouleau de papier toilette.

Dépitée, elle envoya l'objet valser à travers la pièce et hurla :

— De l'eau ! Je t'en prie, ne pars pas ! Donne-moi de l'eau, je t'en supplie…

— Une chose après l'autre, répondit une douce voix masculine derrière la porte.

N'en croyant pas ses oreilles, Vero se précipita contre le panneau et colla ses deux mains à plat contre le bois, comme pour essayer d'empêcher son geôlier de partir.

— Sam…, dit-elle en se concentrant pour garder son calme. Ouvre-moi, s'il te plaît…

Elle n'obtint aucune réponse.

— Yves… ou qui que tu sois… par pitié…

Silence.

Une chose après l'autre…, pensa-t-elle. Elle se retourna, vit le pot de chambre au pied du miroir et, un peu plus loin sur le gravier, le rouleau de papier à moitié déroulé. Sam lui accordait le droit d'aller aux toilettes, mais pas comme elle se l'imaginait. Peut-être qu'après ça, il lui donnerait à boire. Sa bouche était sèche. Elle avait tellement soif qu'elle en avait attrapé un mal de tête. Elle finit par lui obéir.

Elle se releva, fit quelques pas, saisit le pot, releva sa robe, baissa sa culotte et s'assit. Une idée lui traversa alors l'esprit : et si elle était filmée ? Ce malade en était capable.

Dans un accès de pudeur, Vero recouvrit ses jambes avec la robe et se mit à uriner. Quelques gouttes seulement, elle était déshydratée. L'urine était si concentrée qu'elle ressentit des brûlures à l'urètre. Quand elle eut terminé et qu'elle se releva, elle en eut la confirmation : le liquide au fond du pot était d'un jaune très foncé.

Elle prit le pot, retourna vers la porte et frappa trois coups.

— J'ai fini, dit-elle d'une petite voix.

La trappe s'ouvrit, elle poussa le pot à travers la porte, la trappe se referma.

— Maintenant, donne-moi à boire, s'il te plaît.

Quelques secondes s'écoulèrent, puis la trappe s'ouvrit à nouveau. Vero piaffait d'impatience, elle se voyait déjà saisir et engloutir le verre d'eau qui passerait la porte. Mais au lieu d'un verre, le pot de chambre vint en retour. Sam ne l'avait pas vidé.

— Qu'est-ce que ça veut dire ? gémit-elle.

La seule réponse qu'elle obtint fut la fermeture de la trappe. Les mots de Sam lui revinrent une nouvelle fois à l'esprit. *Une chose après l'autre*. Et là, Vero comprit.

Sam voulait qu'elle boive son urine.

37

En l’an 2000, un accord bilatéral avait été conclu entre la Suisse et la France. Il complétait la Convention européenne d’entraide judiciaire en matière pénale et autorisait la transmission directe d’informations, de procureur à procureur, sans utiliser la voie diplomatique. Il n’était plus nécessaire de passer par l’intermédiaire de l’Office fédéral de la justice en Suisse et du ministère de la Justice en France. Les procédures internationales entre les deux pays avaient considérablement accéléré et le critère de l’urgence trouvait toujours son répondant, d’un côté comme de l’autre.

Les procureurs généraux près les cours d’appel de Chambéry, Lyon, Besançon et Colmar avaient reçu les commissions rogatoires de la procureure Vino en début d’après-midi. Des contacts téléphoniques préalables leur avaient permis de se préparer. Dès réception, ils avaient transmis les actes pour exécution aux procureurs de la République compétents, qui à leur tour avaient requis des officiers ou des agents de police judiciaire.

Des contacts avaient aussi été établis en amont entre les policiers suisses et français via le CCPD, le Centre de coopération policière et douanière de Genève, puis entre les enquêteurs français et la Poste française, qui avait déjà pris les devants.

Dans son bureau d'Annecy, Françoise Le Berre, la responsable départementale pour la Haute-Savoie, avait reçu l'information du siège social de la Poste à Paris.

Sur le coup, elle en vint à maudire Mitch et sa collègue genevoise de l'avoir placée dans une situation pour le moins inconfortable. Puis elle décida de fermer les yeux et de réagir selon ce que le siège lui demandait : ordonner à tous les bureaux de poste de son département de procéder à un contrôle de la poste restante, avec description précise des colis recherchés.

Françoise savait déjà qu'à Annecy et à La Roche-sur-Foron, on ne trouverait rien. Et au terme de l'après-midi, elle reçut la confirmation qu'aucun autre bureau de poste de la Haute-Savoie n'était concerné par cette affaire.

En début de soirée, la procureure générale de Chambéry informa le ministère public genevois du résultat négatif des recherches sur son territoire.

La procureure générale de Lyon communiqua à Sonia Vino la découverte de trois colis dans l'Ain : à Bourg-en-Bresse, Oyonnax et Bellegarde-sur-Valserine.

Le procureur général de Besançon fit part du plus grand nombre de découvertes dans sa juridiction : six colis au total. Celui déjà connu de Saint-Claude, dans le département français du Jura, et cinq autres dans le Doubs : un à la poste principale de Besançon, la préfecture ; un autre à la sous-préfecture de Pontarlier ; un autre encore dans la petite ville de Baume-les-Dames ; deux enfin dans les bureaux de poste de petits villages de moins de trois mille habitants, Le Russey et Mamirolle.

La réponse la plus surprenante vint du procureur général de Colmar. Un seul colis avait été découvert dans le Haut-Rhin, mais pas dans un bureau de poste. Il était destiné à la mairie de Lucelle, une bourgade frontalière avec le canton suisse du Jura, connue pour son étang côté helvétique et son ancienne abbaye côté français.

Le colis provenait de Delémont et contenait une petite plaque de haschisch découpée en forme de cœur. Sur ordre de son supérieur, un employé de la mairie avait déposé ce colis à la douane française toute proche.

La procureure Vino appela le commissaire Gygli et lui fit part de ces résultats.

— Étonnant, ce colis de Lucelle, commenta la Fouine. On aurait voulu qu'il soit trouvé qu'on ne s'y serait pas pris autrement. Est-ce qu'on est sûr qu'il fait bien partie de la série que nous recherchons ?

— Oui, répondit la magistrate. Le dossier de la CRI contient une photo du colis, il n'y a aucun doute. C'est le même timbre-cœur que sur tous les autres envois effectués depuis la Suisse, avec une surtaxe. Si j'ai bien compté, ça fait vingt-neuf colis au total.

Trente et un, corrigea Gygli dans son for intérieur. Mais il n'était pas disposé à parler à la procureure de ceux d'Annecy et de La Roche-sur-Foron. Et si Ana et Mitch parvenaient à retrouver celui de Montreux, on arriverait à trente-deux. La moitié des cases d'un jeu d'échecs.

— Vous vous chargez d'informer l'inspectrice Bartomeu des réponses des Français ? demanda Sonia Vino.

— Oui, je le ferai sans tarder. Mais en ce moment, elle est en déplacement à Daillens avec son collègue…

La Fouine suspendit sa phrase, il ne pouvait pas lui parler de Mitch. La proc' le relança.

— Qui lui avez-vous adjoint sur cette affaire ?

Gygli hésita, puis répondit :

— Yves Morin.

— Je croyais qu'il était en vacances.

— Il a accepté de les écourter.

— Sympa de sa part. Tenez-moi au courant de la suite des investigations.

— Bien entendu, madame la procureure. Je vous souhaite une bonne soirée.

La Fouine raccrocha avec un sentiment de honte, celui d'avoir menti à la directrice de l'enquête. Ana et Mitch avaient intérêt à obtenir des résultats. Et le plus tôt serait le mieux, pour eux comme pour lui.

38

La réceptionniste du centre postal de Daillens décrocha son téléphone et appela le responsable de la « clinique ». Ana et Mitch patientaient dans le hall d'entrée.

Au-dessus de la porte d'accès à la halle de tri, une représentation du site en trois dimensions était exposée. La taille minuscule des camions et fourgonnettes dessinés au premier plan faisait prendre conscience de l'immensité du complexe. Ana repéra la réception et, juste derrière, la gigantesque chaîne de distribution automatisée. À l'arrière du bâtiment, le plan représentait une véritable gare ferroviaire, avec des trains de marchandises, des containers, des aiguillages et quatre voies de chemin de fer qui passaient sous des grues de levage mobiles, comme dans les grands ports commerciaux.

La porte d'accès à la grande halle émit un déclic et s'ouvrit. Un homme apparut, la cinquantaine, propre sur lui, en tenue grise et gilet jaune estampillé du logo de la Poste. Il s'arrêta en voyant Mitch, figé par la surprise. Ils se regardèrent et se jetèrent dans les bras l'un de l'autre, sous le regard interloqué d'Ana.

— Putain, mec, ça fait un bail !

— À qui le dis-tu !

Mitch se tourna vers sa collègue.

— Annie, je te présente Antoine Cottier, un pilier du centre de tri depuis sa création en 1999. Nous avons travaillé ensemble, ici à Daillens, pendant plusieurs années.

— Avant que mon meilleur pote ne me lâche pour un soi-disant meilleur poste dans une succursale à Genève, sourit Cottier en se tournant vers Ana et en lui tendant la main.

— L'inspectrice Bartomeu, dit Mitch à son ancien collègue.

— On m'a prévenu de votre arrivée, reprit ce dernier. Police judiciaire genevoise, si j'ai bien compris ?

— C'est ça.

— Eh bien, mon vieux, t'en as fait du chemin, depuis l'époque.

— Et toi, tu fais partie des meubles.

Cottier les invita à le suivre. En pénétrant dans la grande halle, Ana ressentit un curieux mélange de claustrophobie et d'agoraphobie : l'impression contradictoire d'être enfermée dans un espace si grand qu'on n'en voyait presque pas les deux extrémités en tournant la tête d'un côté et de l'autre.

Des dizaines de milliers de colis tournaient sur la chaîne de tri, véritable imbroglio de tapis roulants, d'aiguillages et de croisements, de plateaux et de glissières, dans un décor de béton, d'acier et de métal. Le bruit continu de la machinerie les força à élever la voix.

— La police vaudoise n'est pas avec vous ? demanda Cottier.

— Elle est informée, répondit Mitch, mais elle a estimé que ce n'était pas nécessaire de nous accompagner.

— Ce n'est pas une perquisition, compléta Ana.

— Très bien, dit Cottier. Je ne connais pas la procédure, je vous fais confiance.

Ils longèrent le bas d'une série de glissières, dans lesquelles des dizaines de colis descendaient depuis des plateaux à bascule. Des employés les chargeaient sur des chariots RX.

— Tu travailles souvent de nuit ? demanda Mitch.

— Non, répondit Cottier. Seulement quand c'est nécessaire, comme en période de fêtes. Le reste de l'année, je laisse ça aux plus jeunes. L'horaire 18 heures-3 heures n'est plus de mon âge.

— C'est toi qui es responsable de la clinique ?

— Entre autres. En ce moment, elle déborde, mais sinon, tu sais ce que c'est. Ça ne représente qu'une toute petite partie du temps. Il y a cinq ans, on m'a confié la responsabilité informatique de toute l'installation.

Mitch siffla d'admiration.

— Sacré challenge.

— Sacrées responsabilités, oui. Mais j'ai les avantages qui vont avec.

Cottier les conduisit dans une petite pièce réservée à la réparation des colis abîmés et à l'ouverture de ceux dont les destinataires étaient inidentifiables. À l'entrée, un panneau orange annonçait « Clinique », avec l'image d'un colis en mauvais état. La pièce faisait penser à une cuisine désaffectée, avec une table, un évier et une hotte d'aspiration. Le carrelage blanc du mur rappelait un décor hospitalier, sans le côté aseptisé. Du désordre s'amoncelait partout, des piles de colis attendaient d'être traités.

— À quoi ça sert ? demanda Ana en désignant la hotte d'aspiration.

— C'est au cas où un colis endommagé contiendrait une matière toxique ou inflammable, répondit Cottier. C'est fou ce que les gens peuvent être irresponsables, parfois. On trouve vraiment de tout dans les paquets.

Le collaborateur de la Poste s'approcha des piles en attente et demanda :

— Vous cherchez quoi exactement ?

Mitch le lui expliqua.

— Dans ce cas, répondit Cottier, laissez tomber cette pile-là. C'est celle des destinataires inidentifiables.

— Et vous faites quoi, dans ces cas-là ? demanda Ana.

— Je suis le seul habilité à les ouvrir, question de secret postal. Parfois, le contenu nous permet d'identifier le destinataire, parfois non. Dans ce cas, nous les renvoyons à l'expéditeur.

— Et les autres piles ?

— Les colis endommagés. Nous les réparons du mieux que nous pouvons, puis nous les remettons sur la chaîne de tri. Votre colis est peut-être là, à moins que nous ne l'ayons déjà traité. Dans ce cas, il est peut-être sur le chemin entre ici et la poste de Montreux.

Ana se tourna vers Mitch :

— Tous nos colis sont passés par ce centre ?

— Tous ceux postés en Suisse romande ou destinés à une poste suisse, oui. Mais pas celui expédié d'Annecy à destination de La Roche-sur-Foron. L'équivalent du centre de tri de Daillens pour la France se trouve à Paris.

Ana enfila ses gants en latex, Mitch se servit d'une paire similaire que Cottier lui tendit. Ils ciblèrent avant tout les colis endommagés dont l'emballage ressemblait à ceux déjà saisis.

Le tri fut plus rapide que prévu. En moins de dix minutes, ils tombèrent sur le colis qui les intéressait. À moitié éventré, il les attendait sous un paquet déchiré.

Sous le regard intrigué de Cottier, Ana glissa ses doigts dans le trou et l'élargit pour jeter un coup d'œil à l'intérieur.

— Vide, annonça-t-elle.

— Comme presque tous les autres, répondit Mitch. Mais nous avons l'essentiel.

Sur le colis, l'adresse d'une entreprise horlogère de Montreux et un timbre-cœur français, oblitéré à la poste de La Roche-sur-Foron.

Quand Ana, Mitch et Cottier sortirent de la clinique, ils tombèrent nez à nez avec un employé de la Poste qui poussait un RX. Le jeune homme ne devait pas avoir plus de vingt-cinq ans. Il s'arrêta pour les laisser passer.

Il salua Cottier, regarda Ana avec un discret sourire, puis ses yeux plongèrent dans ceux de Mitch. À l'évidence, ils se connaissaient. Le jeune homme resta bouche bée quelques secondes, puis, sous les yeux ahuris d'Ana et de Cottier, il lâcha son RX, tourna les talons et prit la fuite en courant.

39

DANS LA CAVE.

Vero regardait l'urine au fond du pot de chambre, n'en croyant pas ses yeux. Sam se moquait d'elle, jamais elle n'y toucherait.

Qu'espérait-il ?

La pièce, la déco, les habits… À l'évidence, Sam avait décidé de jouer avec elle comme avec un animal de compagnie enfermé dans une petite cage. Sauf que tout ça n'avait rien d'un jeu. Vero se sentait comme un rat de laboratoire sur lequel on expérimentait les idées les plus irrationnelles. Dans ce domaine, les nazis – et d'autres tortionnaires dans des conflits plus récents – avaient poussé l'absurde jusqu'aux confins de la folie. Sur des humains.

Vero se souvenait vaguement de lectures qu'elle avait faites sur des marins échoués en pleine mer ou des soldats perdus dans le désert, forcés d'avaler leur urine pour survivre. Certains avaient échappé à la mort, d'autres pas. Quand boire devenait vital, l'homme était probablement prêt à tout.

Vero avait soif, très soif même, mais elle n'était pas sur le point de mourir. Pas encore. Elle trempa un doigt dans son urine, le porta à ses lèvres et goûta.

C'était salé, elle recracha.

De rage, elle jeta le pot de chambre contre la porte, son contenu éclaboussa le bois et elle s'écria :

— Va te faire foutre, espèce de taré !

Prostrée dans son lit, sous la couette, Vero pleurait. Pourquoi Sam l'avait-il enfermée ici ? Qu'allait-il lui faire ? La séquestrer indéfiniment dans son donjon ? Devrait-elle encore une fois se soumettre au bon vouloir d'un homme ?

Elle repensa aux quinze années passées avec Jean-Claude, une autre forme d'enfermement, moins directe, plus sournoise. Elle n'était pas cloîtrée alors, mais sa prison était mentale, et l'emprise sur son corps était bien là, elle aussi. Combien de fois s'était-elle donnée à lui alors qu'elle n'en avait pas envie ? Lors de son dernier dépôt de plainte pour voies de fait, menaces et injures, elle avait répondu à une question de la police : « Avez-vous subi des relations sexuelles contre votre consentement ? » Question fermée : la réponse était oui ou non. Vero avait répondu oui, parce que dans le fond, c'était la vérité. Même si elle n'en avait jamais rien dit à son mari.

Les souvenirs affluèrent, comme échappés d'une autre vie. L'instruction qui avait suivi cette audition avait englobé la prévention de viol, alors que telle n'était pas l'intention de Vero au départ. Et l'affaire s'était logiquement soldée par un classement au bénéfice du doute. Mais pour Vero, c'était un échec de plus dans sa vie. Le système ne l'avait pas comprise. Elle avait surtout eu l'impression de passer pour une menteuse.

Un nouveau souvenir s'invita, une conversation avec Irina sur le sujet, alors qu'elles étaient bien au chaud toutes les deux, devant un café, dans leur endroit préféré à Ouchy. Vero s'y agrippa comme à une bouée de sauvetage. Elle ferma les yeux et ses sanglots s'apaisèrent tandis qu'elle rejouait dans sa tête leur conversation. Vero était féministe, elle se définissait comme telle, mais elle détestait la branche extrémiste du mouvement, dont les exagérations portaient en fin de compte le discrédit sur l'ensemble des femmes. Elle avait suivi dans la presse les débats enflammés sur la révision du Code pénal et la nouvelle définition du viol. Un non est un non, l'absence de consentement suffit à réaliser l'infraction, plus besoin de la notion de contrainte.

Le débat était positif en soi, disait-elle à Irina, et la position exprimée totalement justifiée. On parlait du sujet et c'était déjà très bien. Il fallait corriger le tir pour les générations à venir, c'était nécessaire dans cette société machiste. Mais le but visé ne pourrait conduire, à terme, qu'à de grosses désillusions. Dans la très grande majorité des cas, les tribunaux n'acquittaient pas les prévenus de viol parce qu'il n'y avait pas eu d'actes de contrainte. Ils les acquittaient parce que la preuve de l'absence de consentement faisait défaut. L'auteur présumé reconnaissait très souvent la relation sexuelle, mais il alléguait que la victime était consentante. Et à parole de l'un contre parole de l'autre, sans autre preuve ni faisceau d'indices suffisant, un tel constat menait à l'acquittement. Le doute profitait toujours à l'accusé et la nouvelle définition du viol dans le Code pénal n'ébranlerait jamais le principe majeur et sacré du droit pénal qu'était la présomption d'innocence. C'était à l'État, et à la victime, de faire la preuve de ses allégations, jamais au prévenu de prouver son innocence. Un renversement du fardeau de la preuve était exclu et donc, quoi qu'imaginaient les initiateurs de cette modification, le taux des acquittements ne changerait pas.

L'image d'Irina s'estompa peu à peu, la chaleur du café disparut avec elle. Vero frissonna et se recroquevilla encore dans le lit. Ses pensées continuèrent à tourner, rejoignant cette fois son présent cauchemardesque. Sam avait-il l'intention de la violer? Dans sa situation, on était à mille lieues du cas de figure qu'elle avait vécu avec son mari. Si Sam la prenait de force, dans cette cave froide et sordide, ce serait indiscutablement un viol. Jamais elle ne lui céderait, jamais elle ne lui donnerait l'impression d'un quelconque consentement.

Ce serait un viol, un vrai, tel que le grand public se le représentait, tel qu'on le voyait dans la littérature et le cinéma. Avec de la violence et de la contrainte physique. Loin de la zone grise des relations de couple, où les vieux clichés du mariage avaient la vie dure, où la prostration et surtout les non-dits des victimes pendant l'acte rendaient le travail des autorités pénales quasi impossible au niveau des preuves.

Pour chasser ces pensées terrifiantes et calmer l'angoisse qui la gagnait à nouveau, elle essaya tant bien que mal de se remémorer le fil de sa vie. Après Jean-Claude, elle avait eu plusieurs amants de passage. Des relations sans lendemain, parce qu'elle avait perdu toute confiance en elle et faisait fuir ses prétendants. L'âge jouait aussi un rôle. Vero avait la cinquantaine et il devenait de plus en plus dur pour elle de plaire à un homme. Du moins se l'imaginait-elle.

Seul Morin avait su la rassurer un peu. Même si elle n'était pas dupe : au fond, elle savait qu'il était un cavaleur invétéré et qu'il multipliait les conquêtes. C'était dans ses gènes ou dans son caractère, deux facteurs qui avaient un point commun : on ne pouvait pas les modifier.

À bout de forces, Vero se leva et se dirigea vers la porte munie du passe-plat. Elle s'appuya contre celle-ci, hésita, soupira, puis décida d'abattre sa dernière carte pour tenter d'attendrir son geôlier.

— Sam, je t'en supplie…

Silence.

— J’ai soif…

Aucune réaction.

— Donne-moi à boire, s’il te plaît… Si tu ne le fais pas pour moi, fais-le au moins pour l’enfant que je porte… Je suis enceinte.

40

« C'EST LUI ! » cria Mitch.

Ana n'eut pas le temps de lui demander de qui il parlait : son collègue était déjà loin, à la poursuite du fuyard. Ils disparurent dans une travée, entre une rangée de glissières et un tapis roulant.

Ana voulut s'élancer à son tour, mais Antoine Cottier la retint *in extremis* par un bras. Un chariot élévateur la frôla. Avec le bruit continu de la chaîne de tri, elle ne l'avait pas entendu arriver.

— Merci…, souffla-t-elle.

— C'était moins une, répondit Cottier.

— Qui est cet homme qui a pris la fuite ?

— Il s'appelle Maxime Dutoit, ça fait huit ans qu'il travaille ici. Trois ans d'apprentissage, cinq ans de boîte. Un bon gars, jamais le moindre souci, ponctuel, travailleur. Il a traversé une passe difficile il y a deux ou trois mois, à cause d'un drame familial. Mais il allait mieux ces derniers temps. Je ne comprends pas sa réaction. C'est comme s'il avait vu le diable !

Le téléphone d'Ana vibra dans la poche de son pantalon. Ce n'était pas le moment. Elle hésita, regarda l'entrée de la travée où le jeune employé et Mitch s'étaient engouffrés.

Ils devaient déjà être loin. Avec son surpoids, elle ne parviendrait jamais à les rattraper.

Elle soupira et sortit son téléphone, c'était Gygli. Elle décrocha et aboya :

— Qu'est-ce que tu veux, la Fouine ?

— Charmant accueil, Annie… Quelque chose ne va pas ?

— Rien ne va. Accouche !

— Nous avons reçu toutes les réponses des postes suisses et françaises. Trente-deux colis au total. Et je ne pense pas qu'il y en aura d'autres.

— Comment peux-tu en être sûr ?

— Je vais t'envoyer une photo par WhatsApp, tu comprendras.

Maxime Dutoit détalait comme un lapin à travers le centre de tri, Mitch à ses trousses. L'écart se creusait, surtout en raison de la différence d'âge. Pourtant, la vue du jeune homme avait reboosté Mitch comme à ses vingt ans.

Dutoit sauta par-dessus un tapis roulant, Mitch l'imita. Ils déboulèrent dans une allée centrale qui traversait la grande halle dans le sens de sa longueur, 290 mètres. Dutoit buta contre un RX et manqua de tomber. Un employé lui cria de faire attention.

Mitch gagnait du terrain. Il vit le jeune homme bifurquer brusquement et monter sur la chaîne de tri. Le tapis grimpait à plusieurs mètres au-dessus du sol, vers un dédale de galeries en métal. Mitch connaissait les lieux et emprunta un raccourci : un escalier réservé aux techniciens. Tandis qu'il gravissait les marches quatre à quatre, il essayait de ne pas quitter sa cible des yeux. Dutoit courait sur le tapis ascendant et renversait des colis sur son passage.

Puis la chaîne de tri s'arrêta, stoppée par une intervention humaine ou par le système automatique de sécurité. Dutoit faillit perdre l'équilibre. Le bruit de la machinerie s'était tu et on entendait maintenant des cris de surprise ou de mécontentement dans la grande halle. Les employés se demandaient ce qui se passait.

Dutoit sauta du tapis et atterrit sur une passerelle métallique, puis reprit sa course. Çà et là, il devait se baisser pour éviter un pont de la chaîne de tri et poursuivre plus loin. Mitch l'imitait.

À l'opposé de la réception et de la clinique, ils arrivèrent dans la zone des envois par le rail. Dutoit sauta dans une glissière et descendit, à moitié sur le dos, à moitié sur le côté, jusqu'au niveau du sol, fauchant des colis sur son passage. Mitch le suivit.

Au pied des glissières, il y avait des *desks* de chargement. Certaines portes étaient fermées, d'autres ouvertes, dévoilant l'intérieur de containers destinés à être transportés par des camions ou des wagons. Plus loin, une porte s'ouvrait sur l'extérieur. Mitch eut le temps de voir Dutoit sauter de la rampe d'accès en béton et disparaître dans la nuit.

De gros flocons tombaient sur l'immense parc à containers, situé entre le bâtiment principal du centre de tri et les voies de la gare de triage. La neige recouvrait tout.

Alignés en rangs d'oignons et posés sur des structures métalliques à quatre pieds pour éviter qu'ils ne touchent le sol, les containers dessinaient des ombres inquiétantes qui dansaient sur le tapis blanc, en fonction du déplacement des phares d'un camion, d'un train ou d'une grue de levage en mouvement sur ses rails.

Mitch marchait entre deux containers, à l'affût du moindre bruit suspect. Il avait perdu sa cible de vue, mais elle n'était pas loin, il en était sûr. Mitch n'était pas armé. Normalement, Dutoit ne devait pas l'être non plus. Mitch restait malgré tout sur ses gardes. Dans le centre de tri, sa cible aurait aisément pu trouver un tournevis, un cutter ou un autre outil qui faisait logiquement partie du travail.

Mitch repéra des traces de pas dans la neige, certaines

plus fraîches que d'autres. Elles étaient trop nombreuses, impossible de repérer celles de Dutoit.

Mitch s'avança prudemment à l'angle d'un box et observa discrètement. Un peu plus loin, une grue chargeait des wagons plats sur lesquels reposaient de grands containers à l'effigie de la Poste avec, écrits en grandes lettres blanches sur fond jaune, des jeux de mots sur différentes villes de Suisse : « Epalingesdebain », « Lausanneau », « Fribourguignonne », « Neuchâteléphone », et d'autres en allemand ou en italien que Mitch ne comprenait pas.

Il repéra soudain une silhouette qui longeait le train d'un pas hésitant et jetait des coups d'œil dans toutes les directions. Il reconnut Dutoit.

Mitch le contourna en veillant à ne pas se faire repérer, passa derrière le convoi de marchandises et accéléra le pas. Il remonta jusqu'à la locomotive et attendit. Immobile, il entendait le crissement des souliers de Dutoit dans la neige. Le jeune homme arrivait à sa hauteur. En une fraction de seconde, Mitch lui bondit dessus et le saisit par sa veste. Surpris, le jeune homme cria. Ils se fixèrent des yeux, ceux de Mitch dégageaient de la haine, ceux de Dutoit de la peur.

Sur la voie d'à côté, un train arrivait. Il était encore au loin, mais il ne semblait pas ralentir à l'approche du centre de tri. Probablement l'InterCity Yverdon-Genève.

Mitch entraîna Dutoit jusqu'au bord de la voie et le tint à bout de bras dans l'axe du convoi rapide. Tétanisé, le jeune homme regardait Mitch sans se débattre. Il comprenait sans comprendre. Un flic ne pouvait pas faire ce genre de choses, ce n'était pas possible. Un flic n'osait pas tuer de sang-froid.

Mais Mitch n'était pas n'importe quel flic et Dutoit le savait mieux que quiconque.

41

DANS LA CAVE.

« Je suis enceinte. »

La phrase de Vero résonnait comme un mensonge. Pas à elle-même ni à Sam, elle l'était vraiment, mais au père de l'enfant. Elle ne le lui avait jamais avoué.

Du bout des doigts, Vero caressait le bois de la porte comme elle caressait l'espoir de la voir s'ouvrir. Après tout, même une âme torturée comme celle de Sam devait avoir une conscience. Son geôlier n'était peut-être qu'un enfant qui n'avait pas grandi. Elle s'était refusée à lui, il l'avait harcelée. Et quand il avait senti qu'elle lui échappait comme un jouet qu'un parent refuserait à son enfant dans un magasin, il s'était servi, l'avait volée et cachée dans un recoin secret de sa chambre.

Vero eut l'impression d'entendre un frottement derrière la porte, le froufrou d'un vêtement, puis une lente respiration. De longues secondes s'écoulèrent en silence, puis la voix douce et masculine répondit :

— Je sais, ma Princesse.

Sam était là, à quelques centimètres seulement de Vero. Seule l'épaisseur de la porte les séparait. Vero frémit en entendant ses mots.

Je sais.

Comment Sam pouvait-il savoir ? Elle ne l'avait dit qu'à une seule personne : sa meilleure amie. Vero avait une confiance aveugle en Irina, jamais cette dernière ne l'aurait trahie. Vero et Irina étaient comme deux sœurs jumelles, fusionnelles et complices. Elles se disaient tous leurs secrets et aucun d'eux n'avait jamais filtré à travers les murs de leur amitié.

Vero pensa au téléphone qu'Irina lui avait donné, à ce numéro enregistré sous une fausse identité pour couvrir les infidélités de son amie. Quand Vero avait fui la chambre d'hôtel, ce téléphone était resté avec Morin.

Morin était un bon flic, Sam un génie en informatique. Si Morin et Sam n'étaient qu'une seule et même personne, ça en faisait un enquêteur surdoué. Or, Sam avait déjà eu l'occasion de prouver ses capacités à Vero.

Pourtant, elle était sûre d'une chose : elle n'avait pas utilisé ce téléphone pour annoncer à Irina qu'elle était enceinte. Ni son propre téléphone d'ailleurs, qui lui aussi était resté dans la chambre d'hôtel.

Vero et Irina avaient conversé de ce sujet à voix basse, dans un café d'Ouchy. Leur lieu de rencontre habituel, leur table habituelle, peut-être leur faille. Si Sam-Morin les avait suivies, il avait pu noter leurs habitudes. Et vu le trou qu'il avait percé dans le mur entre la chambre à coucher de Vero et l'appartement voisin, poser un micro sous une table de restaurant aurait été pour lui un jeu d'enfant.

Ou alors, Sam-Morin avait peut-être piégé Irina et l'avait forcée à parler. Car s'il y avait une chose qu'Irina craignait par-dessus tout, même en Suisse, c'était la police. Réminiscence d'un passé douloureux dans un pays qui se réclamait État de droit, mais qui n'en avait jamais eu que le nom. La Russie avait toujours connu un système politique totalitaire. Aujourd'hui, elle demeurait, aux yeux de beaucoup de ses émigrés, un État policier.

Mais Vero doutait encore : dans la cour du château de Delémont, elle n'avait pas eu le temps de bien voir son kidnappeur. Une fraction de seconde, une vague silhouette, puis le trou noir. Pourtant, l'image qu'elle avait conservée dans son esprit ne collait pas avec la stature de Morin, mais peut-être son cerveau lui jouait-il des tours.

Et cette voix… Ce n'était pas non plus celle de Morin, elle en était presque sûre. Mais peut-être avait-il une double personnalité. Ou peut-être jouait-il encore avec elle en modifiant sa voix, juste pour la faire douter.

— Comment peux-tu le savoir ? demanda-t-elle à travers la porte.

— Mon métier est de tout savoir, ma Princesse. Tu n'as jamais rien fait que je ne sache pas. Mais la question que je me pose est : pourquoi ne l'as-tu jamais dit au père de l'enfant que tu portes ? L'as-tu piégé ?

— Non… je… je ne sais pas qui c'est.

Double mensonge : Morin ne voulait pas d'enfant, elle en voulait un. Elle n'en avait jamais eu avec Jean-Claude et son horloge biologique sonnait l'hallali. Elle avait trompé Morin en lui parlant de ménopause. Tomber enceinte à l'aube de ses cinquante ans avait été un miracle.

— Faux, répondit la voix. Tu n'as eu qu'un seul amant ces six derniers mois.

Ça aussi, Sam le savait. Il savait tout.

— C'est vrai…, balbutia-t-elle. Je… je voulais le lui dire, mais je ne savais pas comment. Je… je m'excuse… Yves, c'est toi ? Si c'est toi, je regrette tellement de t'avoir menti…

La réponse ne fut pas celle qu'elle attendait.

— Ne t'inquiète pas, ma Princesse. Ton Prince va bientôt te rejoindre.

Il y eut un nouveau frottement derrière la porte, puis un déclic. Le passe-plat s'ouvrit et un verre d'eau glissa sur le sol aux pieds de Vero.

Ses yeux s'illuminèrent, elle s'accroupit précipitamment, prit le verre entre ses mains comme si elle venait de trouver le Graal et le porta à ses lèvres.

L'expérience de la dinde salée l'avait rendue méfiante. Mais là, c'était bien de l'eau. Elle était fraîche et coulait le long de son gosier comme une délivrance. D'un trait, elle vida le verre.

— Merci…, murmura-t-elle à son geôlier.

Mais il était déjà parti.

Vero tournait en rond dans la pièce en ressassant une énième fois les éléments des derniers mois, tentant de recoller les pièces du puzzle. Mais elle avait de plus en plus de peine à se concentrer. La tête lui tournait, sa vue se troublait, son équilibre devenait précaire.

Vero regarda le verre vide qu'elle avait posé sur un vieux meuble médiéval. Elle tituba jusqu'à lui, le prit et le porta à son nez. Il restait quelques gouttes d'eau au fond du verre, mais elles ne dégageaient aucune odeur.

Pourtant, Vero était maintenant certaine que Sam l'avait droguée.

Elle faillit s'écrouler sur le gravier, se rattrapa de justesse au meuble, puis zigzagua jusqu'au grand lit. Le décor vacillait, elle ne maîtrisait plus ses jambes. Le contrôle de son corps lui échappait. Elle parvint *in extremis* à se glisser sur le matelas, tout en maudissant son geôlier.

Et elle sombra dans un profond sommeil.

42

Au fond de lui, Dutoit était persuadé que Mitch était un meurtrier. Le grand public doutait toujours de l'existence du meurtre parfait. Pourtant, pour Dutoit, Mitch l'avait commis, sans se salir les mains, par personne interposée. Et il ne serait jamais condamné. L'avocat de Dutoit avait informé son client : le parcours judiciaire serait parsemé d'embûches, et son issue incertaine.

Dutoit regardait le convoi rapide approcher, les phares de la locomotive grossissaient. Le jeune homme était tétanisé, partagé entre la peur primitive de la mort et l'espoir, entre l'envie de vivre et celle de s'assurer une fois pour toutes que le meurtrier de sa mère serait enfin condamné. Avec ce que Mitch s'apprêtait à faire, la procédure pénale ouverte contre lui prendrait assurément une autre tournure.

Mitch tenait le jeune homme à moitié penché sur les voies, dans l'axe du train qui arrivait à vitesse à peine réduite. Sa victime ne se débattait pas, comme si elle acceptait son sort. Un sort terrible.

Mitch visualisait déjà le résultat. Combien de fois était-il intervenu pour des suicides sous un train ? Des « accidents de personne », comme on disait dans le jargon des CFF[1]. Quand il était encore gendarme, Mitch en avait vu des dizaines. Des morceaux de corps déchiquetés, éparpillés le long de la voie et aux alentours, quand l'un d'eux ne restait pas carrément accroché dans les interstices de la locomotive.

On disait, sans mauvais jeu de mots, que les suicidés avaient une vision tunnel. Seul leur sort importait. Ils n'étaient plus capables de réfléchir aux émotions des autres, de leurs proches et de ceux qui devraient faire le ménage. On les disait égoïstes, mais c'était une façon un peu simpliste des vivants de les juger, car il était évident que leur désespoir était tel qu'il annihilait toute forme d'égoïsme. Et dans les « accidents de personne », on oubliait souvent une autre victime : le mécanicien, dont les yeux plongeaient dans ceux de la personne que sa machine était sur le point de broyer.

Accompagnée d'Antoine Cottier, Ana avait traversé le centre de tri au pas de charge, hélant les employés qu'elle croisait pour connaître la direction prise par Mitch et le fuyard. Grâce à leurs réponses brèves, parfois de simples gestes, elle avait suivi leur piste jusqu'aux *desks* ferroviaires.

— Restez là, ordonna-t-elle à Cottier, tandis qu'elle descendait les escaliers qui menaient au parc des containers.

Une nuit légèrement brumeuse enveloppait la gare de triage. Les phares d'un camion et ceux des grues de levage projetaient des faisceaux à travers le rideau de flocons. Abondante, la neige recouvrait déjà les cheveux d'Ana.

L'inspectrice de la Crim' sortit son arme de service et s'avança entre deux rangées de containers, jusqu'aux voies. Un train était en cours de chargement. On entendait des bruits de moteurs électriques et de ferraille qu'on déplace.

Sur la voie rapide, derrière le convoi de marchandises

[1] Les Chemins de fer fédéraux suisses, principale compagnie ferroviaire suisse.

arrêté, un ICN arrivait. Ana devinait au loin son alignée de fenêtres et, derrière elles, les rares passagers qui rentraient chez eux en cette période de vacances.

Un klaxon déchira la nuit, suivi du crissement métallique d'une amorce de freinage. Puis le train reprit de la vitesse et poursuivit sa route direction Lausanne, en soulevant des volutes de neige dans son sillage.

Ana se laissa guider par son instinct. Le klaxon et le freinage avaient peut-être été provoqués par des personnes qui traversaient la voie rapide. Elle contourna le train de containers et s'arrêta net face à la scène.

Mitch la regardait. Accroupi, il tenait Dutoit plaqué au sol. Le fuyard était à plat ventre, visage à moitié dans la neige, les mains dans le dos, maintenues par une clé de bras. Il pleurait, rageait presque.

— T'as des menottes ? demanda Mitch.

Ana rangea son arme et s'approcha.

— Putain, c'est qui, ce mec ?

— Maxime Dutoit, répondit Mitch. Ou plutôt Maxime Rosselet, l'homme qui a porté plainte contre moi et contre le proc' après le drame qui a coûté la vie à ses parents.

— T'as assassiné ma mère ! cria l'interpellé.

— C'est ton père qui a assassiné ta mère, dit Mitch en resserrant la clé de bras.

Dutoit grimaça.

— Si tu l'avais arrêté, ça ne serait pas arrivé. Et maintenant, tu t'en prends à moi alors que tu es suspendu. Mon avocat va te réduire en bouillie.

— Il l'a déjà fait.

Ana sortit une paire de menottes et les tendit à Mitch, qui fit claquer les bracelets autour des poignets de l'interpellé.

— Dutoit, pourquoi ce nom ? demanda Ana.

— C'était le nom de jeune fille de sa mère, répondit Mitch à la place du jeune homme, tout en l'aidant à se relever.

Ana s'approcha de Mitch et sortit son téléphone.

— Il faut que je te montre quelque chose…

Elle lui tendit l'appareil, écran tourné vers lui. Il regarda l'image : celle de la carte qu'Ana avait épinglée sur les murs de la salle de réunion à Carl-Vogt. Mitch ouvrit de grands yeux et balbutia :

— C'est quoi, ça ?

— En fonction des réponses que la proc' a reçues des cantons suisses et des Français, et des données du Post Tracking, la Fouine a pu reconstituer l'ordre d'envoi de tous les colis. Trente-deux au total.

Mitch suivit le parcours sur la carte, les dates et heures du Post Tracking indiquaient que le premier envoi avait été effectué depuis Porrentruy. Des traits blancs avaient ensuite été tracés d'une poste à l'autre dans l'ordre des envois : Chevenez – Saignelégier – Baume-les-Dames – Besançon – Mamirolle – Le Russey – Pontarlier – Oyonnax – Bourg-en-Bresse – Bellegarde-sur-Valserine – Saint-Claude – Orbe – Lausanne – Genève-Balexert – Annecy – La Roche-sur-Foron – Montreux – Moudon – Estavayer – Neuchâtel – La Neuveville – Kerzers – Morat – Avenches – Fribourg – Berne – Bienne – Tavannes – Moutier – Delémont – Lucelle. Et pour boucler la boucle, un dernier trait avait été tracé entre Lucelle et Porrentruy.

Sur la carte apparaissait l'image un peu grossière d'un cadavre, dessinée à la façon du marquage au sol des corps que la police effectuait sur les scènes de crime.

— Tu le reconnais ? demanda Ana.

La question était inutile, elle le savait déjà. Jambe droite et bras droit tendus, jambe gauche et bras gauche repliés, escarpins représentés par des pieds pointus : aucun doute possible. De plus, sur la carte, le tracé droit entre Lausanne et Balexert passait à peu de chose près sur le lieu du crime : le Salève.

Ana releva les yeux vers Mitch qui semblait avoir bien reconnu la silhouette tracée à la craie par la gendarmerie française, trois mois plus tôt, sur le sol de la cabine du téléphérique. Ce corps était celui de Charlotte Rosselet, la mère de Maxime.

Mitch ferma brièvement les yeux, puis Ana vit tout son corps se tendre. Il serra le poing, fit brusquement volte-face et frappa Dutoit d'un direct dans la mâchoire. Menotté dans le dos, le jeune homme ne put rien faire pour esquiver. Ana cria, mais n'eut pas le temps de retenir le geste de son collègue. Complètement sonné, Dutoit tomba à la renverse dans la neige, comme une masse inerte, et sa tête cogna violemment contre le rail.

1984

« SAM… »

Les sbires de Sylvain Ansermet continuaient de chanter comme des crétins autour du gros chêne de la forêt onésienne.

Sam le p'tit cochon
L'a pissé dans son pantalon
On aurait dû lui mettre un bouchon

Le chef de bande retira la gourde des lèvres de Sam, qui se mit à recracher l'urine en toussant. Les autres riaient comme des baleines, Princesse aussi mais plus discrètement. Au fond d'elle, elle éprouvait un certain malaise, un profond sentiment de honte. Elle savait que son petit ami allait trop loin, mais c'était finalement bien peu de chose à côté de ce qu'elle subissait à la maison.

Princesse se souvenait du jour où, toute petite, son oncle âgé de seize ans de plus qu'elle lui avait fait pipi dans la bouche. Du pipi tout blanc et un peu collant. Il lui avait expliqué que c'était normal entre gens qui s'aimaient, qu'elle était de sa famille et qu'il l'aimait, mais que ça devait rester un secret entre eux. Un jour, elle en avait parlé à sa mère, qui en avait parlé à son tour à son père. Et les foudres de ses parents s'étaient abattues sur elle. Parce qu'elle représentait une menace: celle de semer la discorde dans la famille. Ils l'avaient traitée de menteuse.

Depuis, à la maison, elle était dressée à coups de punitions et d'humiliations diverses. La moindre tâche ménagère était pour elle et quand elle avait le malheur de bâcler le travail, c'était le placard: une petite pièce sans fenêtre, à l'odeur de moisi, où elle devait rester des heures, sans lumière ni occupation, avec pour seule compagnie quelques cafards.

Pour Princesse, l'école était le paradis, un havre de paix où elle se sentait bien, loin des affres de la maison, un lieu où elle avait enfin de la valeur aux yeux des autres. On la courtisait, on enviait sa beauté. On disait qu'elle était la plus belle de l'école des Tattes, les garçons jouaient des coudes pour la séduire, certaines filles la jalousaient, mais personne ne savait ce qu'elle vivait en réalité. Et elle avait craqué pour Sylvain, un chef de bande, oui, mais aussi un garçon qui vivait dans un environnement de violences verbales et physiques – sa famille était bien connue dans la ville. Peut-être espérait-elle trouver en lui un peu de compréhension?

Avec son couteau à cran d'arrêt, Ansermet coupa les liens de Sam, qui s'écroula au sol en vomissant. Les rires gras des quatre autres garçons s'amplifièrent encore.

— C'était bon? demanda Sylvain. Ça t'a plu? Maintenant, fous le camp, gros porc! Et ne remets plus jamais tes sales pieds ici. C'est ma forêt.

Sam essuya sa bouche d'un revers de manche et marcha à quatre pattes jusqu'à son sac d'école, maintenant percé d'une dizaine de coups de couteau. Il récupéra tant bien que mal ses cahiers éparpillés sur le sol et les glissa dedans, en désordre.

En réunissant ses affaires, Sam repéra une grosse pierre.

Il hésita et finit par la ramasser. Ses doigts se crispèrent autour de la matière froide, il se sentit gagné par la haine.

Sylvain était à trois mètres de lui, le chef de bande savourait sa position dominante, sur Sam et sur les autres. Sur Princesse aussi, qu'il considérait comme sa chose.

Sam regarda Princesse, la seule à ne plus rire. Mais elle était quand même avec eux. Et donc, contre lui.

Il se releva et jeta la pierre de toutes ses forces contre Sylvain. Le projectile atteignit Ansermet au front, il lâcha son couteau, porta ses mains à son visage et s'écroula. Les rires stoppèrent, les sbires se figèrent. Sam en profita pour s'enfuir.

Le pas lourdaud, Sam courait sur le chemin forestier qui longeait le Rhône. Il atteignit l'orée qui marquait la frontière avec la ferme de ses grands-parents. Mais déjà, des voix trahissaient la proximité de ses poursuivants.

— Philou, coupe par le champ !

— Ouais, faut empêcher ce gros porc de rentrer chez lui !

Sam regarda sur sa gauche, un des sbires de Sylvain l'avait précédé et courait à travers le maïs coupé. Sam continua à l'abri des arbres pour tenter de contourner la ferme, mais il était trop lent. Quand il parvint à l'autre extrémité de la vaste propriété, il constata que tous les accès étaient coupés par l'ennemi.

Il se rua dans la forêt en espérant qu'ils ne l'avaient pas vu, longea une autre parcelle agricole et passa sous une arche du pont Butin, qui reliait les localités d'Aïre sur la rive droite et du Petit-Lancy sur la rive gauche. On murmurait qu'en moyenne, deux personnes se suicidaient chaque année en se jetant dans le Rhône depuis ce pont.

Sam suivit le chemin jusqu'au cimetière de Saint-Georges, le plus grand de la ville de Genève. Un muret surmonté d'une clôture en fer forgé, avec des piques, en empêchait l'accès. Sam connaissait bien ce cimetière, sa mère y était enterrée, non loin de la tombe du célèbre peintre suisse Ferdinand Hodler. Il contourna l'enceinte par le nord et passa à proximité de la chapelle de l'Ange de la consolation, désaffectée depuis la création du nouveau centre funéraire et crématoire, huit ans plus tôt.

Sam espérait trouver refuge sur la tombe de sa mère. Dans son esprit, Ansermet et ses sbires n'oseraient jamais le suivre jusque dans l'enceinte de ce lieu sacré, qui était de plus assez fréquenté. Il attendrait ensuite la tombée de la nuit pour regagner la ferme de ses grands-parents. Là, il inventerait une histoire, il avait l'habitude, et il serait à nouveau puni. Mais ce serait bien peu de chose, comparé aux humiliations qu'il venait de subir.

La lisière des arbres longeait le cimetière jusqu'au bois de la Bâtie, parsemé de grottes laissées à l'abandon comme la grotte du Cardinal, un lieu un peu glauque, aux murs friables et à l'odeur de champignons, dans lequel on avait jadis brassé de la bière. Des jeunes y organisaient parfois des fêtes clandestines, mais l'endroit était dangereux. Au bout du chemin s'ouvraient des jardins potagers, une route et, à proximité, un parc animalier que Sam avait déjà visité plusieurs fois.

L'enfant remonta en direction de l'avenue du Cimetière et se retrouva soudain nez à nez avec Sylvain Ansermet.

Dans sa main droite, le chef de bande tenait son couteau à cran d'arrêt, lame ouverte. Il saignait abondamment du front, son visage souillé de coulures rouge vif exprimait une haine viscérale. Autour de lui, les quatre autres garçons ne rigolaient plus du tout. Princesse, elle, avait disparu.

— Cette fois, gros porc, annonça Ansermet avec un rictus malsain, je vais t'ouvrir le ventre et donner tes tripes à manger aux chiens !

Quatrième jour

43

« Le Philatéliste »

Le surnom du tueur faisait la une des médias. D'un geste énervé, la procureure Sonia Vino jeta sur la table de conférence l'édition du jour de la *Tribune de Genève.*

— Je ne vous félicite pas ! dit-elle aux enquêteurs. C'était votre idée ?

— Bien sûr que non, répondit le commissaire Gygli. Ce surnom ridicule ne vient pas de nous.

— De qui, alors ?

— Des journalistes.

Toute la presse romande l'avait repris. Même la presse française s'était emparée de l'affaire, qui faisait aussi les gros titres du *Dauphiné libéré* et de *L'Est républicain.*

— Comment sont-ils au courant ?

— Difficile d'éviter toute publicité quand tant de gens sont au courant. Peut-être un employé indélicat de la Poste suisse ou française.

— Ou une fuite de chez vous ? Ce ne serait pas la première fois…

La pique de la proc' atteignit sa cible en plein cœur.

— Je réponds des membres de mon équipe, se défendit la Fouine.

— Comme vous répondrez de toutes leurs bavures, commissaire.

Sonia Vino jeta un regard noir à Mitch qui baissa les yeux. Ana demeura de marbre.

— J'imagine que vous avez déjà prévenu l'IGS, dit Gygli.

— Pas encore.

La proc' regardait la carte sur laquelle des traits blancs dessinaient le contour grossier du cadavre de Charlotte Rosselet, puis elle reprit :

— Priorité à l'instruction, je ne veux pas que vous les ayez dans les pattes pendant la durée des investigations.

Gygli ouvrit de grands yeux étonnés.

— Vous ne nous dessaisissez pas de l'affaire ?

— Pour quoi faire ? Pour perdre encore plus de temps ? Il n'en est pas question. Et pour la confier à qui, si ce n'est à la Crim' ? Toutes les brigades sont sous l'eau et en sous-effectifs. Poursuivez, commissaire. Avec ou sans l'inspecteur Sautter, je ne veux pas le savoir. Ce n'est pas à moi de composer votre équipe. Mais vous savez ce que j'en pense et ce n'est pas l'IGS qui dira le contraire. Je veux des résultats. Rapidement. Et dans le plus scrupuleux respect des règles de procédure.

— Bien entendu, madame la procureure.

Sonia Vino se tourna vers Ana.

— Comment va Maxime Dutoit ?

— Il est au CHUV à Lausanne, toujours dans le coma.

— Son pronostic vital est engagé ?

— Hélas, oui.

La proc' soupira.

— Merde… Et vous êtes sûre qu'il est hors de cause ?

— Non. Il reste sur la liste des suspects. Mais nous avons pu reconstituer son emploi du temps des derniers jours et les données du centre de tri de Daillens sont formelles : jours et heures de timbrage, images des caméras de sécurité, c'est impossible qu'il ait pu effectuer lui-même les envois postaux depuis les différents bureaux concernés.

— N'aurait-il pas pu fausser les infos du Post Tracking?

— Techniquement, c'est possible. Mais c'est peu probable. Nous avons des témoins, plusieurs guichetiers, aucun ne l'a reconnu sur les photos que nous leur avons envoyées ce matin. Et les images de vidéosurveillance corroborent ces témoignages. La personne qu'on voit sur ces images ne peut pas être Maxime Dutoit.

— Dont les images de la poste d'Annecy, que je vais devoir récupérer par la voie officielle, sourit sarcastiquement Sonia Vino. Pour ça, je peux rattraper le coup, mais ça va être plus difficile d'expliquer le rapatriement sauvage des deux colis d'Annecy et de La Roche-sur-Foron.

— Je suis désolée, répondit Ana. Le temps pressait…

— C'est ma faute, intervint Mitch.

— Vous, je ne vous ai pas sonné, dit la proc' en le fusillant du regard. Officiellement, vous êtes suspendu, vous n'êtes donc pas là, vous n'existez pas et je ne veux pas vous entendre.

— C'est quand même grâce à Mitch que nous avons progressé si rapidement, le défendit Ana.

Sonia Vino soupira à nouveau.

— Au prix de combien d'erreurs…

Tous étaient d'accord sur un point: il fallait repartir de zéro. L'inspecteur scientifique Fivaz et son collègue informaticien Junod, qui s'étaient faits discrets jusque-là, exposèrent l'état de leurs investigations. En résumé, aucune avancée significative par rapport à ce qui était déjà connu. Et la question centrale revint sur le tapis:

— Qui peut avoir un intérêt à dessiner ce cadavre et pourquoi? demanda la proc'.

— Si l'on part de l'idée que Maxime Dutoit reste suspect comme instigateur ou complice, répondit Ana, il faudrait reconstituer tous ses contacts des dernières semaines. Vous pourriez requérir les données rétroactives de son téléphone auprès des opérateurs. De notre côté, nous avons récupéré son appareil et son ordinateur privé. L'inspecteur Junod aurait besoin d'un mandat de votre part pour analyser leur contenu.

— Vous l'aurez. Dutoit avait-il des frères et sœurs ?

— Non. Ses parents étaient sa seule famille, et ils sont morts.

— Qui d'autre avait un lien avec les Rosselet ?

— En termes de proches, personne. Mais il y a toutes les personnes qui ont gravité autour de l'affaire du féminicide. L'avocat de Dutoit, votre collègue procureur qui a démissionné suite à la plainte, Mitch…

— Je fais effectivement partie des suspects, sourit ce dernier.

— Ou des victimes, corrigea Ana. Qui pourrait t'en vouloir, hormis Dutoit ?

Mitch haussa les épaules, réfléchit, puis lâcha :

— Il y a bien quelqu'un… Une personne qui avait peut-être des sentiments pour Charlotte Rosselet, mais qui l'a toujours nié. Son amant, Yves Morin.

44

DANS LA CAVE, quelques jours plus tôt.

Vero se réveilla dans un état nauséeux. Sa tête tournait, sa vision était troublée, elle avait horriblement mal au ventre. Dans la pièce sombre à la lumière vacillante, les personnages des tableaux semblaient l'observer sans sourciller. Les regards des six enfants tournés vers elle créaient une forme d'oppression sournoise.

Son premier souvenir fut celui de ses cauchemars, qui lui avaient paru si réels. Le bruit d'une lourde porte qui grince, des pas lents crissant sur le gravier, une forme humaine penchée sur son lit. Celle de Sam.

Vero n'arrivait pas à lui associer un visage. Les traits de Sam changeaient; tantôt ceux de Morin, tantôt ceux de son ex-mari Jean-Claude; ou encore ceux d'un inconnu. Dans l'esprit de Vero, Sam était devenu polymorphe, une ombre *a priori* inquiétante, mais avec un côté bienveillant. Le visiteur nocturne avait d'abord soulevé sa couette, trafiqué quelque chose d'indéfinissable, puis recouvert son corps jusqu'à son cou pour qu'elle n'attrape pas froid.

La nausée, les crampes abdominales et une troisième sensation familière et désagréable: la bouche complètement sèche et pâteuse. De nouveau, Vero avait terriblement soif.

Elle tenta de se redresser dans son lit de princesse, fut stoppée dans son mouvement par la douleur et se recroquevilla aussitôt en chien de fusil. Le geste provoqua un réflexe de vomissement, elle ouvrit la bouche et se mit à tousser, mais rien ne sortit, hormis un peu de bile. Son estomac était vide.

Enfoiré, qu'est-ce que tu m'as fait ?

Vero rêvait d'un verre d'eau. Celui de la veille était encore posé sur un des meubles de la pièce, mais il était vide.

À boire ! Donne-moi à boire, enculé !

Elle fit un effort pour déplier les jambes, sentit que son corps était moite, surtout la partie inférieure. Elle avait dû beaucoup transpirer, le lit était mouillé. Elle s'aida de ses bras pour remonter vers la tête de lit, grimaça de nouveau de douleur. La couette glissa, dévoilant ses seins.

Vero pensa d'abord que sa robe de princesse avait dû se détacher et glisser durant son sommeil. Elle souleva le haut de la couette pour la chercher et constata qu'elle était entièrement nue. Sam l'avait déshabillée.

Un frisson parcourut son corps. Son attention se focalisa sur ses maux de ventre. Ce n'était pas l'estomac, c'était plus bas. Vero se sentit défaillir.

Qu'est-ce que tu m'as fait, ordure ?

Tu m'as violée ?

Hésitante, elle souleva un peu plus la couette, devina des traces sombres sur le drap. La panique la gagna et elle fit voler nerveusement la couette, qui retomba deux mètres plus loin sur le gravier.

Une grande tache de sang s'étalait au centre du lit.

45

« L'AMANT DE CHARLOTTE ROSSELET… »

Ana resta bouche bée un instant. Morin était complètement sorti de son esprit depuis leur dernier échange. Son collègue lui avait écrit qu'il était en vacances, puis il n'avait plus jamais répondu à ses messages.

— Tu déconnes ? demanda-t-elle à Mitch.

— Pas du tout. Tu m'as demandé qui pourrait m'en vouloir à part Dutoit et je t'ai répondu honnêtement.

Ana savait que Mitch et Morin ne se parlaient plus depuis l'affaire Rosselet.

— Où est-il ? demanda la Fouine.

— Aucune idée, répondit Ana.

Personne ne remarqua que, derrière son ordinateur, Junod avait baissé les yeux pour éviter de croiser les regards de ses collègues.

— Je peux essayer de l'appeler, suggéra Ana.

— Je doute qu'il te réponde, dit Mitch. Tu le connais.

— Qui ne tente rien…

— Fais donc ça, approuva la Fouine.

Ana sortit son téléphone et composa le numéro de Morin. Elle entendit plusieurs sonneries dans le vide, puis fut déviée sur la messagerie. Elle raccrocha et lui écrivit un message : *Où es-tu ?*

Le silence s'était fait dans la salle, la tension était palpable. Les yeux fixés sur son téléphone, Ana ne bougeait plus d'un millimètre, dans l'attente d'une réponse de Morin. En voyant les petits traits bleus s'afficher sur WhatsApp, elle annonça :

— Il a lu mon message. Il est en train de me répondre.

Les pointillés clignotaient en haut à gauche de l'écran, Morin se faisait désirer. Quand la réponse arriva enfin, Ana demeura stupéfaite.

— Alors ? demanda la Fouine.

— Il m'a envoyé…

— Il t'a envoyé quoi ? insista Gygli face à l'hésitation de son inspectrice.

— Un cœur en émoticône.

Exaspérée, la procureure Sonia Vino se leva de sa chaise et s'exclama :

— Est-ce que quelqu'un peut m'expliquer ce qui se passe ? Il se fout de vous ou quoi ?

— Nous ne couchons pas ensemble, si c'est ce que vous voulez savoir, répondit sèchement Ana. Mais il est en train de m'écrire un deuxième message.

L'inspectrice releva un instant les yeux de l'écran de son téléphone. Penchés vers elle, la Fouine, Junod, Fivaz et la proc' attendaient, suspendus à ses lèvres. Dans son coin, Mitch, vautré sur sa chaise, disparaissait presque sous la table de réunion, un petit sourire au coin des lèvres. Ana devina ce que son collègue était en train de penser : elle et Morin au lit. L'image devait l'amuser.

Le téléphone d'Ana émit une vibration, la réponse de Morin était arrivée. Ana pâlit et la lut à haute voix :

— *Trouve le siège des émotions, des passions et de l'intelligence, et tu me trouveras.*

— Qu'est-ce que ça veut dire ? demanda Sonia Vino.

— Que Morin est impliqué, soupira Gygli.

— Pourquoi ?

— Parce qu'il ne peut pas connaître le texte de la lettre qui se trouvait dans le colis de Balexert, répondit Ana d'une petite voix. Sauf s'il en a pris connaissance d'une autre façon pendant ses vacances…

— … ou s'il en est l'auteur, conclut Mitch.

La proc' se rassit et demanda :

— Qu'est-ce qu'on fait maintenant ?

— Il faut localiser Morin, répondit Ana.

— Vous suggérez l'obtention de données rétroactives sur son téléphone ?

— Oui. Avec géolocalisation des antennes. Vous pouvez le faire en urgence ?

Sonia Vino sourit.

— Agir dans l'urgence, je ne fais que ça depuis trois jours, inspectrice. Vive les perm' genevoises ! Parfois, j'envie mes collègues des plus petits cantons, qui passent leur service de piquet à la maison, voire au cinéma. Donnez-moi le numéro de l'inspecteur Morin.

Ana s'exécuta, la proc' le nota sur un bout de papier, puis elle prit son téléphone et appela son greffier pour lui dicter l'ordre de surveillance à rédiger.

— Faites envoyer les données sur la boîte mail de Mitch, précisa Ana.

— Pourquoi lui ? s'inquiéta Sonia Vino, alors qu'elle était encore en ligne avec son greffier.

— Parce que nous devons agir vite, que Mitch est le plus qualifié d'entre nous pour analyser des rétros et, surtout, parce qu'il est préférable qu'il ne participe pas à la perquisition du bureau de Morin, et que vu l'urgence, autant nous partager le boulot. J'imagine que vous serez d'accord avec ça du point de vue procédural.

Ana adressa un sourire froid à la proc', qui le lui rendit poliment puis transmit l'information à son greffier.

Le bureau de Morin n'était pas un modèle de rangement au carré. Des piles de dossiers désordonnées, des notes manuscrites en vrac, des stylos aux quatre vents, un jeu d'échecs avec des pièces renversées, un ordinateur portable à l'écran sale et au clavier crasseux.

Mitch était resté dans la salle de réunion avec Sonia Vino. Gygli invita un inspecteur qui partageait le même bureau que Morin à sortir de la pièce, celui-ci obéit sans poser de questions. Puis la Fouine reçut un appel téléphonique et s'éloigna du bureau de Morin pour répondre. Ana se tourna alors vers Junod :

— Manu, tu ramasses l'ordi et tu l'emmènes pour analyser son contenu.

— OK, mais…

L'informaticien avait l'air gêné.

— Quelque chose ne va pas ? grommela Ana.

— Non…, répondit-il en baissant les yeux.

Elle se tourna ensuite vers Fivaz. L'inspecteur de la BPTS regardait une feuille de papier qu'il venait de ramasser sur le bureau.

— T'as trouvé quelque chose, Stéph ?

— Je crois que oui.

Il lui tendit la feuille qui contenait des notes manuscrites de Morin. Ana la lut. Le contenu était sans intérêt. Elle allait poser une question à Fivaz, quand elle comprit. Ce n'était pas le contenu qui avait attiré l'attention de l'inspecteur scientifique.

Elle prit son téléphone, afficha à l'écran la photo de la lettre retrouvée dans le colis de Balexert et compara les écritures.

— La ressemblance est frappante, dit-elle.

— Je ne suis pas expert graphologue, mais ma main à couper que ces deux textes ont été écrits par la même personne.

— Morin.

Ana et Fivaz entendirent soudain Junod se racler la gorge de manière peu discrète. Ils se tournèrent vers leur collègue et constatèrent sa pâleur soudaine. Il ouvrait la bouche, mais aucun mot n'en sortait.

— Qu'est-ce qu'il y a ? demanda Ana, un peu agacée.

— Annie… je…

— Crache le morceau !

— Il faut que je t'avoue un truc…

46

DANS LA CAVE.

Horrifiée, Vero regardait la grande tache rouge au milieu du lit. Le sang était encore frais, une telle quantité ne pouvait pas provenir de ses règles, c'était impossible. Et pourtant, ce sang était le sien. L'intérieur de ses jambes en était maculé et elle sentait encore le liquide chaud s'écouler de son intimité.

Vero avait eu des règles douloureuses dans sa jeunesse, mais la douleur qu'elle ressentait actuellement au bas-ventre était sans commune mesure avec celle de l'époque.

Un viol?

Vero écarta l'hypothèse. Une relation non consentie pouvait évidemment causer des douleurs, voire des lésions et des saignements, mais jamais aussi abondants. Vero le savait, elle estimait avoir été violée par son ex-mari à l'époque, même si la justice ne l'avait pas crue.

Les yeux de Vero étaient focalisés sur la tache de sang, quand une pensée traversa son esprit: son bébé, l'enfant qu'elle portait. Elle se sentit défaillir.

Non, pas ça…

Toujours assise dans le lit, elle se pencha brusquement en

avant et grimaça de douleur. Jambes écartées, elle regarda sa vulve ensanglantée et se souvint des descriptions d'Irina. Sa meilleure amie lui avait parlé de l'IVG qu'elle avait subie en toute discrétion, quand elle était tombée enceinte de son amant. Les nausées, les vomissements, les crampes, les saignements abondants : tout correspondait.

La panique gagna Vero, ses pensées devinrent paroles, les mots sortirent de sa bouche sans qu'elle s'en rende compte.

— Non, pas ça !

Mais elle savait déjà que la vérité était là : elle avait fait une fausse couche.

La gynécologue l'avait prévenue : le risque existait à son âge, même si de nombreuses femmes accouchaient sans problème à l'approche de la cinquantaine. Plusieurs autres facteurs pouvaient aussi provoquer une fausse couche, comme le tabac, l'alcool ou le café en grande quantité, mais Vero ne fumait pas ni n'abusait des autres substances. Une amniocentèse présentait aussi un risque non négligeable, mais ce n'était pas prévu avant la quatorzième ou la quinzième semaine de grossesse.

Demeurait un facteur important : l'exposition à un stress psychologique intense. Cumulé à l'âge, le stress était une véritable bombe à retardement pour une quadragénaire enceinte : plus de 56 % de risque, selon sa gynécologue.

Et dans ce domaine, Sam avait fait très fort depuis quelques jours.

Vero se mit à pleurer. La perte du bébé signifiait pour elle la fin de ses espoirs de devenir mère un jour.

Elle avait certes triché avec Morin en lui taisant sa grossesse, mais elle n'était pas dupe : lui aussi ne s'était pas privé de la trahir avec ses innombrables maîtresses.

Jamais Morin n'aurait voulu d'enfant, il le lui avait d'ailleurs clairement dit. Le jour où il aurait découvert sa grossesse, il l'aurait quittée. Mais aux yeux de Vero, le bébé comptait plus que tout et, en tant que père biologique, Morin aurait dû l'assumer, à tout le moins financièrement. À cet égard, Vero n'aurait eu aucun scrupule à le faire cracher au bassinet.

Sam le savait.

Il l'avait découvert.

Et plus Vero pleurait, plus son esprit unissait le visage de Morin avec la silhouette anonyme de Sam.

Sam-Morin.

Morin-Sam.

Vero en était maintenant convaincue : Morin avait fini par découvrir sa grossesse et avait imaginé un moyen de renverser la situation à son avantage. En s'inventant un double maléfique, un croquemitaine : Sam.

Les chances de provoquer une fausse couche en comptant sur le seul facteur du stress étaient toutefois très aléatoires, et Vero était persuadée que Sam ne laissait jamais rien au hasard.

Sam était un calculateur, il aimait maîtriser la situation.

Vero repensa à ce qu'Irina lui avait raconté sur son IVG. Deux méthodes existaient : l'une médicamenteuse, l'autre chirurgicale. La seconde, seule théoriquement possible au-delà de la neuvième semaine de grossesse, consistait en une aspiration du contenu de l'utérus, la plupart du temps sous anesthésie en gynécologie ambulatoire.

La première impliquait la prise de deux médicaments, à un intervalle de trente-six à quarante-huit heures : la Mifégyne, qui stoppait la grossesse, puis le Cytotec, qui déclenchait les contractions et l'expulsion de l'embryon. Irina avait utilisé cette méthode à domicile, pendant un voyage professionnel de son mari à l'étranger.

Vero avait dépassé la neuvième semaine de grossesse, mais vu son âge et son stress, la solution médicamenteuse avait très bien pu conserver toute son efficacité.

Vero regarda le verre vide posé sur le meuble vermoulu de style médiéval. Et elle comprit. Sam l'avait assoiffée pour s'assurer qu'elle boirait tout son contenu jusqu'à la dernière goutte. Les contractions de la fausse couche médicamenteuse ne l'avaient pas réveillée. Le Cytotec avait dû être mélangé à un puissant anesthésiant. Quant à l'absorption du premier médicament, elle demeurait un mystère dans l'esprit de Vero. Elle ignorait combien de temps elle était restée inconsciente. Si Morin était Sam, il avait pu le lui faire absorber à son insu à plusieurs occasions. Et si Sam n'était pas Morin, les hypothèses demeuraient multiples.

De rage, Vero se leva, prit le verre et le lança de toutes ses forces contre la porte au passe-plat, tout en s'écriant :

— Assassin !

Le verre se brisa et retomba en mille éclats sur le sol de gravier, dessinant des myriades d'étoiles scintillant à la lueur des fausses chandelles du lustre. Les larmes qui perlaient sur les joues de Vero luisaient elles aussi, comme des perles de rosée dans les premières lueurs de l'aube.

Vero attendit de longues secondes sans bouger, nue au milieu de la pièce, espérant que le bruit provoquerait une réaction de Sam, mais rien ne se produisit. Elle s'apprêtait à déverser toute sa haine dans un torrent d'insultes à l'égard de son geôlier quand un cri glaçant déchira le silence.

47

ANA ET FIVAZ étaient suspendus aux lèvres de Junod. « On t'écoute, Manu », dit-elle, impatiente.

— Ça concerne Morin… Il y a quelques jours, je lui ai donné un coup de main en sous-marin… et je crains que ce ne soit pour une affaire privée.

Junod était terriblement mal à l'aise. Il résuma discrètement son intervention au garage Amag de Crissier, puis dans l'appartement de Veronika Dabrowska à Lausanne. Et enfin le « prêt » de l'IMSI-catcher.

— Que s'est-il passé ensuite ? demanda Ana.

— J'ai récupéré l'appareil à Delémont. Je n'avais que moyennement confiance en Morin, alors j'ai piraté la balise GPS qui était posée sur le véhicule de sa copine. C'est comme ça que je les ai retrouvés. C'était étrange, c'était le milieu de la nuit, j'étais paniqué parce que la BO et les Stups avaient urgemment besoin de l'IMSI-catcher pour l'affaire de Meyrin. Je venais de retrouver la voiture et brusquement Morin est arrivé derrière moi, tout énervé, avec son flingue à la main ! Bon, il s'est calmé tout de suite, mais quand même…

— Et sa copine ?

— Je ne l'ai pas vue.

— Il t'a dit ce qui se passait?

— Non, j'ai compris que ce n'était pas le moment de poser des questions. Il m'a redonné la machine, nous nous sommes séparés et je suis rentré à Genève. Depuis, je n'ai plus de nouvelles de lui. Je ne sais pas où il est allé.

— Et la balise?

— Désactivée. Mais…

— Quoi encore?

— Je ne connaissais pas la copine de Morin, je ne l'avais jamais vue avant ce jour-là. Mais quand la police vaudoise m'a envoyé les images de vidéosurveillance de la poste de Lausanne, puis, à ma demande, celles du parking de la Riponne et tout leur dossier concernant des tags en lien avec une affaire de *stalking*… eh bien, je l'ai reconnue.

— Sur les images?

— Non, la vidéosurveillance ne permet pas d'identifier l'auteur des tags et de l'envoi du colis. J'ai reconnu Veronika Dabrowska sur une photo anthropométrique du SIJ vaudois. Elle a été dactyloscopiée sur demande du procureur vaudois, qui a ouvert contre elle une instruction pénale pour induction de la justice en erreur. Et ce n'est pas tout…

Junod tordait ses doigts nerveusement. Il ajouta:

— Morin a déconné grave. La semaine dernière, la police vaudoise l'a arrêté et l'a placé en garde à vue pendant une nuit parce qu'il a interpellé un gars à Lausanne en sortant son arme de service. Jusque-là, les collègues vaudois ne l'ont pas dénoncé et ont étouffé l'affaire, mais vu la tournure des évènements…

— Comment l'as-tu appris?

— Ce matin, j'ai échangé par téléphone avec un commissaire du CB, un certain Andreas Auer. Il attend de mes nouvelles.

— Pourquoi tu ne nous as pas raconté tout ça plus tôt? s'énerva Ana.

— Parce que je ne pensais pas que cette affaire était liée à celle du Philatéliste. Et franchement, je ne voyais pas comment aborder le sujet. J'ai déconné, moi aussi…

— Nous avons tous déconné.

La Fouine avait fini de téléphoner et revint vers eux. Il faisait une tête d'enterrement.

— Que se passe-t-il ? demanda Ana.

— Maxime Dutoit est mort. Le traumatisme crânien était trop important.

— Merde !

— Le ministère public vaudois a ordonné une autopsie. Mais il y a un problème…

— Quoi ?

— Les médecins du CHUV ont relevé des marques autour des poignets de Dutoit, comme si on lui avait passé des menottes. Et une trace sur son visage ne correspond pas avec le choc de son crâne contre le rail. Tu as quelque chose à dire, Annie ?

— Que veux-tu que je dise ?

— Je ne sais pas. Si tu veux changer ta version des faits, il est peut-être encore temps.

Ana resta de marbre.

— Je n'ai rien à modifier. Mitch et moi l'avons poursuivi à travers le centre de tri. Les employés pourront témoigner. Quand nous avons retrouvé Dutoit dans la zone ferroviaire, il était au sol, inconscient. Il a dû glisser.

— Et les marques ?

— Il s'est peut-être blessé dans sa fuite.

— Pour la blessure au visage, OK. Mais ses poignets ?

— Qu'est-ce que j'en sais ! Il pratiquait peut-être le SM, répondit-elle sarcastiquement. Les Vaudois n'ont qu'à enquêter.

Junod resta dans le bureau de Morin pour démonter l'ordinateur, Fivaz repartit dans les locaux de la BPTS avec les notes manuscrites pour la comparaison d'écritures.

Gygli et Ana regagnèrent la salle de réunion. Ils y retrouvèrent Mitch, qui venait d'imprimer les données téléphoniques de Morin.

— Où est la proc'? demanda la Fouine.

— Partie dans les locaux de perm' du MP pour finaliser, signer et envoyer la demande d'approbation des rétros au TMC, répondit Mitch.

— Ils donnent quoi, ces rétros? demanda Ana en désignant la feuille de papier.

Mitch la lui tendit, elle la lut à haute voix. Les localisations situaient Morin à Genève, Lausanne, Orbe et Delémont. Les derniers messages déclenchaient une antenne de téléphonie à La Chaux-de-Fonds.

— Il se trouvait à au moins quatre endroits d'où sont partis des colis, commenta la Fouine.

— Mais pour le dernier, c'est différent, corrigea Ana en s'approchant de la carte sur laquelle était dessiné le corps de Charlotte Rosselet.

Elle pointa du doigt la ville des Montagnes neuchâteloises. Gygli et Mitch suivirent son geste. L'index d'Ana était posé au centre du torse du cadavre, très légèrement à droite. Elle se retourna vers eux, vit les yeux de la Fouine s'agrandir sous l'effet de la révélation, tandis que Mitch, concentré, fixait la carte.

— Le cœur…, murmura Ana. *Trouve le siège des émotions, des passions et de l'intelligence, et tu me trouveras*: c'était le dernier message de Morin. Sur la carte, La Chaux-de-Fonds représente le cœur de Charlotte Rosselet. Morin nous attend là-bas.

48

DANS LA CAVE.

Le cri avait glacé Vero. Elle resta figée de longues secondes, puis se tourna lentement vers la porte opposée. Un pas hésitant après l'autre, elle s'en approcha, toujours nue comme un ver. Le gravier crissait sous ses pieds. Son cœur s'était emballé, l'adrénaline anesthésiait sa douleur. Elle tremblait, mais elle ne savait pas si c'était de froid ou de peur. Probablement un peu des deux.

Vero avait entendu un homme, elle en était persuadée. Mais pourquoi avait-il hurlé ainsi ? Les seules fois où elle avait entendu un cri pareil, c'était dans des films : l'expression de la douleur consécutive à des actes de torture.

Cette pensée devint aussitôt une certitude : derrière cette porte, on torturait un homme.

Vero colla une oreille contre le panneau de bois. Elle n'entendait plus rien. Le silence. Ou presque. Un vague souffle.

Elle concentra toute son attention sur ce souffle. Ce n'était pas celui du vent, ni même le courant d'air qui glissait sous la porte. C'était un gémissement.

Vero crut entendre un dialogue entre deux hommes,

presque imperceptible, elle ne comprenait rien des mots échangés. Puis le silence revint.

Vero attendit de longues minutes, l'oreille collée contre la porte, mais plus aucun son ne lui parvenait. Elle hésita, puis appela :

— Sam ?

Pas de réponse.

— Yves ?

Toujours le silence.

Vero était de nouveau seule dans sa prison. Ses maux de ventre regagnaient en intensité, lui rappelant ce que Sam lui avait fait subir. Le désespoir la gagna.

Elle porta ses mains à son ventre, le caressa, glissa ses doigts vers son intimité pour la recouvrir et se mit à pleurer. Le désespoir lié à la perte du bébé dépassait, de loin, la douleur physique de la fausse couche. D'abord silencieux, ses pleurs devinrent complainte, puis hurlement quand ses yeux replongèrent dans la tache de sang qui maculait les draps.

— Salaud !... Meurtrier !... Assassin !

Elle se précipita sur le lit et posa ses mains à plat dans le sang. Il était froid, mais encore frais. Elle commença à s'en barbouiller le corps, puis le visage, comme si elle cherchait à sentir sur sa peau ce qui restait de l'embryon de vie qui avait grandi en elle ces dernières semaines. Un ultime contact avec ce petit être prématurément disparu.

Le choc des dernières heures qu'elle avait vécues la submergea. Presque en transe, égarée, Vero descendit du lit et entama une danse étrange, bras en l'air, sur une musique imaginaire.

Puis elle stoppa net devant le grand miroir et regarda son reflet. Elle y vit une *Carrie au bal du diable*, nue et recouverte de traînées de sang de la tête aux pieds. Ses cheveux poisseux et ébouriffés ressemblaient à ceux de la Méduse, et sous les peintures de guerre, les flétrissures de son corps lui rappelaient son âge. Elle était plus proche de sa mort que de sa naissance.

Elle se trouvait moche.

Vieille.

Sans intérêt.

Et sans avenir.

Jamais elle ne serait mère.

Elle aimait un homme qui n'en avait cure.

Elle fixa son propre regard, qui brillait d'un éclat fou.

Parce qu'elle était folle.

Tout le monde le disait.

Même Morin.

Et elle avait fini par le croire.

Morin-Sam, Sam-Morin ? Et même si Sam n'était pas Morin, plus rien n'avait d'importance aux yeux de Vero.

Elle s'approcha du miroir et, comme pour tuer l'image de la bête qu'il renvoyait, elle frappa violemment de ses poings fermés contre le verre, qui se fissura. Son reflet se déforma. Elle frappa, frappa et frappa encore, jusqu'à ce que le miroir se brise complètement et s'effondre en dizaines d'éclats coupants sur le gravier.

Puis elle se baissa, ramassa un gros morceau de verre de la taille d'un couteau et l'appuya contre sa gorge, jusqu'à sentir la lame improvisée entamer sa chair.

49

ANA ET MITCH roulaient en direction de Neuchâtel. De chaque côté de l'autoroute longeant le littoral ouest, on assistait à un véritable ballet de gyrophares orange dans la grisaille : des chasse-neiges se croisaient et déblayaient la chaussée, dispersant du sel dans leur sillage.

Mitch restait à gauche sans les dépasser, provoquant l'ire du conducteur qui le suivait et multipliait les appels de phares.

— Accélère ou rabats-toi, maugréa Ana. Tu conduis comme un Vaudois.

— T'as quelque chose contre les Vaudois ?

— Non, sauf qu'ils ne savent pas conduire sur l'autoroute, ils ont une fâcheuse tendance à encombrer inutilement la voie rapide. Ça me rend dingue.

Mitch ralentit et se rabattit derrière l'engin de la voirie. À vitesse réduite, il le suivit sur plusieurs kilomètres entre Bevaix et Auvernier.

Sur le siège passager, Ana terminait la lecture du dossier Dabrowska que Junod lui avait remis.

— Y a un truc qui colle pas, dit-elle.

— Quel truc ?

— Y en a plein en fait… à commencer par cette histoire

de cœur. Morin n'a jamais été un grand romantique. Les nanas, il les collectionne à la pelle. La jalousie n'est pas dans son caractère. Or, cette affaire transpire la jalousie.

— Ou la possession.

Ana jeta à Mitch un regard un peu surpris.

— C'est pareil.

— Pas forcément. Un collectionneur est un possesseur. Imagine un philatéliste, puisque c'est ainsi que le public appelle désormais notre tueur. Il collectionne les timbres, il les aime tous à sa façon, certains peut-être plus que d'autres, mais si quelqu'un vole une de ses pièces de collection, ça peut le rendre fou.

— Tu es collectionneur, toi?

— Pas de nanas, en tout cas.

Ana regardait la route, ils entrèrent dans le tunnel de Serrières, bref répit entre deux tronçons enneigés.

— Mais cette histoire de cœur, dit-elle en réfléchissant à haute voix, ça n'a pas de sens. La lettre manuscrite, l'écriture de Morin, son dernier message. Tout ça, c'est trop facile. En tant que flic, il savait que la première chose que nous ferions, c'est demander ses rétros.

— Il veut peut-être qu'on le retrouve. Un collectionneur, c'est un peu comme un *serial killer*. Il fait d'abord ça pour lui, mais au bout du compte, sa collection n'a de sens que si elle est vue par d'autres.

— Sauf qu'ici, nous n'avons qu'une victime.

— Trois, corrigea Mitch.

— Je ne compte pas le fœtus, ni la mère. Nous ne sommes pas sûrs qu'elle soit morte. Imagine qu'elle soit dans le coup, qu'elle ait fait une fausse couche ou une IVG, puis qu'elle ait donné l'embryon à bouffer au père.

— Dabrowska?

— Ou une autre. Mais Dabrowska aurait le profil, selon le dossier vaudois. Elle est tarée. Un psychiatre l'a diagnostiquée schizophrène paranoïde.

— Ça signifie quoi, exactement ?

— Délire de la persécution, hallucinations auditives et visuelles, anxiété, colère, tendance au conflit, repli sur soi.

— J'imagine qu'on n'a pas son ADN ?

— Non. Le proc' vaudois a ordonné qu'elle soit dactyloscopiée, mais c'est tout. Pas de comparaison possible avec l'ADN du fœtus. En revanche…

Ana relut un passage du dossier, chercha nerveusement parmi les feuilles posées en vrac sur ses genoux.

— Quoi ? s'impatienta Mitch.

— Elle a porté plainte contre son ex-mari pour viol.

— Il pourrait être le père ?

— Le viol dont il est question dans le dossier est trop ancien. Mais on ne peut pas exclure qu'il y en ait eu d'autres, plus récents.

— L'ex-mari a été condamné ?

— Acquitté.

Ana prit son téléphone, le logua sur le système de la voiture pour que Mitch entende et appela Fivaz.

— Salut Stéph, peux-tu vérifier deux choses pour moi ?

— À ton service, Annie.

— Dis-moi si Jean-Claude Weissbrodt est dans la base de données ADN. C'est l'ex-mari de Veronika Dabrowska.

On entendit les bruits d'un clavier d'ordinateur, puis Fivaz répondit :

— Il l'était, mais le profil a été effacé suite à son acquittement.

— Tu crois que le SIJ vaudois a conservé le prélèvement ?

— Je vais vérifier. Le tribunal a ordonné l'effacement du profil et la destruction du prélèvement, mais tu sais ce que c'est. Berne est parfois plus prompt à réagir que nos services. Et il nous arrive parfois d'oublier de détruire les prélèvements…

Ana imagina le sourire complice de Fivaz.

— OK, vois ça avec les Vaudois. S'ils ont encore le

prélèvement, compare-le avec l'ADN des timbres. Et s'ils l'ont détruit, demande à la proc' d'établir un mandat pour un nouveau prélèvement.

— Je veux bien, mais si tu penses que Weissbrodt est la victime…

— Je sais, on ne le retrouvera pas. Dans ce cas, débrouille-toi comme d'habitude : brosse à dents, brosse à cheveux ou je ne sais quoi.

— Tu voulais autre chose ?

— Oui, fais la même recherche avec l'ADN de Dabrowska. Les Vaudois n'ont qu'à repasser à son appartement. Je sais qu'elle est partie en emportant ses affaires de toilette, mais ils trouveront bien un effet personnel qu'elle a touché.

— OK, mais ça va dépendre du bon vouloir de nos collègues. Ça risque donc de prendre un peu de temps.

— J'en suis consciente. Trouve un truc pour les motiver. Et fais la même chose avec l'ADN de Morin. Je sais que son profil n'est pas dans la base de données, mais j'imagine que tu as un échantillon à la BPTS pour les exclusions des traces sur les scènes de crime.

Ana raccrocha, comme à son habitude sans remerciement ni formule de politesse.

La voiture était entrée dans les tunnels sous la ville de Neuchâtel et remontait maintenant l'autoroute dans la cuvette de Vauseyon. Mitch avait enclenché son clignotant pour sortir dans le quartier des Poudrières.

— Tu penses à quoi ? demanda-t-il.

— Je ne sais pas encore exactement. Les hypothèses se bousculent dans ma tête. Peut-être que Dabrowska n'a jamais été violée par son ex-mari et qu'elle a continué de le fréquenter en cachette. Ce ne serait pas la première fois dans une affaire de couple divorcé. Ou peut-être qu'elle a bien été violée, mais que la justice s'est trompée. Dans les deux cas, on retombe dans le triangle classique de la jalousie :

un amant père du bébé, un cocu, une femme adultère et menteuse aux yeux de ce dernier.

Encore une fois, dans l'esprit d'Ana, l'image du cocu jaloux devenu meurtrier psychopathe ne collait pas vraiment à l'image de son collègue, Yves Morin. À l'évidence, il manquait une pièce du puzzle.

Mitch s'apprêtait à garer la voiture devant le BAP, le Bâtiment administratif de la police neuchâteloise, une sorte de gros camembert un peu décrépit, mélange de vitrage et de métal gris-bleu, quand Ana lui demanda :

— Toi qui as travaillé sur le dossier, sais-tu s'il existait un lien entre Dabrowska, son ex-mari et le couple Rosselet ?

La question surprit Mitch, mais elle était logique. Il répondit :

— Pas que je m'en souvienne. Mais il y a quelqu'un qui pourrait répondre à cette question.

— Qui ?

— Morin. Il couchait avec les deux femmes, Charlotte Rosselet et Veronika Dabrowska.

Ana et Mitch sortirent de la voiture et se rendirent à la réception du BAP. Ils s'annoncèrent et le collègue avec qui ils avaient rendez-vous vint les chercher. La cinquantaine, athlétique, le crâne rasé, plutôt bel homme, il se présenta :

— Commissaire Daniel Garcia, chef des Stups. Je suis l'officier de service. Suivez-moi, le proc' de perm' et sa greffière nous attendent dans mon bureau.

— Qui est-ce ? demanda Ana qui connaissait un peu les magistrats neuchâtelois.

— Norbert Jemsen.

En entendant le nom du procureur extraordinaire désigné par Genève pour instruire la plainte de Maxime Dutoit, Mitch pâlit.

50

DANS LA CAVE.

Il y eut d'abord le bruit d'une clé qu'on tournait dans la serrure, le claquement du pêne, puis le grincement métallique des gonds.

Une silhouette apparut dans l'encadrement de la porte, immobile, à peine éclairée par les bougies électriques du lustre. Vêtue de blanc de la tête aux pieds, elle portait des gants, une sorte de cagoule en plastique et des lunettes de protection au verre jaune et épais. Dans une main, elle tenait un objet noir.

La silhouette s'avança lentement dans la cave, le gravier crissa sous ses lourdes chaussures recouvertes de chaussons en polypropylène. La démarche était celle d'un homme. Ou d'une femme qui n'avait rien de féminin.

Sam s'approcha du lit. Sa Princesse gisait sur le dos, nue, jambes et bras écartés, recouverte de sang. Ses yeux grands ouverts semblaient fixer le néant, elle ne bougeait pas. Une ligne rouge vif parcourait son cou, entaille courbe allant d'une oreille à l'autre.

Sam s'approcha encore, tendit un bras et posa deux doigts sur la carotide de sa Princesse pour sentir son pouls. Le cœur battait encore, mais anormalement vite pour quelqu'un sur le point de mourir.

Et là, Sam comprit.

Il fit un bond en arrière, évitant de justesse le morceau de verre brisé qui fendit l'air. La lame manqua de peu lui entailler le bras. Il tomba à la renverse sur le gravier, se rattrapa tant bien que mal en amortissant la chute avec ses mains et ses coudes.

Vero se redressa et sauta du lit comme une furie, arme improvisée à la main, prête à frapper une nouvelle fois. Derrière le masque de sang, ses yeux étaient injectés de haine.

Rapide comme l'éclair, Sam pointa sur elle un pistolet.

Trois mètres les séparaient.

En voyant le canon prêt à faire feu, Vero s'immobilisa. Elle reconnut le pistolet noir dans les mains de Sam, en tous points similaire à celui qu'elle avait tenu, une trentaine d'heures plus tôt, dans la chambre de l'hôtel à Delémont. L'arme de service de Morin.

— Un geste de plus et je t'explose la tête, dit Sam.

Il se redressa sans la quitter des yeux et ajouta en désignant la lame :

— Lâche ça !

Elle lui obéit. Le morceau du miroir se brisa en deux en touchant le sol.

— Qui es-tu ? balbutia-t-elle.

Elle ne connaissait pas l'homme qui lui faisait face, elle ne l'avait jamais vu.

— Je suis ton prince, tu le sais.

— Sam… qu'est-ce que tu m'as fait ?

— J'ai nettoyé ton corps de ses impuretés.

— Tu as tué mon enfant…

Sam s'écarta légèrement et désigna la porte ouverte.

— Après toi, l'invita-t-il calmement.

Vero hésita, puis se résigna à avancer vers la pièce contiguë, elle aussi plongée dans la pénombre. Elle sentait la colère et la tristesse la quitter, ses bras retombèrent mollement le long du corps. Épuisée et déshydratée, elle marchait comme un zombie, un pas lent et chancelant après l'autre. Elle avait dépensé ses dernières forces dans sa tentative désespérée de renverser la situation à son avantage. Sans succès.

Maintenant, tout ce qu'elle voulait, c'était savoir. Et comprendre.

La pièce voisine était une autre partie de la vieille cave, similaire à celle dans laquelle Vero avait été enfermée. Des murs en pierre, une voûte et un tube néon en bout de vie qui crépitait au plafond, illuminant faiblement et par intermittence le sol de gravier. Tout autour, d'anciennes machines d'imprimerie tombées en désuétude rouillaient là depuis des années. Sur le rebord d'une vieille presse, elle aperçut un petit appareil, entre rasoir électrique et éplucheur à patates, à la lame encore maculée de sang frais.

La pièce comprenait aussi deux lourdes portes à chaque extrémité. Et toujours ce même courant d'air froid qui passait de l'une à l'autre.

Au centre, un mouton de saut de gymnastique artistique et des cordes sectionnées, encore attachées aux quatre pieds métalliques.

Par terre, au pied du mouton, le corps nu d'un homme reposait sur le dos, sans vie.

Tremblante et hésitante, les mains posées sur la bouche, Vero s'approcha du cadavre dont elle ne voyait pas encore le visage.

Le sexe de l'homme présentait des traces de brûlures à son extrémité.

Son ventre était ouvert de part en part, ses intestins débordaient, noyés dans le sang qui maculait tout.

Vero réprima une envie de vomir et fit encore quelques

pas. Elle voyait maintenant la gorge de l'homme, tranchée profondément d'un bout à l'autre. Sa tête était tirée vers le haut, ce qui écartait la plaie béante.

Encore un pas.

Le visage de l'homme lui apparut.

Elle le reconnut.

Étouffa un cri.

Et, éclatant en sanglots, elle se laissa tomber à genoux pour prendre le corps de son amant dans ses bras.

Sam regardait la scène en silence, puis il ramassa un petit objet sur le rebord d'une autre machine. Il actionna le mécanisme, un cliquetis résonna dans la pénombre et il jeta l'objet sur le gravier, à côté de Vero.

Elle releva des yeux emplis de larmes et vit un couteau à cran d'arrêt, dont la lame scintillait à la lueur crépitante du néon.

Sam lui dit alors sans la moindre émotion:

— Tu as soif? Sa vessie est pleine à craquer, tu n'as qu'à la chercher dans ses entrailles et la percer avec cette lame. Il paraît que les soldats font ça pour survivre, quand ils n'ont pas d'autre solution.

Et il partit, verrouillant la porte derrière lui.

51

ANA ET MITCH suivirent Dan Garcia à travers les couloirs du BAP, un décor gris-bleu comme l'extérieur du bâtiment, un ensemble de coursives sur plusieurs niveaux avec des puits de lumière au plafond, des ascenseurs et une cage d'escalier reliant les étages. La police judiciaire avait ses locaux au neuvième.

— Toute la PJ est ici? demanda Ana.

— Non, répondit le commissaire. Seulement les Stups et les casses.

— Et la Crim'?

— Avec la Financière, dans un autre bâtiment à La Chaux-de-Fonds. Chez nous, on l'appelle l'ICS, pour Intégrité corporelle et sexuelle. Je te passe l'abréviation des autres commissariats, c'est un peu compliqué.

Garcia conduisit ses collègues genevois dans son bureau, l'ancienne salle des écoutes téléphoniques réaménagée depuis que tout le système avait été informatisé. La première chose qu'Ana repéra fut un bocal de Sugus posé à côté de l'ordinateur. Elle avait envie de quelque chose de sucré, n'avait plus autant jeûné lors d'une enquête que depuis l'époque où elle travaillait aux Stups. Son estomac criait famine, mais elle attendrait encore un peu.

Derrière le bureau les attendait un homme en costume-cravate, un peu plus jeune que Garcia, mais plus marqué. Son visage portait de discrètes cicatrices. Elle l'avait déjà vu en photo dans la presse romande, une sombre histoire de maîtresse qu'il avait fait libérer de sa garde à vue, action pour laquelle il avait été puni par le Conseil de la magistrature. Un scandale neuchâtelois qui n'avait rien à envier à ceux qui défrayaient régulièrement la chronique à Genève, éclaboussant tantôt la police, tantôt le parquet.

— Bonjour monsieur le procureur, dit-elle en lui tendant la main. Je suis l'inspectrice Ana Bartomeu de la PJ genevoise. Et voici mon collègue Michel Sautter. Je crois que vous le connaissez déjà.

Elle se tourna vers Mitch, resté en retrait dans l'encadrement de la porte. Jemsen le reconnut et le salua, sans toutefois faire la moindre allusion à l'affaire Rosselet.

— Ma greffière, Flavie Keller, répondit-il en présentant la femme qui l'accompagnait.

Celle-ci adressa un discret sourire à Mitch. La dernière fois qu'ils s'étaient vus en audience, dans les locaux du ministère public genevois, remontait au mois de novembre.

— J'ai bien reçu l'avis de ma collègue, Sonia Vino, reprit Jemsen. Mais je ne suis pas sûr de comprendre les motifs de votre déplacement. « Des perquisitions à La Chaux-de-Fonds » sans la moindre indication d'une adresse, ça me semble plutôt vague.

— Le problème, répondit Ana, c'est que nous ne savons pas exactement où fouiller… Je dois dire que nous comptons un peu sur vous pour nous aiguiller.

Elle résuma l'affaire du Philatéliste et quand elle montra une photo de la carte avec le corps dessiné, Garcia éprouva une étrange sensation de déjà-vu, une enquête qu'il avait menée à l'époque avec son défunt collègue Mike Donner : l'affaire du Monstre de Saint-Ursanne. Mais la comparaison s'arrêtait à des taches de sang sur une carte murale. À la fin de l'exposé de sa collègue genevoise, Garcia conclut :

— Si je comprends bien, votre meurtrier se trouverait à la Tchaux, parce que cette ville représente le cœur de la victime sur votre dessin. Soit. Mais où, à la Tchaux ?

Ana déplia une carte de la ville sur le bureau et traça un cercle au feutre noir, représentant le rayon de l'antenne de téléphonie par laquelle les derniers messages de Morin avaient transité.

— Dan a raison, intervint Jemsen. Par sa taille, La Chaux-de-Fonds n'est pas comparable à Genève, mais tout de même : votre antenne couvre un grand nombre de quartiers. C'est un peu comme chercher une aiguille dans une meule de foin.

Ana hachura alors deux tiers du cercle, ne laissant qu'un triangle approximatif partant de la gare et s'ouvrant vers l'ouest de la ville, puis elle commenta :

— Grâce à une recherche cellulaire plus poussée auprès de Swisscom, nous avons pu restreindre le périmètre à cette zone.

— Ce qui laisse encore beaucoup de possibilités, soupira Garcia.

— J'ai une théorie qui vaut ce qu'elle vaut, intervint Mitch. Ça peut certes paraître bancal, mais voilà : sur les timbres suisses et français reproduits par le Philatéliste, on perçoit un cœur dans un cœur, que ce soit par un jeu de reflets ou par la forme du timbre lui-même. Et si c'était un message ? Si La Chaux-de-Fonds est le cœur, quel est le cœur dans le cœur ? Autrement dit, quel est le cœur de la ville ?

Jemsen haussa les épaules.

— Aucune idée…

— La Chaux-de-Fonds n'a pas de vrai centre-ville, dit Flavie Keller. Elle est bâtie en damier. De nombreux sites pourraient être considérés comme son cœur : la tour

Espacité, le musée international d'Horlogerie, la Maison blanche dite aussi villa Le Corbusier, et j'en passe.

— Mais aucun de ces bâtiments ne se situe dans le champ de votre antenne, compléta Garcia. Vous n'auriez pas d'autres indices ?

Ana regarda Mitch. Il semblait tout aussi perdu qu'elle. La journée touchait à sa fin, ils étaient fatigués. Elle conclut :

— Nous sommes désolés de vous faire perdre votre temps. Mon collègue et moi avons réservé des chambres à l'hôtel des Endroits à La Chaux-de-Fonds. Ce soir, nous allons réexaminer tous les détails de l'affaire et si une idée nous vient, nous vous ferons signe.

Ana et Mitch remercièrent le procureur Jemsen et sa greffière, puis Garcia les précéda pour les raccompagner à la réception. En sortant du bureau, le regard d'Ana tomba sur la photo d'une femme, placardée sur la porte.

Elle resta pétrifiée comme si elle avait vu un fantôme. Sa bouche s'ouvrit, mais aucun mot n'en sortit. Tout son corps se mit à trembler, elle sentit les larmes lui monter aux yeux.

— Quelque chose ne va pas ? lui demanda Garcia qui s'était arrêté et l'observait, surpris.

Ana ne répondit pas. Mitch intervint.

— Annie, qu'est-ce qui se passe ?

Les lèvres d'Ana frémirent, puis elle balbutia :

— Qui… qui est cette femme ?

— Une fugitive, répondit Garcia. Elle a été arrêtée à Bora-Bora il y a quelques mois et elle est actuellement détenue à Papeete. Elle va bientôt être extradée. Pourquoi ?

La photo illustrait un document émis par le bureau SIRENE géré par fedpol, l'Office fédéral de la police. Il mentionnait l'ordre d'aller chercher la détenue à l'aéroport de Cointrin le 5 janvier.

— Comment s'appelle-t-elle ? s'énerva soudain Ana.

Des larmes coulaient maintenant sur ses joues.

— C’est écrit sur le document, répondit Garcia, qui cachait mal son étonnement. Mais qu’est-ce qui se passe ?

— Non ! cria Ana en se retournant comme une furie. Non, elle ne s’appelle pas comme ça, pas Alba Dervishaj ! C’est Lucille ! C’est ma Lucille…

Mitch rattrapa Ana au moment où elle allait défaillir. Il l’aida à s’asseoir sur une chaise. Puis il regarda la photo et reconnut lui aussi leur ex-collègue des Stups, avec quelques années de plus. Alors, il se tourna vers Garcia et dit :

— Là, collègue, je crois que tu nous dois une sérieuse explication.

Garcia regarda à son tour Jemsen et Flavie. Plus personne ne parlait dans le bureau, un malaise général s’était installé. Sur sa chaise, Ana était effondrée. Elle pleurait. Intarissable.

1984

« SAM ! »

Du sang coulait sur le visage de Sylvain Ansermet, il avait levé les yeux vers le ciel et hurlé le nom de son souffre-douleur en le voyant tourner les talons et s'enfuir en direction de la forêt de la Bâtie. Puis le chef de bande baissa la tête, fusilla ses sbires d'un regard noir et leur ordonna :

— Foutez le camp, les gars ! Rentrez chez vous ! Maintenant ! Je ne veux pas de témoins ! C'est entre lui et moi.

Les quatre garçons hésitèrent, presque déçus de voir leur jouet leur échapper et le jeu prendre fin. Après quelques secondes de silence, Philou se tourna vers les trois autres et leur dit :

— Bon, OK les gars, on rentre.

Sam courait d'un pas lourd le long du chemin de la Bâtie, laissant derrière lui le cimetière de Saint-Georges et le parc animalier. Sur sa gauche, légèrement en amont, les jardins potagers par où il était arrivé. Le chemin suivait une sorte de petite dépression entre deux collines et descendait en direction du Rhône. Un peu plus bas, un restaurant, le Café de la Tour, avec sa grande terrasse à l'abri des arbres.

Avec un peu de chance, Sam y trouverait du monde et pourrait s'y réfugier. Son père l'y avait déjà emmené manger quand ils étaient allés voir les animaux du parc. Ce que l'enfant avait retenu, c'est que ce restaurant, ouvert en 1896, soit bien avant la naissance de ses grands-parents, avait été bâti sur les restes de deux vieilles tours. Tous les Genevois connaissaient l'endroit, c'était une institution. Mais quand Sam y parvint, il dut déchanter : l'établissement était fermé pour travaux.

Sam se retourna, il ne voyait pas Sylvain. Il se débarrassa de son sac d'école percé de coups de couteau et rempli de cahiers, le cacha derrière un muret de la terrasse. Puis, allégé de ce fardeau bringuebalant et encombrant, il reprit sa course le long d'un petit chemin qui descendait en zigzags à travers la forêt, en direction du viaduc ferroviaire de la Jonction.

Sam avait franchi deux virages serrés, glissant à chaque fois dans la pente, entraîné par son surpoids. À chaque pas, il sentait ses bourrelets se soulever et retomber. Le souffle court, il transpirait comme un bœuf. Son pantalon souillé collait à ses jambes, et ses chaussettes mouillées épongeaient l'urine dans ses chaussures chaque fois qu'un de ses pieds foulait le sol. Mais une seule chose comptait pour Sam : traverser le Rhône.

Le viaduc de la Jonction reliait le bois de la Bâtie au quartier de Saint-Jean, sur la rive droite. Il avait été construit durant la Seconde Guerre mondiale, pour permettre au chemin de fer de passer de la gare Cornavin aux ports francs des Acacias et à la gare de triage de La Praille.

Sam atteignit le pont et emprunta le passage réservé aux piétons qui longeait les rails. En aval du fleuve, au-delà de la voie ferrée, on distinguait les arches du pont Butin. En amont, la pointe de la Jonction, qui marquait la confluence du Rhône et de l'Arve.

Sam courut encore quelques dizaines de mètres sur le

viaduc, puis s'arrêta brusquement en grimaçant. Il porta une main à son flanc droit. Un point de côté douloureux l'empêchait de poursuivre sa course.

Il se retourna et aperçut Sylvain Ansermet à l'entrée du pont. Le chef de bande s'avançait vers lui en marchant d'un pas décidé. Le sang qui coulait sur son visage et son regard noir donnaient l'impression d'un tueur tout droit sorti d'un film d'horreur. Dans sa main droite, il tenait fermement son couteau à cran d'arrêt, lame ouverte.

Terrifié, Sam regarda autour de lui. Ils étaient seuls sur le viaduc. Il recula sans perdre de vue la menace qui gagnait du terrain. Il était maintenant à la moitié du pont et comprit qu'il n'avait aucune chance de s'échapper. Jamais il n'aurait le temps d'atteindre la rive droite. Monter sur le ballast était inutile, une clôture de sécurité séparait le chemin pour piétons des voies ferrées. Sam aurait pu la franchir, mais une fois sur les rails, il n'aurait trouvé aucune autre issue. Et un train pouvait arriver.

De l'autre côté, c'était le grand plongeon. Le pont culminait à une trentaine de mètres au-dessus du fleuve. En contrebas, les eaux bleu charron du Rhône se mélangeaient au vert-de-gris de la rivière alpine, provoquant à leur jonction un dégradé de tonalités qui rappelait, par endroits, celui des îles polynésiennes. Les eaux de l'Arve étaient froides, même en été. En hiver, elles drainaient parfois des blocs de glace.

Entre le fer et l'eau, Sam avait le choix de sa mort.

Sam tendit ses mains en avant, en position de défense, et supplia Sylvain du regard, mais aucun mot ne sortit d'entre ses lèvres tremblantes.

Ansermet avançait vers lui, lame en avant. Il vociféra :

— Espèce de gros porc, tu vas me le payer ! Je vais te couper la queue et te la faire bouffer ! Après, je t'arracherai l'estomac, et je jetterai tout ça aux poissons.

Sans hésiter, le chef de bande frappa. Sam recula

instinctivement d'un pas et chercha à parer le coup, tout en fermant les yeux. La lame transperça la paume de sa main gauche et il hurla de douleur.

On entendit alors un autre cri, presque simultané, à l'extrémité du pont, côté Bâtie.

— Sylvain ! Arrête !

Par réflexe, Ansermet retira le couteau de la main de Sam et lâcha son arme, qui provoqua un cliquetis métallique en touchant le sol. Il se retourna et vit Sa Princesse, médusée, les mains sur la bouche. Elle pleurait.

Sylvain allait ordonner à sa petite amie de partir, mais il n'en eut pas le temps.

Sam avait rouvert les yeux et brièvement regardé sa main blessée, le sang qui s'en échappait. Puis son regard s'était focalisé sur la menace. Sam avait compris que Sylvain ne plaisantait pas : le chef de bande allait vraiment le tuer.

Alors Sam profita de la courte trêve que lui offrait Princesse pour se jeter sur Ansermet, complètement surpris. Au corps-à-corps, la masse corporelle de Sam lui donnait un avantage. Ansermet ne parvint pas à se dégager de la prise, il sentit ses pieds se soulever du sol, son corps basculer par-dessus la rambarde.

Sylvain voulut se rattraper dans un geste désespéré, mais ses mains battirent l'air.

Un quart de seconde, les regards des deux enfants se croisèrent. La rage avait maintenant changé de camp. Et dans les yeux de Sam, Sylvain vit la mort.

Les corps se séparèrent, celui d'Ansermet tomba dans le vide – une chute qui parut une éternité dans l'esprit de Princesse – et il disparut dans les eaux aux mille tons de bleus de la Jonction.

Quatrième nuit

52

MITCH AVAIT RÉSERVÉ deux chambres au Grand Hôtel Les Endroits, un peu à l'écart de la ville. Durant tout le trajet entre Neuchâtel et La Chaux-de-Fonds, Ana n'avait pas dit un mot. Elle avait beaucoup pleuré, Mitch l'avait laissée en paix. Il avait compris qu'il ne servait à rien d'essayer de la consoler.

Il aurait aimé détendre l'atmosphère, plaisanter en lui disant qu'ils auraient pu prendre une chambre pour deux pour faire économiser de l'argent à l'État, l'inviter au magnifique spa de l'hôtel tout en sachant qu'elle refuserait, lui renverrait son obésité en pleine figure et lui répondrait que, de toute façon, ils n'avaient pas pris leurs maillots de bain.

Mitch avait aussi oublié un détail : à plus de mille mètres d'altitude, La Chaux-de-Fonds était la plus haute ville d'Europe. Quand il faisait telle température sur le littoral, il fallait retrancher cinq degrés dans le haut. Et quand la neige tombait en abondance sur le plateau et l'Arc lémanique, il fallait compter une bonne vingtaine de centimètres supplémentaires dans les Montagnes neuchâteloises.

Les Endroits étaient situés sur un pli du Jura, au nord-ouest de la ville. L'équipement hivernal de la voiture fut à peine suffisant pour atteindre l'hôtel.

Ils avaient pris possession de leurs chambres, y avaient déposé leurs affaires et s'étaient donné rendez-vous au restaurant de l'hôtel. Mitch avait commandé des noix de Saint-Jacques, sauce au Mauler, panais et noisettes. Ana, une simple salade verte, à laquelle elle n'avait même pas touché.

— Qu'est-ce que j'ai pu être conne ! murmura-t-elle en trempant ses lèvres dans son verre de château La Lagune.

— Tu ne pouvais pas savoir, répondit Mitch.

— Mais merde ! J'aurais dû m'en douter. Tout le monde est tombé, et elle, elle s'est volatilisée. Cinq ans que j'espère un signe de sa part, que je la plains d'avoir choisi la fuite plutôt que le courage d'affronter l'IGS. Alors que cette pute travaillait pour eux !

Mitch soupira.

— Cette pute, comme tu dis, tu en étais amoureuse, non ?

— J'étais amoureuse de Lucille, pas de cette Alba je ne sais plus comment, ou de cette...

— Tanja Stokaj.

— Peu importe son vrai nom ! Elle s'est bien foutue de moi, elle nous a infiltrés, elle s'est servie de moi. Je n'en reviens pas. Jamais je n'aurais imaginé l'IGS capable de collaborer avec la police judiciaire fédérale pour nous faire tomber en engageant une taupe.

Mitch essaya de tempérer.

— Faut reconnaître qu'à l'époque, certains d'entre nous ont bien déconné.

— Arrête ! Tu sais ce que c'est. Dans les Stups, si on veut des résultats, il faut parfois flirter avec la ligne rouge, voire la franchir.

— Pas au point de voler de l'argent ou de la came. Rien ne peut justifier cela. Un flic qui touche à la dope, ne serait-ce que pour en consommer, n'a pas sa place dans la Maison. C'est une question d'image et de crédibilité.

— Tout le monde en consomme aujourd'hui, ironisa Ana.

— Pas moi.

— N'empêche, j'ai tout plaqué pour Lucille. Mon mari, mes enfants, ma maison, toute ma vie. J'ai perdu ma famille pour une fille qui a joué avec mes sentiments, tout ça pour parvenir à ses fins et faire tomber des collègues. Ça me donne envie de gerber.

— Tu dis ça parce que tu l'aimes encore.

— Peut-être, répondit-elle. Mais elle, elle ne m'a jamais aimée.

Des larmes montèrent aux yeux d'Ana, Mitch tendit une main à travers la table et la posa sur la main de sa collègue. Elle ne la retira pas.

— Il te faudra du temps pour digérer tout ça, lui dit-il, bienveillant.

Elle lui sourit tristement.

— À condition que mon cœur malade m'en octroie encore, du temps.

— On guérit toujours des chagrins d'amour. Enfin, c'est ce qu'on dit.

Ana le regarda, étonnée qu'il n'ait pas compris, puis elle se rendit compte qu'il n'était pas au courant de ses problèmes cardiaques. Elle ne lui en avait jamais parlé.

— Je suis vraiment malade, idiot. J'ai refait un infarctus.

Mitch ouvrit de grands yeux ébahis.

— Merde, quand ça ?

— Tout récemment. J'aurais dû me faire opérer hier.

— Pourquoi tu ne l'as pas fait ?

— L'enquête.

Il soupira puis s'exclama :

— Putain, Annie, mais il y a des priorités dans la vie !

— Cette enquête en est une.

Il tourna la tête vers la fenêtre, l'éclairage de l'hôtel illuminait la terrasse et les murs de neige qui la recouvraient. Il soupira à nouveau et reprit :

— OK, nous allons la terminer ensemble, cette enquête. Mais promets-moi une chose. Dès qu'on rentre, tu files à l'hosto.

Elle lui sourit, un sourire qui valait agrément. Leurs mains ne s'étaient pas quittées. Au fond d'elle, Ana ne croyait pas en sa guérison. Elle avait envie de lui faire promettre de s'occuper de Lucifer s'il lui arrivait malheur, mais elle s'abstint.

À voix basse pour ne pas être entendus des tables voisines, Ana et Mitch reprirent l'enquête de zéro, réexaminèrent chaque élément, chaque hypothèse. À l'heure du dessert, Ana craqua pour un café gourmand. Elle avait repris des couleurs, Mitch la reconnaissait enfin.

Et quand revint la question du cœur dans le cœur, du cœur de la ville, Mitch annonça :

— Il y a un paramètre que nous avons omis.

— Lequel ?

— La raison pour laquelle tu es venue me chercher : la Poste. Toutes les actions du Philatéliste tournent autour du Géant jaune. Les timbres, les colis, les succursales.

— Tu penses que le cœur pourrait être la poste de La Chaux-de-Fonds ?

— J'y ai pensé. Deux bureaux, dont le principal sur le Pod, l'avenue Léopold-Robert, se situent dans le champ d'antenne déclenché par le téléphone de Morin. Toutefois, il existe un autre bâtiment de la ville, également dans le secteur concerné, qui est beaucoup moins connu du grand public mais qui représente un symbole pour les vrais philatélistes.

— Lequel ?

— L'ancienne imprimerie Hélio Courvoisier. Quand je travaillais à la Poste, j'ai eu l'occasion de visiter ses locaux au 149 rue Jardinière. C'était un véritable musée Gutenberg. Hélio Courvoisier avait le monopole de la fabrication des timbres postaux en Suisse.

Une lueur apparut dans les yeux d'Ana.

— Quoi de mieux qu'un accès à ces machines pour fabriquer des faux timbres presque parfaits !

— C'est ce que je me suis dit. Le problème, c'est que l'imprimerie a fermé ses portes en 2001. Aujourd'hui, le bâtiment est désaffecté.

— Que sont devenues les machines ?

— Je ne sais pas. Mais peut-être pourrions-nous aller y faire un tour ?

Mitch afficha un sourire complice, Ana craignait de deviner sa pensée.

— Maintenant ? Sans avertir notre collègue Garcia et le procureur Jemsen ?

— Mon idée ne tient qu'à un fil, Annie. Je n'ai aucun argument concret pour convaincre Jemsen de valider le mandat de perquisition de la procureure Vino. Le mieux est d'y aller en douce, et si nous trouvons quelque chose, nous pourrons toujours les en informer demain matin.

53

Ana et Mitch quittèrent l'hôtel des Endroits sur le coup de 23 heures et redescendirent en direction de la ville. Ils passèrent devant une ferme isolée, retapée en habitation et décorée d'illuminations de Noël. Un homme en anorak, avec gants et bonnet, passait la déneigeuse autour d'une vieille Skoda. Ana se dit qu'il fallait être fou pour vivre dans un coin aussi perdu.

La route serpentait à la manière d'une piste de luge verglacée à travers une petite forêt, puis longeait l'aéroport des Éplatures. Ana et Mitch gagnèrent le boulevard éponyme et prirent la direction du centre-ville à travers une zone commerciale et industrielle, véritable alignée de magasins et d'entreprises aux murs souvent gris et délabrés, qui rappelait un peu les périphéries des petites villes françaises.

À la hauteur du centre Coop des Entilles, un gigantesque blockhaus en brique rouge, ils bifurquèrent à gauche et remontèrent la configuration des rues en damier, telle que l'avait décrite Flavie Keller, la greffière du procureur Jemsen. Le 149 rue Jardinière se trouvait au-dessus de la rue du Parc, dans un quartier jonché d'usines et d'entrepôts contigus. La route était étroite, le stationnement des véhicules interdit d'un côté en raison des mesures hivernales que prenait la ville chaque année, du 1er novembre au 15 avril, pour permettre le déneigement.

Mitch gara sa voiture sur un trottoir, sans trop savoir si c'était autorisé – la neige recouvrait la signalisation présente sur la voirie. Dans le doute, il glissa sa carte de police derrière le pare-brise. Elle était estampillée de Genève, mais entre collègues, on faisait parfois montre de compréhension. L'autocollant IPA – International Police Association – pouvait aussi aider. Mais depuis que les polices communales avaient été dissoutes, à Neuchâtel comme dans d'autres cantons, pour laisser place à des agents de sécurité publique, les vieux privilèges perdaient parfois de leur valeur.

Ana et Mitch sortirent de la voiture. Un vent glacial balayait les rues, des volutes de neige s'échappaient des toits alentour. Sur les trottoirs recouverts de congères, des débris de glaçons tombés des gouttières. Le quartier était lugubre, mal éclairé. Emmitouflés dans leurs vestes d'hiver, les deux policiers remontèrent leur capuche sur la tête.

— C'est ici, dit Mitch en désignant un vieil immeuble.

L'immense bâtisse comprenait un rez-de-chaussée aux murs en pierre jaune, avec des fenêtres protégées derrière des grillages métalliques. Au-dessus, quatre étages aux murs bétonnés et sales, une vitre sur deux brisée. À chaque extrémité du bâtiment, un perron de quelques marches menait à une porte voûtée. Les locaux de l'ancienne imprimerie étaient à l'abandon depuis plus de vingt ans.

— Qu'est-ce qu'on fait ? demanda Ana.

— On cherche un accès.

L'idée d'entrer par effraction ne plaisait pas à Ana. Elle regarda à gauche et à droite, ne vit pas âme qui vive. Un peu plus haut dans le quartier, les balcons d'immeubles d'habitation et des fenêtres éclairées donnaient sur l'endroit où ils se trouvaient. Mais avec cette météo, il y avait peu de chance que les gens sortent de chez eux ou regardent dehors. Et les deux policiers se trouvaient dans une rue très sombre.

— Il faut oublier les portes principales, dit Mitch. Elles ont l'air trop solides.

Ils contournèrent le bâtiment par la rue des Entilles et la rue du Parc, trouvèrent un saut-de-loup avec un escalier qui menait au sous-sol et une petite porte à l'abri des regards. La neige recouvrait les marches et bloquait la porte, mais on devinait d'anciennes traces de pas.

— Tu as vu ? montra Mitch.

— Arrête tes conneries, ronchonna Ana. Ça ne veut rien dire. C'est peut-être des gamins qui sont venus jouer ici, aujourd'hui ou hier.

Mitch descendit l'escalier, la neige s'engouffrait dans ses souliers et fondait au contact de la chaleur de son corps. Il sentait le froid mordre sa peau. Au bas des marches, il se tourna vers Ana et lui fit un signe de la tête. Elle comprit, regarda autour d'elle, constata qu'il n'y avait personne et lui fit comprendre que la voie était libre.

Mitch sortit un gros tournevis de la poche de sa veste, glissa la lame entre la porte et le cadre, et commença à exercer des pressions dans un sens et dans l'autre.

Les minutes s'écoulaient. Ana faisait le guet en tremblant de froid, quand elle entendit un craquement. Dans le saut-de-loup, Mitch finissait de fracturer la porte à la force des bras. La serrure lâcha, la poignée extérieure tomba dans la neige, celle intérieure sur un sol de béton en provoquant un cliquetis métallique qui résonna dans les locaux vides.

Avec quelques mouvements du pied, Mitch dégagea la neige pour permettre à la porte de s'ouvrir, puis il se tourna vers Ana. Elle comprit qu'il l'invitait à descendre. Elle le rejoignit et ils pénétrèrent dans le bâtiment.

Plongés dans l'obscurité, Ana et Mitch allumèrent la fonction lampe de poche de leurs téléphones pour s'éclairer.

Ils se trouvaient dans un sous-sol entièrement vide. De vieux tuyaux de chauffage parcouraient le plafond, l'humidité envahissait les lieux, il faisait froid, on sentait des courants d'air s'engouffrer dans les couloirs.

Ils trouvèrent un escalier qui remontait vers le rez-de-chaussée. Par précaution, ils éteignirent les lampes de poche – de la rue, les faisceaux pourraient attirer l'attention.

Ils attendirent que leurs yeux s'habituent à la pénombre, les locaux n'étaient que très faiblement éclairés par les lumières de la ville qui filtraient à travers les fenêtres.

Ils commencèrent par inspecter les quatre étages, des alignées de pièces de différentes tailles, toutes vides et complètement délabrées. Le crépi se détachait des murs et des plafonds, des débris de verre gisaient sur le sol au pied des fenêtres cassées.

— Il n'y a rien ici, murmura Ana. Je doute qu'on trouve la moindre machine d'imprimerie. Si elles avaient encore de la valeur au moment de la fermeture, elles ont sûrement été vendues ou ont fini à la ferraille.

— Probablement, répondit Mitch, l'air déçu.

L'escalier montait encore après le quatrième. Ils découvrirent un cinquième étage sous les toits, avec des lucarnes. De la rue, ils ne l'avaient pas remarqué. Une sorte de grenier aménagé en pièces de travail. Vides, elles aussi.

En redescendant, Ana demanda :

— Tu crois qu'il y a des caves ?

— Peut-être, je ne sais pas.

Ils retournèrent au sous-sol, rallumèrent leurs lampes de poche et se séparèrent pour fouiller le moindre recoin.

Au bout d'un couloir en cul-de-sac, Ana trouva une porte voûtée. Elle actionna la poignée, la porte n'était pas verrouillée. Ana l'ouvrit et remarqua un escalier qui descendait dans le noir. Elle se tourna et appela :

— Mitch, par ici !

Sa voix résonna dans le noir, elle entendit une vague

réponse, vit enfin le faisceau de la lampe de poche de son collègue.

— Tu as trouvé quelque chose ? demanda-t-il.

Elle désigna l'escalier.

— Il y a un second sous-sol. Tu sens cette puanteur ?

Des entrailles du bâtiment montait un courant d'air et, avec lui, l'odeur de la mort.

54

DANS SON ANTRE de hacker, Manu Junod devait être un des derniers enquêteurs présents dans les locaux de Carl-Vogt. Il détestait que les choses lui échappent et n'avait pas encore digéré l'échec de l'analyse des images de vidéosurveillance de la poste de Lausanne.

De plus, l'informaticien supportait mal d'avoir été pris pour un con par Morin, quelques jours plus tôt.

Depuis l'après-midi, Junod travaillait sans relâche, réétudiant tous les aspects de l'affaire du Philatéliste et des dossiers connexes. Une anomalie était apparue dans les données rétroactives du téléphone de Morin. En début de soirée, Junod avait passé un premier coup de fil à un collègue neuchâtelois en qui il avait confiance et lui avait demandé un service.

Puis l'informaticien avait accédé au dossier de l'affaire Rosselet et, en brisant quelques pare-feu, à celui de l'IGS relatif à la plainte de Maxime Dutoit. La lecture des documents ne lui avait rien appris de nouveau. Il avait ensuite effectué quelques recherches complémentaires sur le couple Rosselet et avait reconstitué le curriculum vitae de chacun des conjoints, en remontant jusqu'à leur enfance.

Mais il n'avait trouvé aucun lien entre eux, Dabrowska et Morin, hormis le lien adultère déjà supposé entre Charlotte Rosselet et l'inspecteur de la Crim'.

Le temps avait filé sans que Junod s'en rende compte. L'horloge de l'ordinateur affichait 22 h 10, mais l'informaticien était loin d'avoir fini. Son adrénaline et une bonne dizaine de cafés l'aidaient à combattre la fatigue.

Junod se concentra ensuite sur Veronika Dabrowska et Yves Morin. Comme pour les Rosselet, il fit de nombreuses recherches, sur Internet et dans leurs données personnelles, pour reconstituer leurs parcours de vie.

En remontant dans leurs passés, il découvrit un lien entre eux, bien plus ancien que leur idylle actuelle. « Histoire de cul » aurait certes été un terme plus précis qu'« idylle » pour définir leur liaison, mais sous ses airs d'informaticien parfois déconnecté des réalités du monde, Junod restait un grand sensible.

Le lien remontait aux années 1980. Dabrowska et Morin fréquentaient la même classe de l'école des Tattes, à Onex. Et Junod tomba sur un vieil article de la *Tribune de Genève* : un camarade de leur classe avait trouvé la mort dans un terrible accident.

L'informaticien voulut en savoir un peu plus et dut descendre dans les caves de l'hôtel de police. Les archives de l'époque n'avaient pas été numérisées. Dans une vieille boîte en carton, il retrouva le rapport de l'époque et toutes ses annexes. Parmi celles-ci figurait la liste de tous les enfants du collège qui avaient été interrogés par les enquêteurs sur l'accident qui avait coûté la vie à un certain Sylvain Ansermet.

Junod parcourut la liste et s'arrêta sur deux autres noms. Son sang ne fit qu'un tour. Il prit son téléphone et appela le commissaire Gygli.

— Il faut que tu reviennes au bureau.

— Maintenant ? s'étonna la Fouine. Tu as vu l'heure ?

— C'est très important. Je crois que je tiens enfin quelque chose.

55

Ana avait sorti son arme de service. Elle la tenait d'une main, balayant l'obscurité de l'autre avec sa lampe de poche. Elle descendait les marches une à une, lentement, à l'affût du moindre bruit, du moindre mouvement suspect dans le noir.

Mitch la suivait quelques marches plus haut, lampe dans une main, tournevis dans l'autre et creux du coude replié sur son nez et sa bouche, pour filtrer la puanteur.

L'escalier s'enfonçait dans un couloir voûté aux murs de pierre. On aurait dit un vieil aqueduc datant du Moyen Âge. L'immeuble avait dû être bâti sur les fondations d'une construction bien plus ancienne. Le courant d'air froid remontait l'escalier.

— C'est quoi, cet endroit? chuchota Mitch.

— Je ne sais pas, répondit Ana. Des caves sous les caves…

Ou un cœur dans le cœur, pensa-t-elle.

L'escalier aboutissait sur le sol de gravier d'une pièce voûtée, qui faisait penser à la cave à vin d'une vieille abbaye. Au plafond, un tube néon ne tenait plus qu'à un fil électrique à moitié dénudé.

Ana éclaira les murs de la pièce au moyen de son téléphone, chercha un interrupteur et le trouva, à côté d'un tableau électrique muni de disjoncteurs. Elle l'actionna, le tube néon se mit à crépiter et s'alluma, diffusant une légère lueur bleutée. Rapidement, l'ampoule se mit à clignoter, illuminant faiblement les lieux puis s'éteignant et s'allumant à nouveau en provoquant de petits grésillements.

Quelque chose bougea soudain dans un coin de la pièce. Ana sursauta, braqua son arme dans la direction du mouvement furtif qu'elle avait perçu et s'immobilisa.

— Merde ! jura-t-elle en se rendant compte qu'elle avait failli tirer.

Elle relâcha la pression de son doigt sur la détente.

Au pied du mur se trouvait une assiette avec de la nourriture avariée. Les restes d'une dinde, à en juger par la forme caractéristique d'un volatile cuisiné pour les fêtes. Juste à côté, deux petits yeux brillaient comme des flashs au rythme de la lumière vacillante. Une boule de poils. Le gros rat regarda Ana, puis détala et disparut entre deux pierres du mur à moitié descellées.

Au fond de la pièce, Ana repéra une lourde porte en bois. On aurait dit la porte d'une vieille prison, de celles qu'on trouvait dans les châteaux, avec un gros verrou et, au ras du sol, une trappe servant de passe-plat.

De chaque côté de la porte, des machines d'imprimerie du temps jadis, attaquées par la rouille. Les mots de Mitch résonnèrent dans la tête d'Ana : *un véritable musée Gutenberg*. Dix ans auparavant, elle avait visité l'ancien musée de la place Notre-Dame à Fribourg, avant que la collection ne déménage à Derendingen, dans le canton de Soleure.

Ana se souvenait de cette exposition permanente, de ces incroyables machines à former des lettres et des dessins, des timbres aussi, et des billets de banque.

— Pourquoi cette entreprise a-t-elle fermé ses portes ? demanda-t-elle sans cesser de scruter les moindres recoins de la pièce.

— Hélio Courvoisier est née en 1931 avec l'impression des premiers timbres-poste *Pro Juventute*, répondit Mitch. Puis l'univers du timbre a complètement changé. La concurrence des imprimeries européennes et asiatiques, la privatisation des postes nationales et l'abandon du monopole étatique sur les timbres ont tué le savoir-faire chaux-de-fonnier. Hélio Courvoisier ne fabriquait pas seulement les timbres suisses, mais aussi ceux de beaucoup d'autres pays. La plupart des timbres du monde portaient le label Courvoisier. Mais un jour, on s'est mis à remplacer l'affranchissement ordinaire du courrier par des contremarques imprimées, on a privilégié le fax et l'e-mail. Et en 2001, la mondialisation a éradiqué soixante-dix ans de génie artistique et envoyé une trentaine d'employés au chômage. Un beau gâchis.

Ana s'approcha de la dinde de Noël avariée et s'accroupit pour humer l'odeur qu'elle dégageait. Il lui parut évident que la puanteur ne provenait pas de ces restes de nourriture moisis.

Elle se releva, se dirigea vers la porte boisée, fit coulisser le verrou et l'ouvrit. Les gonds grincèrent, le courant d'air s'intensifia, l'odeur de cadavre putréfié s'accentua.

La pièce contiguë était plongée dans le noir. Ana entra et chercha un interrupteur, en vain. Elle revint dans la première pièce et en trouva un derrière une machine d'imprimerie. Elle l'actionna.

La pièce voisine s'illumina de manière différente de la première. Pas de lueur bleutée, mais une lumière plus chaleureuse, bien que très faible. Ana remarqua un grand lustre accroché au plafond voûté. Puis le décor tout entier.

— C'est quoi, ce bordel…, murmura-t-elle.

Mitch la rejoignit sur le pas de la porte et resta muet.

Devant eux se dressait une véritable chambre médiévale grandeur nature, avec un lustre et de fausses chandelles électriques, des meubles antiques vermoulus, un grand miroir brisé et, contre les murs de pierre, d'étranges tableaux représentant des visages d'enfants. Une robe de princesse pendait sur un cintre, accroché à un clou planté dans une porte à l'opposé. Au milieu de la pièce, un grand lit à baldaquin pourvu de draps roses, maculés de sang. Et dans un coin, en tas sur le gravier, une couette de la même couleur.

— L'antre du Philatéliste, murmura Mitch.

— Tu avais vu juste à propos du cœur.

— Apparemment. Il faut croire que tu as bien fait de penser à moi, cette fois.

Elle crut percevoir un reproche dans sa voix.

— Si tu préfères, on s'arrête là, on remonte et on appelle Garcia.

Mitch allait lui répondre, quand l'attention d'Ana fut attirée par les tableaux. Il y avait, dans ces visages d'enfants un peu flous, quelque chose de malsain, mais aussi de familier. Ana s'en approcha, l'image globale devint encore plus floue ; elle remarqua alors qu'il s'agissait de collages : des centaines de timbres-poste.

Elle recula pour avoir une meilleure vision d'ensemble, les visages devinrent plus nets et là, le temps s'arrêta.

Ana ouvrit la bouche, mais aucun son n'en sortit. Elle n'en croyait pas ses yeux, resta comme statufiée de longues secondes. Elle venait de faire un bond dans le passé. Ana regardait Ana. Il n'y avait pas de doute, la petite fille du tableau, au milieu des cinq garçons, c'était elle, quarante ans plus tôt : Ana Bartomeu.

56

LA FOUINE n'habitait pas très loin de Carl-Vogt. Il rejoignit Junod dans les locaux du service informatique peu après 23 heures.

— Manu, j'espère pour toi que tu ne m'as pas fait revenir pour rien, dit-il d'un air un peu bougon.

— Je ne crois pas, répondit l'informaticien en lui tendant un vieux rapport de police qui remontait à l'été 1984.

Gygli parcourut rapidement le document, qui relatait la chute mortelle d'un enfant dans le Rhône.

— Qui était ce Sylvain Ansermet ? demanda-t-il.

— Un enfant de l'école des Tattes, une petite frappe, la terreur du collège apparemment. Mais ce n'est pas son nom qui est important.

Junod attira l'attention de la Fouine sur le nom du directeur de l'établissement.

— Dabrowski ? s'étonna le commissaire.

— C'était le père de Veronika Dabrowska, elle-même élève de l'école. Elle était dans la même classe que Morin et Ansermet.

— Nom de Dieu…

— Et ce n'est pas tout, coupa Junod en pointant un index au centre d'une liste de noms. Regarde qui était la petite copine d'Ansermet au moment du drame.

57

HYPNOTISÉE par son visage du passé, Ana n'entendit pas Mitch s'approcher d'elle, malgré le crissement du gravier.

— Annie, demanda-t-il, qu'est-ce qu'on fait ? On remonte ?

Elle ne répondait pas.

— Annie…, insista-t-il.

— Pas maintenant.

— Tu m'expliques ?

Elle quitta son double des yeux et regarda les cinq autres tableaux, l'un après l'autre. Elle reconnut tous ces garçons, Sylvain, Philou, Yves et les deux autres connards dont elle avait oublié les noms. Elle les avait tous oubliés, comme bien d'autres : les élèves de l'école des Tattes, ses camarades de classe, et le petit gros dont tout le monde se moquait. Le souffre-douleur du collège. Comment s'appelait-il déjà ? *Sam le Bouseux*. Elle ne se souvenait plus de son vrai nom. Lui aussi, elle l'avait oublié.

C'était si vieux tout ça, une période de sa vie qu'elle avait enterrée au plus profond de sa mémoire, une période synonyme d'abus sexuels intrafamiliaux et de souffrance, une enfance malheureuse, rayée de ses souvenirs, qui lui revenait soudain en plein visage. Comme un boomerang qui avait mis quarante ans à faire le tour de la terre. Et ça faisait mal.

— On reste, annonça-t-elle.

Mitch n'essaya pas de la faire changer d'avis.

Une autre porte faisait face à celle par laquelle ils étaient arrivés. La porte à laquelle pendait la robe rose.

Ana s'en approcha. Le verrou se trouvait de l'autre côté, ce qui confirma sa pensée : cette chambre de princesse était une prison. Ana saisit la poignée, une simple anse métallique clouée dans le bois, et tira. La porte était verrouillée. Elle leva les yeux et remarqua, accroché au cintre, un cordon de soie au bout duquel pendait une clé, telle une breloque venant compléter cet accoutrement de princesse. Ana s'empara de la clé, la glissa dans la serrure et tourna. La porte s'ouvrit.

Et l'odeur de la mort fouetta son visage.

— C'est intenable, murmura Mitch qui avait replongé sa bouche et son nez dans le creux de son coude.

— On en a vu d'autres, répondit Ana. On touche au but. Viens !

Ils entrèrent dans la pièce suivante, plongée dans l'obscurité elle aussi. Ana tâta le mur sur sa gauche, trouva rapidement l'interrupteur, au même endroit que dans la première salle par laquelle ils étaient arrivés. Une pièce miroir dans cette alignée de caves.

Le tube néon crépita et s'alluma par intermittence, dévoilant la voûte et les murs de pierre, le sol de gravier et une autre porte en face. Tout autour, de vieilles machines d'imprimerie, rouillées comme celles de la première pièce. Il y en avait beaucoup plus.

Au centre, un mouton de saut pour la gymnastique artistique et des restes de cordes.

Et à côté de l'engin, deux cadavres côte à côte, noircis par la putréfaction avancée des chairs.

Ana s'avançait déjà vers les deux corps, arme au poing, quand le téléphone qu'elle avait rangé dans la poche de son pantalon se mit à vibrer. Elle sursauta, s'arrêta et sortit l'appareil. C'était un appel de Fivaz. L'appareil affichait une très faible réception. Ana décrocha et enclencha le haut-parleur pour que Mitch puisse entendre.

— Ouais ? s'annonça-t-elle froidement.

— T'es où, là ?

— C'est pas le moment, alors abrège.

— OK. L'ADN des timbres en peau et de l'estomac n'est pas celui de Jean-Claude Weissbrodt. L'ex-mari de Veronika Dabrowska se porte comme un charme. Les Vaudois l'ont retrouvé et ont pu l'interroger. Il fait du ski à Gryon avec sa nouvelle femme. En revanche, tiens-toi bien…

— Vas-y, crache !

— L'ADN est celui de Morin. C'est lui, le père du bébé. Et c'est lui, la victime.

Ana fit quelques pas vers les cadavres, tout en gardant Fivaz en ligne. Les deux corps étaient nus, presque méconnaissables. Un homme et une femme.

L'homme avait le ventre ouvert et les entrailles apparentes. On l'avait charcuté sans professionnalisme. Sa gorge était tranchée de part en part. Ana contourna sa tête et chercha à reconnaître un visage derrière les traits noircis. La putréfaction avait surtout attaqué la cavité abdominale. C'était toujours par là que ça commençait : les organes internes pourrissaient avant le reste.

La peau du visage était noire, mais presque intacte. À la limite de la momification. On devinait quelques morsures sur le contour des lèvres et autour des orifices narinaires. Les lobes des oreilles avaient été rongés eux aussi et les yeux avaient disparu. Les rats s'en étaient donnés à cœur joie. Mais Ana reconnut Morin.

À côté de lui, la femme était dans un état de décomposition

beaucoup moins avancé. Elle avait dû mourir des heures, voire des jours après lui. Dans sa paume droite ouverte vers le plafond reposait un couteau à cran d'arrêt, lame ouverte. Le manche sculpté présentait des caractéristiques qui le rendaient unique. Ana le reconnut, même si elle ne l'avait pas revu depuis quarante ans. Le manche portait les initiales S.A. Le couteau de Sylvain Ansermet.

— Autre chose ? demanda-t-elle à Fivaz.

— Non, pas pour l'instant.

Elle raccrocha.

Ana tourna autour des cadavres, tout se mélangeait dans sa tête. Le passé et le présent. Elle connaissait Morin depuis l'école des Tattes à Onex, mais ils s'étaient perdus de vue jusqu'à ce qu'elle le retrouve, adulte, sur les bancs de l'école de police. Jamais ils n'avaient reparlé des évènements tragiques de l'été 1984, ni de leur enfance d'ailleurs. Ils avaient toujours fait comme si leur passé commun n'existait pas.

En revanche, Ana ne connaissait pas Veronika Dabrowska. Le nom de famille lui rappelait vaguement quelque chose, une image lointaine et très floue, un détail qu'elle percevait comme insignifiant. Mais le lien qui reliait toutes ces personnes, celles du passé et du présent, Dabrowska et les Rosselet, ce lien faisait défaut.

Un élément perturbait toutefois Ana plus que tout. Elle avait échangé des messages avec Morin ces quatre derniers jours. Et ce matin encore, dans les locaux de Carl-Vogt. Or, il était évident que Morin était mort depuis longtemps.

Elle regarda son téléphone, ouvrit WhatsApp et relut le dernier message de Morin : *Trouve le siège des émotions, des passions et de l'intelligence, et tu me trouveras.*

Elle hésita un instant, puis d'un doigt tremblant, elle appuya sur le bouton d'appel.

58

La Fouine avait pâli en lisant le nom indiqué par Junod sur la liste des élèves : Ana Bartomeu.

— Annie ? murmura-t-il sans y croire. La petite copine de Sylvain Ansermet ?

— Oui, répondit l'informaticien.

— Mais pourquoi ne nous a-t-elle pas parlé de cette histoire ? De Morin ? De Dabrowska ? Elle devait pourtant les connaître.

— Elle est la seule à pouvoir répondre à ces questions. En tout cas, elle était dans le même collège qu'eux, mais elle avait deux ans de moins. Toi par exemple, tu te souviens de tous les élèves de ton école ? Même de ceux qui n'étaient pas dans ta classe ?

Gygli réfléchit un instant puis répondit :

— Pas tous, c'est vrai. C'est pratiquement impossible, il y en avait trop. Mais tout de même, si Ana sortait avec un élève plus âgé qu'elle, elle devait bien connaître ses copains.

— Pas forcément. Selon le rapport de police, elle ne sortait avec Ansermet que depuis un ou deux jours quand l'accident s'est produit. On peut bien imaginer qu'elle avait déjà des contacts avec lui avant de sortir avec, mais à cet âge, tu sais ce que c'est. On est insouciant et ça peut aller très vite, parfois sur un coup de tête. D'ailleurs, à en lire les déclarations des autres élèves, cette relation avait surpris tout le monde à l'époque. Ana n'avait eu aucun autre petit ami avant Sylvain.

— C'est dingue, souffla la Fouine.

— Et ce n'est pas tout, reprit Junod. Ce soir, j'ai appelé Dabrowski, j'ai eu la chance qu'il me réponde malgré l'heure tardive. Il est à la retraite depuis longtemps, il a près de quatre-vingts ans aujourd'hui et il m'a dit qu'il n'avait plus beaucoup de contacts avec sa fille. J'ai cru comprendre qu'ils étaient un peu en froid depuis qu'elle avait divorcé de Jean-Claude Weissbrodt. Apparemment, Dabrowski aimait bien son gendre. En tout cas, il ne sait pas où se trouve sa fille à l'heure actuelle.

— Que t'a-t-il dit sur l'affaire de 1984 ?

— À son grand âge, il yoyote un peu quand on parle du présent, mais quand il s'agit d'évoquer des évènements du passé, ses souvenirs redeviennent soudain beaucoup plus clairs. Il se souvient de cette affaire dans presque tous ses détails. Et notamment d'un enfant de la classe d'Ana qui était le souffre-douleur de l'école des Tattes, plus particulièrement de Sylvain Ansermet et des gars de sa bande. Cet enfant s'appelait Sam. C'était le fils d'un collègue aujourd'hui décédé et le petit-fils d'un couple de paysans de Lancy, décédés eux aussi. Dabrowski soupçonnait Sam d'être impliqué dans la mort d'Ansermet, mais il n'en a jamais eu la preuve. Et la police non plus. L'affaire a été classée comme accident.

— Et ce Sam ? demanda la Fouine. Quel était son nom de famille ?

Junod fit glisser son index sur un autre nom de la liste des élèves.

Gygli pâlit de plus belle et s'exclama :

— Putain, Manu ! Où sont Ana et Mitch ?

— À La Chaux-de-Fonds, mais je n'arrive pas à les

joindre sur leurs portables. Ana ne répond pas et l'appareil de Mitch doit être éteint ou hors réseau. J'ai appelé l'hôtel des Endroits où ils ont pris des chambres pour la nuit, mais la réception m'a répondu qu'ils avaient quitté l'établissement à la fin du repas. Leur voiture n'est plus là.

— Bordel… Qu'est-ce qu'on peut faire ?

— J'ai un contact à la police neuchâteloise, répondit l'informaticien. Je l'ai déjà appelé en début de soirée, suite à un problème que j'ai constaté dans les rétros de Morin. Il faut que je te parle de ça aussi. Mais après.

Et sous les yeux de la Fouine, Junod rappela le commissaire Daniel Garcia.

1984

« SAM ? »

Sans vraiment les voir, l'enfant regardait dans le vague les portraits qui recouvraient les murs du bureau. Tous les anciens directeurs de l'école des Tattes y figuraient, dans un dégradé de costumes qui reflétaient chaque époque. Un jour, le visage de l'homme qui lui faisait face s'y trouverait lui aussi.

Dans l'esprit de Sam, les tableaux étaient tous plus moches les uns que les autres. Un seul éveillait cependant sa curiosité, il était composé de multiples petites taches juxtaposées, plutôt que du mélange usuel des couleurs. Le contraste formait un visage plutôt sympathique, on aurait dit une œuvre de Georges Seurat. À la place des petits points de peinture, Sam imaginait des timbres.

Le directeur attendait une réponse, mais elle ne venait pas. Il se tourna vers le père de l'enfant, qui insista.

— Sam ? Tu as entendu M. Dabrowski ? Il t'a demandé ce qui était arrivé à ta main.

L'enfant soupira et regarda le gros pansement qui recouvrait sa main gauche.

— Je te l'ai déjà raconté, papa. Et à la police aussi.

— Mais pas à lui.

— Pourquoi je dois toujours tout répéter ? J'ai l'impression que tout le monde croit que je suis un menteur.

— Personne ne t'a accusé de mentir, intervint le directeur. Mais ce qui est arrivé est très grave et je dois m'assurer que ça ne se reproduise plus jamais dans mon école. Tu comprends ?

Sur le bureau était posée l'édition du jour de la *Tribune de Genève,* avec une photo du viaduc de la Jonction et ce gros titre : « Un enfant se tue en jouant les équilibristes. » Sam connaissait le contenu de l'article, son père l'avait lu à haute voix ce matin, au petit déjeuner.

Des promeneurs avaient découvert le corps sans vie du jeune Sylvain Ansermet, flottant parmi les branchages sur les berges du Rhône, à la hauteur du parc des Evaux. Dans l'enquête qui avait suivi, les policiers avaient entendu tous les élèves de l'école des Tattes, un par un. Personne n'avait pu dire ce qui s'était passé, hormis le seul témoin de l'accident.

La phrase du journaliste résonnait encore dans la tête de Sam : « Selon la police, le jeune Sylvain a grimpé pour se positionner en équilibre sur la rambarde du pont, dans le but d'impressionner sa petite amie. Et sous les yeux de celle-ci, il a basculé dans le vide. À la question de savoir pourquoi elle n'a pas alerté les secours, les enquêteurs ont répondu que la petite Ana avait été retrouvée en état de choc. »

— Qu'est-ce qu'elle a dit, Princesse, concernant ma main ? demanda Sam.

Dabrowski lui sourit étrangement.

— Ce n'est pas à moi de te dire ce qu'Ana m'a raconté. C'est à toi que je pose la question.

L'enfant s'énerva.

— Je l'ai déjà dit ! J'ai essayé de passer par-dessus la clôture du cimetière de Saint-Georges et une pique a traversé ma main.

— Que voulais-tu faire ?

— Je voulais aller sur la tombe de ma maman.

— Pourquoi n'es-tu pas passé par les accès normaux? Ils étaient ouverts.

Sam ne répondit pas.

Lorsqu'il était entré dans le bureau du directeur, il avait croisé Princesse, qui en sortait avec son père, un ouvrier portugais à l'air peu commode et qui s'exprimait dans un mauvais français. Sur le palier, le père Bartomeu s'était retourné et avait lâché à l'intention du directeur, comme pour s'excuser: « Ma fille, elle ment beaucoup, mais je vais corriger ça. » Princesse n'en menait vraiment pas large, elle avait perdu de sa superbe. Elle n'était plus la reine de l'école, sa beauté s'était évanouie. Elle pleurait et était passée à côté de Sam tête baissée, sans oser le regarder.

Et pourtant, elle n'avait rien dit. Ni aux policiers, ni à ses parents, ni au directeur. Pas même qu'elle avait vu Sam se baisser, juste après la chute de Sylvain, pour ramasser et empocher le couteau à cran d'arrêt.

Princesse avait dû penser que Sam voulait faire disparaître une preuve. Mais si c'était le cas, Sam l'aurait lancé dans le fleuve, il n'était pas stupide. Non… si Sam avait gardé ce couteau, c'était pour une autre raison, bien plus simple: il considérait cette arme comme son trophée.

Le directeur soupira en comprenant qu'il n'obtiendrait pas de réponse à sa dernière question. Il allait insister, quand une sonnerie retentit dans le bureau. Dabrowski décrocha le combiné du téléphone et répondit:

— Oui?

Il jeta un coup d'œil au père de Sam, lui adressa un rapide sourire désolé, puis reprit:

— Ce n'est pas le moment, là. Je suis en plein entretien. Dites-lui que je la rappelle dans dix minutes.

Il s'apprêta à raccrocher mais son interlocuteur sembla insister.

— D'accord, finit-il par céder. Passez-la-moi.

Le directeur soupira, s'excusa d'un simple regard auprès du père de Sam, se prit la tête de sa main libre et attendit le transfert de l'appel, une nouvelle fonctionnalité des téléphones à touches ATT qui remplaçaient petit à petit les téléphones à cadran.

Après quelques secondes, la conversation reprit.

— Qu'est-ce qui ne va pas, ma *Snegourotchka*?

À l'autre bout du fil, Sam percevait une plainte, comme des sanglots étouffés.

— Je sais, c'est dur pour toi. Ne pleure pas. Je vais bientôt rentrer à la maison et nous irons chez le médecin.

Dabrowski regarda sa montre, lança un nouveau coup d'œil désolé au père de Sam, puis il reprit:

— Je rentre dans une petite heure. Recouche-toi, ma *Snegourotchka*. Je t'aime.

Et il raccrocha.

— Un problème? demanda le père de Sam.

— C'était ma fille Veronika, répondit le directeur. Elle est très affectée par ce qui est arrivé à Sylvain Ansermet. Je crois qu'elle était amoureuse de ce garçon en cachette. Mais le temps finit toujours par guérir les blessures du cœur.

Dans le bureau, les deux adultes ne remarquèrent pas la moue de Sam.

Dabrowski se tourna à nouveau vers l'enfant et reprit son interrogatoire:

— Et bien sûr, tu n'as pas vu Sylvain tomber?

— Non... je n'étais pas là.

— Et ses copains?

— Quoi, ses copains?

— Philou, Yves et les autres, ceux qui étaient tout le temps avec Sylvain, tu ne les as pas vus non plus?

— Non.

Le directeur regarda l'élève durant de longues secondes sans rien dire, tentant sans succès de deviner les non-dits derrière ce visage rougeaud et bouffi, puis il se tourna vers son père.

— Bien, dit-il, je ne vais pas vous retenir plus longtemps, ma fille m'attend. Mais avant de vous laisser partir, j'ai une dernière question à vous poser. Pourquoi est-ce que tout le monde, élèves et professeurs, appelle votre fils Sam, alors que ce n'est pas son prénom, à en croire les papiers officiels de l'école ?

Le père sourit et répondit :

— Oh, vous savez, c'est un truc qui colle à la peau des flics. Vous arrivez dans la Grande Maison avec un nom et un prénom, et on vous colle une étiquette. Une sorte de matricule, si vous préférez. Les deux premières lettres de votre nom de famille et la première lettre de votre prénom. Mon nom est Xavier Sautter, mais tous les collègues m'appellent Sax. Mon fils Michel a toujours trouvé ça très rigolo. Et il n'a jamais aimé le prénom que sa mère et moi lui avons donné. Alors, depuis des années, même au sein de la famille, tout le monde l'appelle Sam.

59

ANA APPELAIT le numéro de Morin. Les sonneries se répondaient en écho, dans son oreille et dans son dos. Elle reconnut la mélodie du téléphone de Morin, qui résonnait dans la cave. Incrédule, elle se retourna lentement.

Mitch était debout, sur le palier qui séparait les deux dernières pièces. Dans une main, il tenait le tournevis et dans l'autre, un téléphone qui n'était pas le sien. L'écran était tourné vers Ana et affichait le nom de l'appelante : Annie.

Mitch avait changé de visage, la crainte l'avait quitté, il regardait maintenant Ana avec un rictus malsain. Elle le regardait sans comprendre ou sans vouloir comprendre, parce que son cerveau avait peur des réponses qui affluaient.

— Bienvenue dans mon cœur, dit-il.

— Mitch, je…, balbutia-t-elle. Qu'est-ce qui se passe ici ? Explique-moi.

Instinctivement, elle avait lentement braqué son arme sur lui, mais elle tremblait. Elle s'en rendit compte, lâcha son téléphone qui tomba sur le gravier et saisit son pistolet à deux mains pour le stabiliser.

Mitch ne bougeait pas, il semblait serein, presque soulagé.

— Il a fallu que je te donne un petit coup de main, mais tu as fini par me retrouver, ma Princesse.

Ma Princesse… Ces mots semblaient sortis d'outre-tombe, elle ne les avait pas entendus depuis quarante ans. Le seul qui l'appelait comme ça à l'époque, c'était son petit copain : Sylvain Ansermet. Elle avait dix ans, lui douze. Mais Sylvain était mort, dans des circonstances que son esprit avait occultées, enfouies au plus profond des limbes de l'oubli.

— Qui es-tu ? demanda-t-elle.

Mitch lâcha à son tour le téléphone de Morin sur le gravier et leva la main gauche, paume ouverte vers Ana. Au centre, on devinait une marque blanche, légèrement rosée, une vieille cicatrice laissée par un coup de couteau. Le cerveau d'Ana libéra les images du passé.

— Sam…, murmura-t-elle en ouvrant de grands yeux.

Il sourit malicieusement.

— Sam, confirma-t-il. Parce que tu n'as jamais connu ou voulu retenir mon vrai nom. Ou plutôt, parce que tu ne t'es jamais intéressée à moi. Toi la petite reine de la classe, la princesse de l'école adulée par tous. Toni et moi n'étions que des insignifiants, des inexistants à tes yeux, nous ne présentions aucun intérêt. Nous étions invisibles. Pas étonnant que tu ne m'aies pas reconnu quand je suis entré dans la police.

Il soupira et ajouta :

— Bon, c'est vrai, à ta décharge, quand on s'est revus, j'avais vingt ans de plus et autant de kilos en moins. Mais Toni… Même lui, tu ne l'as pas reconnu à Daillens.

Ana haussa les sourcils, perplexe, puis elle visualisa Antoine Cottier, le responsable informatique du centre de tri postal qui les avait accueillis.

Sam et Toni, les deux cancres de la classe, les deux souffre-douleurs du collège. Inséparables comme les doigts de la main, discrets comme deux fantômes. Ils ne faisaient pas partie du cercle d'amis d'Ana et elle ne les avait plus jamais revus depuis le drame de 1984, parce que ses parents l'avaient immédiatement retirée de l'école des Tattes pour l'envoyer dans un pensionnat pour jeunes filles.

Les souvenirs revenaient maintenant à la surface les uns après les autres.

— Nous n'étions que des enfants, murmura-t-elle.

— Peut-être, répondit Mitch. Mais moi, je t'aimais, Princesse. D'un amour sincère, pas comme cet abruti de Sylvain, ou comme tous les autres de l'école qui ne voyaient en toi qu'un trophée. Moi, je t'aurais rendue heureuse.

Ana n'en croyait pas ses oreilles.

— Mais nous n'avions que dix ans. À cet âge, on ne peut pas vraiment aimer.

— Bien sûr que si. Les amours d'enfance sont les plus purs, les plus forts, ceux qui font le plus de mal quand ils sont déçus. Et toi, tu m'as beaucoup déçue.

— C'est insensé, Mitch... Tu ne peux pas croire à ce que tu dis.

Il ricana.

— Comment oses-tu te mettre à ma place ? Tu n'as jamais rien voulu savoir de nous. As-tu seulement su un jour que je collectionnais les timbres ? Que cette passion m'a poussé à travailler pour la Poste ? Ou que Toni adorait les jeux vidéo et l'informatique ? Que c'est grâce à lui, et plus tard grâce à la police, que j'ai développé des connaissances dans ce domaine ? Ou encore que c'est grâce à moi que Toni a été engagé à la Poste comme informaticien ? Bien sûr que non. Tout ça, tu l'ignores, parce que nous n'existions pas à tes yeux.

Passé et présent se mélangeaient dans la tête d'Ana. Elle essayait de se concentrer pour recoller les morceaux du puzzle, mais n'y parvenait pas. Tout était confus, insensé. Elle désigna brièvement les cadavres de Morin et Dabrowska, puis demanda :

— Depuis quand sont-ils là ?

— Une semaine, répondit-il froidement.

Ana se souvint du texto qu'elle avait reçu de Morin trois jours plus tôt, alors qu'elle se trouvait à la poste de Balexert : *Coucou ma belle, les vacances c'est sacré. Si c'est vraiment urgent, mets-moi un message et je te rappelle dès que possible. Bizzz !* Morin était déjà mort à ce moment-là.

— Les messages, c'était toi ?

Mitch hocha la tête.

— J'avoue que ce matin, c'était assez excitant de te répondre, alors que nous étions tous les deux dans la même salle.

— Mais… et les rétros ? Si tu avais le téléphone, les messages auraient dû le localiser à Genève, pas à La Chaux-de-Fonds.

Mitch éclata de rire.

— Mais qu'est-ce que tu peux être naïve, ma Princesse ! Et si prévisible. Il était évident que tu allais me demander d'analyser les rétros du téléphone de Morin. C'est ce que j'ai fait, ce matin, pendant que vous étiez en train de fouiller son bureau. Une ou deux petites modifications dans les données envoyées par Swisscom, puis j'ai imprimé le tableau et je te l'ai remis. Un jeu d'enfant.

— Merci Toni…, murmura Ana.

— Toni ? s'étonna Mitch. Laisse Toni en dehors de tout ça, il n'a rien à voir avec cette histoire. Il n'est pas impliqué, si c'est la question que tu te poses. Toni reste mon meilleur pote et quand j'ai quitté la Poste, il a été le premier à pleurer. La vie est ainsi faite, elle éloigne même les meilleurs amis du monde quand ils grandissent. Mais grâce à ce que Toni m'a enseigné depuis l'enfance, je t'avoue qu'espionner Morin et Veronika était une sinécure. Un micro par-ci, une balise par-là, quelques chevaux de Troie sur leurs ordinateurs et leurs téléphones. Entrer chez elle pour voler des habits et la faire passer pour folle auprès de nos collègues vaudois. Qu'est-ce que j'ai ri quand Morin a demandé de l'aide à

Manu, c'était si puéril, on aurait dit des gosses en train de faire des bêtises avec la peur au ventre ! Ça a été si facile pour moi de déjouer l'IMSI-catcher, d'entrer dans leur chambre d'hôtel pendant qu'ils dormaient pour y déposer un de mes téléphones. Je me suis régalé à les monter l'un contre l'autre.

Mitch émit un petit rire espiègle. Ana ne comprenait pas l'histoire de la chambre d'hôtel, mais ce n'était pas important. La question importante était ailleurs.

— Tu les as tués ?

— Lui, oui, répondit Mitch avec une certaine légèreté et de la fierté dans la voix. Elle, je ne sais pas de quoi elle est morte. De déshydratation, probablement. Pourtant, je lui avais laissé à boire : une vessie bien pleine. Peut-être n'a-t-elle pas trouvé le courage de la percer et s'est-elle laissé mourir de soif ? Ou peut-être l'a-t-elle fait, mais l'urine s'est répandue un peu partout avant qu'elle n'ait le temps de la boire ? Peu importe, à vrai dire. L'important, c'est que je lui ai laissé le choix.

Sam, lui, n'avait pas eu le choix quand Sylvain lui avait collé la gourde d'urine sur la bouche… Un souvenir de plus avait refait surface dans l'esprit d'Ana.

— Ou peut-être que Morin s'est vidé en mourant, répondit Ana. Les muscles se relâchent avec la mort, tu le sais bien.

— Bien sûr, répondit Mitch. Mais j'ai veillé à ce que ça n'arrive pas.

Cette dernière phrase étonna Ana. Par réflexe, elle tourna les yeux vers l'entrejambe de Morin. Toutes les chairs étaient noircies, la putréfaction empêchait de distinguer quoi que ce soit.

Mitch profita de cette seconde d'inattention pour tendre son bras vers la gauche de la porte. Déclic d'un interrupteur. La lumière s'éteignit dans toutes les pièces, plongeant la cave dans une obscurité totale.

60

PANIQUÉE, Ana resserra sa prise sur son arme et appuya sur la détente. Un coup de feu claqua dans le noir, la flamme illumina brièvement l'obscurité. Le temps du flash, Ana se rendit compte que Mitch avait disparu. La douille ricocha sur le gravier, le faible tintement résonna dans la cave.

— Annie…

La voix de Mitch semblait maintenant plus lointaine. Légèrement chantante, elle se mêlait au discret sifflement des courants d'air qui parcouraient le deuxième sous-sol.

— Annie la grosse truie…

— J'ai cru que tu m'aimais ! cria-t-elle.

— Plus maintenant…

— Espèce de taré !

— Le taré, il va te faire couiner…

Ana se baissa et tâtonna nerveusement dans le noir, cherchant son téléphone sur le sol.

— Comment savais-tu que l'enquête me serait confiée ?

— Parce que je sais tout, Annie. C'est mon travail de tout savoir. Je savais quelle entreprise horlogère serait en vacances dans telle ou telle région, à quel moment et pour combien de temps. L'accès informatique aux données de la Poste, notamment la poste restante, n'a aucun secret pour moi. Pour l'enquête, j'ai utilisé le même procédé. Les colis vides n'intéresseraient personne, seul le colis de Balexert attirerait l'attention de la police. Un colis sur sol genevois, pour provoquer une enquête confiée à la Crim' genevoise. Et je savais que la Fouine ferait appel à toi. Il est si prévisible lui aussi, j'avais accès à ses plannings et il me suffisait d'attendre le bon moment, celui où tu serais la seule disponible. J'étais sur la touche, mais un petit GovWare introduit en douce dans l'ordinateur du chef me renseignait en permanence sur les effectifs de la brigade. À ce moment-là, il était évident que la Fouine ne pourrait t'adjoindre aucun binôme, à cause des vacances et des congés de fin d'année. Et comme Morin était mort, il était tout aussi évident que tu viendrais me chercher. Encore une fois, tu es si prévisible, ma Princesse. Je lis en toi comme dans un livre ouvert.

Ana trouva son téléphone et alluma la lampe de poche. Elle éclaira rapidement la pièce dans laquelle elle se trouvait. Mitch n'y était pas.

— Et Morin ? Lui non plus ne t'a jamais reconnu ?

— Morin n'était pas dans notre classe, Annie. Il avait une excuse pour ne pas me reconnaître.

— Mais il était là, dans la forêt.

— Bien sûr, mais il n'était qu'un idiot, comme les quatre autres. Comme toi, il n'a compris la vérité que lorsque je l'ai amené ici. Avec mes années en plus et mes kilos en moins, il a dû fournir un sacré effort de mémoire pour reconnaître enfin le petit gros de l'école des Tattes derrière son collègue chétif et casse-couilles.

Anorexique et alcoolique, traduisit Ana dans son esprit.

Sans bouger, elle éclaira la pièce voisine. Elle ne voyait qu'une infime partie de la chambre de princesse, mais ne parvenait pas à dire si Mitch s'y trouvait ou s'il était dans la suivante.

— Tu aurais dû voir la gueule de Morin, reprit la voix qui venait de nulle part mais résonnait partout, quand il est tombé sur moi dans la chambre d'hôtel à Delémont, juste après le départ de Manu. Il a failli pisser dans son froc.

— Et la lettre qui était dans le colis ?

— Je lui ai ordonné de l'écrire. Il n'a pas eu le choix.

— Et les autres ?

— Quoi, les autres ?

— Philou et les deux autres copains de Sylvain, tu les as tués eux aussi ?

— Bien sûr que non. Ils ne m'intéressent pas, c'étaient des crétins. Je crois que Philou est mort, ça remonte à plusieurs années, un cancer. Nous n'allons pas le plaindre, tout de même. Quant aux deux autres, je ne me souviens même pas de leurs noms. Mais toi non plus, apparemment.

— Dans ce cas, pourquoi Morin ? L'affaire Rosselet ?

— L'affaire Rosselet n'a été qu'un accident de parcours, même si ce connard de Morin baisait la victime et n'a jamais voulu l'assumer. Avec sa plainte, Maxime Dutoit m'a mis dans la merde. À cause de lui, je risquais de perdre mon boulot. Mais Dutoit n'était qu'un rouage défectueux qui grippe une machine bien huilée, la mouche dans le lait, le chiffre qui n'entre pas dans l'équation. Diriger les soupçons contre lui m'a amusé, mais je ne voulais pas le tuer. À Daillens, j'ai hésité un instant, c'est vrai. J'aurais pu le balancer sous le train, mais il n'en valait pas la peine.

Le faisceau de la lampe de poche se mit à faiblir. Ana regarda l'écran de son téléphone, il n'avait presque plus de batterie. Elle se releva et marcha jusqu'à la porte, sans cesser de braquer son arme en direction de la pièce contiguë.

— Non, reprit Mitch, si je m'en suis pris à Morin, c'est à cause de toi, Annie.

— De moi ?

— Oui, de toi, ma Princesse. Quand je travaillais à la Poste, je suis tombé accidentellement sur une lettre à ton nom. Tu habitais encore à Collonge-Bellerive avec ton mari et tes enfants. Voir ton nom de jeune fille à côté du nom de ton mari a été un choc pour moi. J'avais presque réussi à oublier cette période de ma vie, mais une chose me ramenait toujours à mon passé. Jamais je n'ai pu établir une relation stable avec une femme. Un psy m'a demandé un jour si j'avais vécu un traumatisme dans mon enfance, je n'ai jamais réussi à lui en parler.

Ana pressa l'interrupteur, mais la lumière ne s'alluma pas. Elle comprit que Mitch avait dû couper l'alimentation depuis le tableau électrique de la première pièce.

— Je ne vois pas le rapport avec Morin, dit-elle.

— J'y viens, Annie, j'y viens. Nous avons le temps, tout le temps du monde.

Elle regarda son téléphone, la batterie allait bientôt rendre l'âme. Du temps, elle n'en avait plus beaucoup.

— C'est suite à la découverte de cette lettre que j'ai décidé de quitter la Poste pour la Grande Maison, reprit Mitch. L'affaire de harcèlement de Françoise Le Berre n'a été qu'un prétexte. Te retrouver était alors devenu une véritable obsession, qui rongeait mon corps et mon âme. Mais quand je suis arrivé aux Stups à la fin de l'école de police, je t'ai vue dépérir, d'abord quitter ta famille pour Lucille. Tu paraissais heureuse avec elle, mais quand on grattait un peu sous la couche, on se rendait compte que ce n'était qu'une façade. Puis l'IGS s'en est mêlée, Lucille a disparu et tu as entamé une véritable descente aux enfers. J'avoue qu'à ce moment-là, je n'étais plus très sûr de mes intentions : te conquérir, te plaindre ou me délecter de te voir t'enfoncer jour après jour dans les affres de la dépression.

Ana écoutait le monologue de Mitch, mais elle restait attentive à la batterie de son téléphone. Mitch devait connaître les lieux par cœur, elle non. Dans l'obscurité, elle savait qu'elle n'aurait aucune chance. Elle décida alors d'entrer dans la chambre de princesse en prenant garde de faire le moins de bruit possible. Mais avec le gravier, c'était difficile.

— Et puis, il y a eu Morin. Ça a été une sacrée surprise pour moi de le retrouver à tes côtés dans la police. Quand il t'a draguée et que tu l'as rembarré, lors d'une soirée du boulot, je me suis bien marré. Et puis les années ont passé, j'ai pris goût à mon nouveau travail, mis de côté mes vieilles rancœurs, même si elles étaient tenaces. Et il y a environ six mois, j'ai surpris une conversation. Morin téléphonait à une femme, il l'appelait « ma Princesse ». Pour moi, il n'y en avait qu'une, et c'était toi. Là, ça a été un nouveau choc, tout le passé m'est revenu une nouvelle fois en pleine gueule. Sylvain t'appelait comme ça, sa voix résonnait encore dans ma tête. J'ai pensé que Morin avait pris sa place dans ton cœur, je suis devenu fou. Je vous ai surveillés, suivis, écoutés, mais rien ne filtrait. Et puis un jour, nouvelle surprise : j'ai compris que sa Princesse, ce n'était pas toi, mais Veronika Dabrowska. La fille du directeur de l'école des Tattes. Tu te souviens de M. Dabrowski ? Toi aussi, tu étais passée dans son bureau, juste avant moi. Je devrais probablement t'être reconnaissant de ne pas m'avoir balancé, ce jour-là. Je ne connaissais pas Veronika, si ce n'est de vue. Elle faisait partie des plus grands, de ceux qui ne s'intéressaient pas aux petits. Elle ne devait même pas savoir que j'existais. Mais elle aussi, tout comme toi, était amoureuse de Sylvain. Des années plus tard, ironie du sort, elle est devenue une des nombreuses maîtresses de Morin. Elle était aussi inscrite sur des sites de rencontres avec un pseudonyme : *Snegourotchka*. Son père l'appelait ainsi. La princesse russe à l'origine du conte de Blanche-Neige. L'histoire d'une jeune fille de neige fabriquée par deux paysans qui n'arrivaient pas à avoir un enfant. Une métaphore du passage de l'hiver à l'été, ou plutôt de l'enfance à l'âge adulte. C'est pour ça que Morin l'appelait « ma Princesse ». Et peut-être aussi inconsciemment parce que son meneur de l'époque, son maître à penser, son modèle, Sylvain Ansermet, utilisait ces mêmes mots. Mais de quel droit ? Une Princesse, il n'y en avait qu'une, et c'était toi ! Morin et Dabrowska vivaient leur vie comme si le passé n'avait jamais existé, sans se soucier du mal qu'Ansermet avait distillé autour de lui de son vivant. Alors, j'ai décidé de les détruire et je me suis immiscé dans leur relation. J'ai fait renaître Sam et je me suis rendu compte que, même ce surnom du passé, ils l'avaient oublié. Ils n'ont jamais fait le lien entre le Sam d'aujourd'hui et Sam le Bouseux de 1984.

Plus Mitch parlait, plus Ana comprenait qu'il était malade. Rien ne pouvait justifier un pareil déferlement de rage, de violence et de haine. Pas même le drame qu'ils avaient vécu quarante ans plus tôt. Mitch mélangeait tout et avait clairement sombré dans les abîmes de la folie.

Décidée à agir, Ana avait traversé la moitié de la pièce. Elle avait un flingue, Mitch un tournevis. Elle fit encore un pas, mais son téléphone rendit l'âme et elle se retrouva de nouveau plongée dans l'obscurité.

61

ANA S'ÉTAIT ARRÊTÉE au centre de la chambre de princesse. Elle resta immobile quelques secondes, à l'affût du moindre bruit, espérant que ses yeux s'habitueraient à l'obscurité. Mais il faisait trop noir. Alors elle se baissa, ramassa une poignée de gravier et la lança en direction de la première pièce. Les petits cailloux ricochèrent contre la pierre et le bois de la porte.

La seule réponse qu'elle obtint fut un petit rire, suivi d'une comptine. Mitch fredonnait :

Un petit cochon
pendu au plafond
Une petite cochonne
qui joue à la conne

Ana fit quelques pas dans le noir et tenta :

— Tu peux encore tout arrêter, Mitch.

— Pourquoi arrêter maintenant, ma Princesse ? Le jeu touche à sa fin.

— Tu es malade. Rends-toi. Tu n'iras pas en prison, je te le promets. Je m'occuperai de toi.

— Comme tu t'es occupée de moi à l'époque ?

— Je t'ai protégé.

— C'est faux. Tu n'as rien fait, tu étais avec eux, tu rigolais.

— J'ai menti pour toi, à la police, au directeur de l'école et même à mes parents.

— Tu l'as fait pour toi, ma Princesse, tu ne l'as pas fait pour moi. Tu avais trop peur de passer pour une complice, peur de la réaction de tes parents.

— Ils m'ont envoyée en institution.

— Et tu t'en es plutôt bien sortie dans la vie.

Ana avança à tâtons jusqu'à la porte, pistolet pointé devant elle dans l'obscurité. Il lui semblait maintenant que ses yeux distinguaient des formes, entre noir et gris très foncé. Elle sentait son cœur s'emballer, la sueur couler sous ses habits en dépit du froid.

Une ombre furtive passa devant elle.

Elle appuya sur la détente.

Nouveau coup de feu, nouvel éclair.

Le temps de voir une forme molle et rose voler.

Le bruit de la détonation résonna entre les murs voûtés de la cave.

Le temps de se rendre compte que Mitch avait lancé la couette, il était trop tard. Ana sentit le corps svelte de l'homme fondre sur le sien, la lame du tournevis pénétrer dans sa chair, flanc gauche. Elle cria de surprise, de douleur aussi, et lâcha son arme. Le pistolet provoqua un cliquetis métallique en tombant sur le gravier. Ana perdit l'équilibre et entraîna Mitch dans sa chute. Ils roulèrent au corps à corps sur le sol caillouteux.

Mitch n'avait pas lâché le manche du tournevis. Elle sentit la lame se retirer de ses entrailles, la douleur lui arracha des larmes, mais elle craignait déjà un nouveau coup.

Alors, elle se débattit comme une folle contre cet ennemi fantôme, donna des coups de poing, de pied et de genou au hasard dans le noir, sentit son poing droit s'écraser contre quelque chose de dur et de mou à la fois, une sorte d'arête qui craqua. Mitch cria et s'éloigna d'elle, elle le repoussa encore avec ses pieds.

Dans l'obscurité, Ana repéra des formes rectangulaires et alignées. Les marches de l'escalier. Elle se releva et fit un pas dans leur direction, sentit une main qui s'agrippait à sa cheville gauche. Elle se retourna, donna un violent coup du pied droit à l'aveugle, dégagea la prise et se précipita vers l'escalier.

Quelque part derrière elle, Mitch hurla :

— Annie !

Elle grimpa les marches deux par deux, perdit l'équilibre plusieurs fois, se rattrapa comme elle put, éraflant ses mains contre les murs de pierre. Son corps adipeux constituait un sérieux handicap, elle n'était pas sportive pour un sou. Son manque de condition physique aussi, elle soufflait déjà comme un bœuf.

— Salope, cria Mitch depuis la cave, tu m'as pété le nez !

Ana ne l'écoutait plus. La seule chose qui comptait était de sortir de l'obscurité. Elle atteignit le premier sous-sol, ses yeux voyaient maintenant beaucoup mieux dans le noir. Elle distinguait le couloir avec les tuyaux au plafond. Elle se mit à courir lourdement, sentant ses articulations craquer à chaque pas, ses muscles et ses tendons atrophiés qui risquaient de claquer à chaque effort.

— Annie ! hurla Mitch depuis les entrailles du bâtiment. Tu vas me le payer ! Je vais te saigner comme une grosse truie ! Cours, Annie ! Cours ! J'arrive !

Essoufflée, Ana commençait à ressentir des vertiges, le décor tournait. Les sueurs s'étaient amplifiées. Elle respirait mal, sentait un étau comprimer ses poumons.

Non, pensa-t-elle, *pas ça, pas maintenant !*

Elle connaissait ces symptômes, elle les avait déjà ressentis quelques jours auparavant et trois ans plus tôt : ceux de l'infarctus.

Elle ralentit sa course, s'efforça de contrôler sa respiration et marcha à pas rapides vers la sortie. La porte fracturée était là, juste devant elle. Dans l'entrebâillement, elle devinait déjà le décor blanc, faiblement éclairé par les lumières de la ville. Le vent s'engouffrait dans le bâtiment, entraînant avec lui un léger sifflement et des volutes de neige dans le sous-sol.

Ana atteignit la porte et sortit. L'air glacial envahit sa bouche, ses narines, sa trachée et ses poumons. La douleur compressait maintenant tout son thorax. Continue, elle irradiait derrière le sternum, dans le dos, les épaules, le bras gauche et même jusqu'à la mâchoire.

L'esprit d'Ana lui commandait : *il faut tenir, s'éloigner d'ici, trouver quelqu'un*. Mais l'endroit était désert. Elle fit quelques pas dans la rue du Parc, en direction du carrefour des Entilles. Elle aurait voulu appeler au secours, mais elle savait qu'aucun son ne sortirait de sa bouche. La seule chose qu'elle arrivait encore à faire, c'était respirer, mais péniblement.

— Ma Princesse…, appela Mitch derrière elle.

Elle se retourna en titubant, constata qu'il n'était qu'à quelques mètres d'elle. Le décor vacillait, la vision d'Ana se troublait, la douleur dans sa poitrine s'aggravait. Elle sentit ses jambes défaillir, les forces l'abandonner.

Elle se laissa tomber à quatre pattes, puis roula sur le dos. Mitch marchait vers elle, d'abord une forme floue, mais plus il approchait, plus elle devinait le flot de sang qui coulait de son nez cassé. Dans sa main droite, il tenait toujours le tournevis.

— Ben alors, ma Princesse…, dit-il. Qu'est-ce qui t'arrive ?

Il regarda aux alentours, puis reprit d'une voix condescendante :

— Ah oui, ton cœur… Il te lâche… C'est con, ça ! C'est pas le moment, hein… Mais remarque, Annie, on ne choisit jamais son moment.

Elle était couchée sur le dos, les bras repliés et crispés sur sa poitrine. Elle tremblait de tout son être, ne pouvait pas répondre. Mitch la chevaucha et s'assit sur son bas-ventre.

— Comment il disait, déjà, ton copain ? Ah ouais… ça me revient : *Je vais t'ouvrir le ventre et donner tes tripes à manger aux chiens !* C'est marrant quand même, j'étais obèse à l'époque, toi tu étais maigre comme un clou. Et aujourd'hui, c'est l'inverse. Un peu comme s'il n'y avait que les gros qu'on avait plaisir à éventrer. Ce qui est sûr, c'est que je vais en prendre, du plaisir.

Mitch leva le tournevis au-dessus de sa tête, prêt à frapper. Paralysée par la douleur qui irradiait son corps tout entier, Ana en vint presque à souhaiter que la mort la délivre.

Maintenant, même sa vision de près se voilait, ses yeux se révulsaient. De son assassin, elle ne distinguait plus qu'une vague silhouette. D'autres visages plus nets dansaient devant ses yeux et lui souriaient. Celui de Lucille. Ceux de ses enfants Paola et Luis. La gueule de Lucifer aussi.

Ana leur sourit en retour.

Mitch allait frapper et enfin la libérer de son enveloppe charnelle endommagée.

Soudain, un coup de feu éclata dans la nuit chaux-de-fonnière. Mitch se figea, comme si le temps s'était arrêté. Puis Ana le vit s'affaisser et sentit le poids de son corps s'effondrer sur elle. Et elle perdit connaissance.

Épilogue
(Première partie)

LE COMMISSAIRE DAN GARCIA conduisait la Subaru des Stups sur l'autoroute encombrée, quelque part entre Gland et Nyon, en direction de Genève. Le procureur Jemsen était assis à sa droite. Le siège arrière était vide, Jemsen avait refusé que sa greffière les accompagne, même si elle avait insisté. Flavie lui avait tourné le dos, déçue, mais il savait qu'en réalité, elle comprenait.

Le cap de la nouvelle année avait été franchi, mais aucun des trois ne l'avait fêtée. Ils n'avaient pas la tête à ça.

On était le 5 janvier. La neige avait fondu sur une bonne partie de l'Arc lémanique, mais pas à La Chaux-de-Fonds. Le paysage romand avait retrouvé quelques couleurs, mais celles qui tapissaient le cœur des trois Neuchâtelois demeuraient hivernales. Ils attendaient ce jour depuis plus de huit mois.

Les délais des extraditions variaient beaucoup d'un pays à l'autre. Pour la France, même si le prévenu donnait son accord à l'extradition, il fallait souvent attendre plusieurs mois pour obtenir la signature du ministre de la Justice. Éric Dupond-Moretti avait signé le décret d'extradition d'Alba Dervishaj au début du mois de décembre.

Le bureau SIRENE en avait informé la justice du canton

concerné et le groupe Rapace, chargé des extraditions au sein de la police neuchâteloise, avait organisé la logistique du voyage entre l'aéroport Faa'a à Papeete et celui de Cointrin à Genève.

— Je me demande si nous avons bien fait de dire la vérité sur Tanja à nos collègues genevois, dit Garcia.

— Michel Sautter n'est plus là pour répandre la vérité, répondit Jemsen. Quant à l'inspectrice Bartomeu, je crois que nous étions unanimes à reconnaître sa douleur. C'est tout de même incroyable ce qu'une infiltration peut causer comme dommages collatéraux.

— Des dégâts regrettables certes, mais nécessaires. Je suis bien placé pour le savoir.

Le commissaire Garcia était aussi le responsable de la BRES, la Brigade romande d'enquêtes secrètes, chargée de la formation des agents infiltrés et des personnes de contact. Les *covermen*, comme on disait dans le jargon. Les seuls enquêteurs habilités à avoir des contacts directs avec l'agent infiltré, une fois sa mission commencée. Garcia avait lui-même souvent fonctionné comme personne de contact. La BRES était aussi chargée de la logistique des infiltrations, comme la création des légendes des agents ou le *backstopping*, soit la création de tous les faux documents nécessaires à la mission : acte de naissance, bail à loyer, passeport, documents d'identité, enregistrement auprès de la police des habitants [1], contrat d'assurance-maladie, données de la caisse de retraite, permis de conduire, casier judiciaire et tout ce qui était indispensable pour donner l'illusion d'une vie réelle à une personne qui n'existait pas.

C'était grâce au travail de la BRES que Tanja Stojkaj était devenue Alba Dervishaj.

---

1 En Suisse, service administratif chargé du recensement des habitants et de leurs mouvements (départ, arrivée, changement d'adresse, changement d'état civil, etc.).

— Pour Lucille, tu étais au courant? demanda Jemsen.

— Non. Ça remonte à plus de cinq ans, une époque où je ne connaissais pas encore Tanja. Et j'imagine que comme l'enquête concernait la police, l'IGS genevoise a préféré traiter directement avec la police judiciaire fédérale, sans passer par la BRES. Pour éviter les fuites.

— On peut dire que c'était réussi. Mais je ne peux m'empêcher de plaindre l'inspectrice Bartomeu. Elle a été blanchie à l'époque, mais Tanja lui en a fait baver.

Garcia regardait la route défiler devant lui. Il n'avait rien à répondre à ça.

— C'est tout de même incroyable, cette histoire de Philatéliste, dit-il. On en sait un peu plus?

— Pas vraiment. L'instruction principale demeure aux mains de ma collègue genevoise Sonia Vino. De mon côté, je me suis contenté d'ordonner l'autopsie des corps de Veronika Dabrowska, d'Yves Morin et de Michel Sautter.

— Pour Sautter, était-ce bien utile? On sait de quoi il est mort. C'est moi qui ai tiré.

— Je n'avais pas le choix, Dan. Et tu le sais. Mais dis-moi: comment as-tu flairé qu'il ne fallait pas laisser tes collègues genevois sans surveillance?

— C'est confidentiel et ça ne figurera pas dans mon rapport. Mais à toi, je peux le dire, parce que j'ai confiance. Après leur départ du BAP, j'ai reçu un appel téléphonique d'un enquêteur de la police genevoise avec lequel je collabore régulièrement dans le cadre de la BRES. Il s'appelle Emmanuel Junod, un génie en informatique. Je te passe les détails, mais en gros, il a découvert que Sautter avait falsifié les localisations d'un téléphone portable, des données essentielles dans leur enquête. Il m'a demandé si je pouvais baliser en douce la voiture de ses collègues et garder un œil sur eux jusqu'au lendemain. Je me suis donc rendu à l'hôtel des Endroits et j'ai discrètement posé un traceur GPS sur leur véhicule. Sur le chemin du retour, j'ai reçu un second appel de Manu. Il était avec son chef dans les bureaux de Carl-Vogt à Genève, ils m'ont demandé d'intervenir en urgence pour interpeller Sautter. J'ai fait demi-tour. Et c'est comme ça que je me suis retrouvé dans la rue du Parc cette fameuse nuit. *In extremis*.

— C'est quand même dingue, cette histoire, dit Jemsen. Une sauvagerie pareille, ça me rappelle certaines de mes missions dans les Balkans. Sautter a tout fait à ce pauvre Morin. Selon le légiste, il lui a cautérisé le bout de la verge au fer rouge pour l'empêcher d'uriner, puis il l'a forcé à avaler des litres d'eau. Probablement dans un double but : hydrater sa peau pour prélever dans son dos de quoi fabriquer trente-deux faux timbres-poste, puis offrir à boire à Dabrowska. Il a aussi forcé Morin à avaler le fœtus qu'elle portait, puis lui a tranché la gorge et ouvert le ventre pour prélever son estomac.

— Et Dabrowska ? demanda Garcia.

— On a retrouvé des traces de Mifégyne et de Cytotec dans son sang. Ce n'était donc pas une fausse couche naturelle. Sautter l'a provoquée à la manière d'une IVG médicamenteuse. Selon le légiste, elle a survécu deux ou trois jours après le décès de Morin. On a retrouvé un peu d'urine de Morin dans l'estomac de Dabrowska, mais elle est morte déshydratée.

— C'est horrible.

— Je ne te le fais pas dire. Et l'inspectrice Bartomeu, comment va-t-elle ?

— Les médecins la maintiennent en vie à l'hôpital, répondit Garcia, mais ils ont peu d'espoir. Le pronostic vital est engagé. Son cœur est trop abîmé.

Jemsen soupira.

— Pauvre femme, elle en a vraiment vu de toutes les couleurs. Peut-être pourrions-nous faire une dernière chose pour elle…

Épilogue
(Deuxième partie)

TOUS DEUX en costume de ville et veste d'hiver par-dessus, Jemsen et Garcia attendaient dans les locaux de la police internationale, à l'aéroport de Cointrin. Le vol de Paris était à l'heure.

Ils s'étaient mis d'accord sur une chose importante : sur la route du retour, ils n'aborderaient pas avec Tanja les évènements qui s'étaient passés en Polynésie [1].

Ils terminaient leurs cafés quand un policier genevois vint les prévenir.

— Vos collègues arrivent.

Ils le remercièrent, se levèrent et le suivirent sur le tarmac. Ni l'un ni l'autre ne parvenaient vraiment à cacher ses émotions, ils évitèrent de se regarder. L'ambiance était pesante.

Les agents du groupe Rapace étaient les seuls à être descendus de l'avion par une passerelle qui reliait la porte arrière. L'air grave, Jemsen et Garcia saluèrent le sergent-major chef Mergy et son collègue. Entre eux, menottes aux poignets, Tanja gardait la tête baissée.

---

[1] Voir l'ouvrage du même auteur : *Les Larmes du lagon* (Slatkine, 2022).

Elle avait le crâne rasé, portait des baskets, un bas de jogging et un tee-shirt. Jemsen et Garcia remarquèrent tout de suite sa maigreur extrême, proche de l'anorexie ou de l'image que tout le monde conservait de la libération des camps de la mort à la fin de la dernière guerre. Le cou et les bras de Tanja étaient recouverts de tatouages tribaux, on ne distinguait pratiquement plus la couleur de sa peau.

— Merci, les gars, dit Garcia aux agents du groupe Rapace. Nous prenons le relais.

Mergy ne répondit que par un sourire un peu triste et lui tendit la clé des menottes. Sa mission et celle de son collègue étaient terminées, tout avait été convenu d'avance.

Jemsen et Garcia escortèrent Tanja jusqu'à la Subaru des Stups. Ils la firent asseoir à l'arrière et quittèrent l'aéroport, direction Balexert et le centre-ville de Genève, par la route de Meyrin et la gare Cornavin. Le trajet se déroula en silence jusqu'à la traversée du Rhône par le pont de la Coulouvrenière.

— Vous ne m'emmenez pas à Lonay ? demanda soudain une petite voix à l'arrière.

— Pas tout de suite, répondit Garcia en jetant un coup d'œil dans le rétroviseur central.

Son regard croisa celui de Tanja. Le visage de la prisonnière était livide, marqué par les rides et les cernes. Elle semblait avoir vieilli de plus de dix ans en huit mois.

Ils remontèrent vers la plaine de Plainpalais, pénétrèrent dans le parking souterrain de l'hôpital et se garèrent dans le sas réservé à la police pour la conduite des détenus. Avec les médecins aussi, tout avait été organisé en amont.

Jemsen, Garcia et Tanja marchaient dans les couloirs de l'hôpital. Ils lui avaient retiré les menottes, elle avait promis qu'elle ne tenterait rien.

Ils avaient confiance en elle, mais Garcia gardait toujours un œil attentif.

Aux soins intensifs, ils se dirigèrent vers une chambre avec une fenêtre ouverte sur le couloir. Un médecin les attendait. Derrière la vitre, une patiente couchée sur un lit, sous monitoring et perfusion. Malgré les cinq ans passés et, surtout sa prise de poids, Tanja la reconnut.

— Pourquoi faites-vous ça ? murmura-t-elle.

— Nous ne le faisons pas pour toi, répondit Jemsen. Nous le faisons pour elle.

Le médecin ouvrit la porte et invita Tanja à entrer.

— Qu'est-ce qu'elle a ? lui demanda-t-elle.

— Insuffisance cardiaque terminale. Elle est consciente, mais elle n'en a plus pour très longtemps.

Tanja marcha lentement jusqu'au lit. Le médecin referma la porte, les trois hommes restèrent dans le couloir. Pour ça aussi, ils s'étaient mis d'accord : ce que les deux femmes avaient à se dire ne les regardait pas.

— Vous ne pouvez vraiment plus rien faire ? demanda Garcia au médecin.

— Non. Le cœur ne remplit plus sa fonction. C'est une question d'heures.

— Et sa famille ?

— Son ex-mari et ses enfants ont été prévenus, mais ils ont refusé de la voir.

Jemsen sentit son estomac se nouer. Ce genre de décision le dépassait. Quoi qu'ait pu leur faire Ana, elle ne méritait pas ça. Le monde était rempli de situations familiales tendues à l'extrême et le pardon devenait une espèce en voie de disparition. Jemsen en était convaincu : un jour, les enfants d'Ana regretteraient amèrement leur décision. Mais ce serait trop tard.

Le procureur et le commissaire regardèrent les deux femmes échanger des mots durant une bonne trentaine de minutes. La discussion était calme et sereine. Jamais Tanja n'établit le moindre contact physique, mais Ana semblait apaisée. Quand elle ferma les yeux, ils eurent l'impression qu'elle souriait.

On entendit une alarme dans le couloir. Sur le moniteur, le tracé était plat.

Le médecin entra, des infirmiers le rejoignirent en courant.

Tanja sortit de la chambre comme elle y était entrée, à pas lents. Son visage était impassible, mais c'était normal. Jemsen et Garcia savaient que depuis huit mois, Tanja n'avait plus de larmes pour pleurer. Elle les avait toutes versées dans le lagon.

Sur la route du retour, Jemsen et Garcia s'arrêtèrent encore dans un refuge pour animaux à Versoix. Puis ils reprirent le chemin de la prison de Lonay.

Sur le siège arrière, Tanja caressait Lucifer. Elle avait fait une promesse à Ana, mais elle savait qu'elle ne pourrait pas la tenir. Du moins, pas tout de suite.

— Là où je vais, murmura-t-elle au chat qui ronronnait sur ses genoux, je ne peux pas t'emmener avec moi.

— J'ai envoyé un message à Flavie, dit Jemsen à Tanja. Elle est d'accord pour s'en occuper jusqu'à ta libération.

CET OUVRAGE
A ÉTÉ ACHEVÉ D'IMPRIMER
SUR ROTO-PAGE
PAR L'IMPRIMERIE FLOCH
À MAYENNE EN AOÛT 2023

#lisez! engagé
www.lisez.com
Pour plus d'information :
Imprimé sur du papier issu de forêts gérées durablement.

N° d'impression : 103071
Dépôt légal : octobre 2023
N° d'édition : 13
Imprimé en France